Sandra Hausser

Cold Case Spurlos

Rhein-Main-Krimi

Impressum

Bibliografische Information der Deutschen Nationalbibliothek:
Die Deutsche Nationalbibliothek verzeichnet diese Publikation in der Deutschen
Nationalbibliografie; detaillierte bibliografische Daten sind im Internet über
http://dnb.dnb.de abrufbar.
2.te Auflage
© 2021 Sandra Hausser, Karl-Liebknecht-Straße 4, 65479 Raunheim
Lektorat: Midnight by Ullstein
Korrektorat: Midnight by Ullstein

Herstellung und Verlag: BoD – Books on Demand, Norderstedt
ISBN: 9783752623956

Für Martha,
mögen die Engel auf ewig deine Sicht klären ♥.

9. März 2014, Hannahs Wohnung, Königstädten

Keuchend fuhr Hannah aus dem Schlaf. Wieder dieser Traum von den Ereignissen aus Hamburg, in dem auch ihr jetziger Chef Josef Mitheimer eine Rolle spielte. Mit erstaunlicher Klarheit erinnerte sie sich an jede Einzelheit des Alptraumes, der sie in den letzten Wochen mit regelmäßiger Grausamkeit gequält hatte. Er begann immer mit einer Szene auf dem Polizeirevier in Hamburg.
Stefan Wagner trat an ihren Schreibtisch, beugte sich zu ihr und flüsterte in seiner ihm eigenen und ausgesprochen gönnerhaften Art: »Sieht aus, als hättest du endlich wieder das Vergnügen, mit einem echten Profi auf Tour zu gehen. Gerade kam eine Meldung aus Ohlsdorf rein, die haben in ihrem Krematorium eine Person zu viel im Sarg liegen. Jede Wette, dass irgendeiner aus dem Milieu oder von einer Mafiagruppierung einen Konkurrenten entsorgen wollte.«
»Willst du mir sagen, dass dort zwei tote Körper in einem Sarg lagen?«
»Na, was denkst du? Ist ja nun echt keine Seltenheit, dass jemand versucht, sein Opfer kostenlos und sicher mit beseitigen zu lassen. Allerdings funktioniert das meiner Meinung nach nur mit Leichtgewichten. Die Typen in der Verbrennungsanlage sind mit Sicherheit nicht die hellsten Burschen, aber wenn sie über hundert Kilo anheben müssen, werden auch sie stutzig.«
Hannah funkelte ihn wütend an. »Wieder einmal kannst du mühelos nur anhand des Berufsstandes eines Menschen dessen Intelligenz und alle weiteren Eigenschaften einschätzen. Weißt du was, lauf zum Chef und lass dir einen anderen Partner zuteilen. Du kotzt mich mit deinem Gehabe einfach nur an.«
Wie selbstverständlich erschien im selben Augenblick Herr Mitheimer im Büro der Kommissarin. Dass er ihr jetziger Vorgesetzter war und sie in Hamburg noch nicht zusammengearbeitet hatten, war ein Umstand, der ihr während des Träumens keinesfalls seltsam vorkam.

»Was gibt es für ein Problem?«, herrschte er sie an. Ein ausgedehnter Spalt klaffte auf einer Seite seines Kopfes, und die Kommissarin sah durch die Schädelplatte auf einen Teil seines Gehirns. Da ihr dieser Umstand im Traumgeschehen nicht sonderlich ungewöhnlich erschien, ignorierte sie die gräuliche Masse und antwortete: »Boss, Ihr Verband scheint sich gelöst zu haben. Kommen Sie her, ich helfe Ihnen.« Sie streckte ihm ihren Arm entgegen.
»Ich helfe Ihnen, ich helfen Ihnen«, äffte Stefan Wagner sie mit kindlicher Stimme nach. »Jedem auf der Welt eile ich zur Hilfe, denn ich bin Hannah die Gütige. Selbst wenn ich mir mit den Hilfestellungen ans eigene Bein pinkle, ist es mir völlig einerlei. Komm mir nur niemand mit Diskriminierung und Ausgrenzung. Ich will alle Menschen auf der Erde glücklich sehen und schere mich keinen Moment lang darum, dass das nicht in meiner Macht steht. Die Augen fest vor dem Umstand verschlossen, dass die Menschheit womöglich null Interesse daran hat, in Frieden miteinander umzugehen.« Wagner rannte auf sie zu, legte grob beide Hände auf ihre Schultern und schüttelte sie heftig. »Kapier doch, dass deine Vorstellung vom Leben absolut alltagsuntauglich ist. Leute hassen, rauben, morden und sind nicht vierundzwanzig Stunden am Tag gut. Wach endlich auf, Hannah, und stell dich den Tatsachen! Euch Gutmenschen gehört einmal unmissverständlich gezeigt, wo es langgeht, bevor ihr am Mitleid für die Menschheit erstickt.«
Herr Mitheimer unterbrach den Redefluss von Wagner und schaute die Kommissarin mitfühlend an. »Frau Bindhoffer, würden Sie mir bitte etwas Jod in meine Kopfspalte kippen? Ich habe das Gefühl, das Gehirn braucht eine kleine Erfrischung.«
»Keine Sorge, Boss, das wird die Samariterin Hannah liebend gerne für Sie erledigen. Es ist nicht auszuschließen, dass Sie Ihnen dabei auch noch ... «
Heute erwachte die Kommissarin glücklicherweise, bevor ihr ehemaliger Kollege mit den obszönen Vorschlägen begann, die sie aus vorangegangenen Träumen zur Genüge kannte. Leider spukte ihr, wie immer nach diesem Traum, die Frage im Kopf herum, ob sie wahrhaft so naiv und weltfremd durch den Tag ging, wie es von Wagner beschrieben wurde.

Nein, er sieht das viel zu eng. Nur weil ich nicht daran glaube, dass die gesamte Menschheit roh und brutal ist, bin ich keine Spinnerin. Er ist derjenige, der hinter jedem Strauch einen Verbrecher wittert. Früher oder später fahre ich zurück nach Hamburg und reiße diesem Monster von Ex-Kollegen den Arsch auf, dachte sie grimmig.

Sie versuchte, noch ein paar Minuten Schlaf zu finden, um zu verhindern, dass die unschönen Ereignisse aus ihrer Vergangenheit in der Hansestadt sie erneut in schwermütige Stimmung versetzten.

9. März 2014, Polizeipräsidium Rüsselsheim

Hannah stieg aus dem Wagen und genoss die für den März deutlich zu hohen Temperaturen. Die Sonne schien seit Tagen, und der Frühling hielt ohne Zweifel bereits Einzug.

Sie lief über den Parkplatz zum Eingang des Präsidiums, grüßte den wachhabenden Beamten, der ihr durch die Scheibe zuwinkte, und betrat das Gebäude. Sofort vernahm sie aus den Büros der Kollegen das Klappern von Computertastaturen und vereinzelte Gesprächsfetzen.

Himmel, sind die alle aus dem Bett gefallen? So spät dran bin ich doch gar nicht.

Ein Blick auf die Armbanduhr verriet ihr, dass sie nur zwanzig Minuten später als gewöhnlich eingetroffen war.

Sie beeilte sich, die Treppe nach oben zu steigen. Am Kaffeeautomaten standen Hardy und Çetin beisammen und sprachen leise miteinander.

»Moin, Jungs. Was gibt's zu tuscheln?«, fragte sie grinsend und nahm Hardy den Kaffeebecher aus der Hand. »Spendier mir einen Schluck, ich bin ohne Koffein aus dem Haus. Deshalb bibbere ich vermutlich so, obwohl es herrlich mild draußen ist.«

»Bedien dich, mein Kaffee ist dein Kaffee. Was dein Kälteempfinden betrifft, passt es hervorragend zu dem derzeitigen Klima auf dem Revier. Viel kälter als die Temperaturen im Freien.«

»Wieso, worauf willst du hinaus?«

»Alle munkeln, dass der Boss nicht aus dem Krankenstand zurückkommen wird. Die Buhlerei um seinen Posten beginnt. Einige Kollegen sind reichlich angefressen, weil er uns die Führung kommissarisch übertragen hat. Wer hier wirklich die Strippen zieht, weiß jeder genau. Der Boss ist viel zu sehr Polizist, als dass er uns drei oder Götzenbrenner im Alleingang machen lassen würde. Zu Anfang haben die Kollegen diese Lösung akzeptiert, schließlich traf die Mitteilung über seine Erkrankung alle hart. Aber seit einigen Tagen fängt es mächtig an zu brodeln.«

Ihr Vorgesetzter, Josef Mitheimer, hielt sich nach einer Gehirn-Operation und Strahlenbehandlung, die wegen eines diagnostizierten Tumors unabdingbar gewesen waren, in Reha auf. Da er darauf hoffte, nach Abschluss der Behandlungen auf seinen alten Posten zurückzukehren, hatte er gemeinsam mit der Polizeidirektion eine Übergangslösung beschlossen. Sven Götzenbrenner hatte die Leitung der Abteilung vertretungsweise übernommen. Unterstützende Aufsicht, so lautete die offizielle Version des Vorgangs.

»Ehrlich gesagt ist mir das relativ egal«, antwortete Hannah gelassen. »Wir machen so lange weiter, bis es anderslautende Anweisungen gibt. Sollen sie diskutieren und planen, wie sie wollen. Wir haben wichtigere Dinge zu tun, oder?«

»Klar«, warf Çetin ein. »Aber es wird immer schwieriger, das Gerede zu ignorieren. Götzenbrenner weiß, dass seine Arbeit hier zeitlich begrenzt ist und wird sich kaum ein Bein ausreißen, um Frieden in den Laden zu bekommen.«

»Solange sie nicht an unsere Schreibtische treten und das Thema direkt ansprechen, werde ich die Füße stillhalten und keine Unternehmungen starten. Der Boss hat hinter den Kulissen ja den Überblick. Was soll schon passieren? Von der Rehaklinik aus kann er zwar weder ein Donnerwetter auf alle herabregnen lassen noch jemanden disziplinarisch abstrafen, doch wenn es drauf ankommt, wird er einschreiten, da bin ich sicher.«

»Weißt du mehr als wir?«, fragte Hardy und trank den Rest seines Kaffees.

»Nein, er will weder Besuch von Kollegen empfangen noch mit mir telefonieren«, erklärte Hannah betrübt.

»Das habe ich beim letzten Versuch auch zu hören bekommen. Keine Anrufe und Stippvisiten«, bestätigte Hardy. »Höchst eigenartig, wie er sich abkapselt.«

»Findest du? Ich kann nachvollziehen, warum er so handelt. Er möchte uns nicht zusätzlich mit seinen Problemen belasten. Zumindest schätze ich es so ein. Götzi telefoniert oft mit ihm. Ich vermute, dass die beiden versuchen, die Lage so lange im Griff zu behalten, bis Mitheimer weiß, ob er zurückkehrt«, mutmaßte Hannah und drückte einen Knopf des Kaffeeautomaten. »Deshalb schlage ich vor, uns darauf zu einigen, zunächst nichts zu unternehmen.«

»Einverstanden«, antwortete Çetin. »Möglicherweise haben Hardy und ich die Sache ein bisschen überbewertet.«

»Lasst uns zusammen zum Mittagessen gehen. Drüben beim Chinesen? Dort können wir die Lage noch einmal in Ruhe besprechen«, schlug die Kommissarin vor. »Bis dahin wartet eine Menge Papierkram auf mich.«

»Das leidige Problem.« Hardy grinste.

»Komm, hör auf. Gib einfach zu, dass ich die Sache mit den Berichten langsam prima in den Griff bekomme«, konterte sie lächelnd.

»Für deine Verhältnisse kann man das durchaus so sehen. Ich musste dir nie weniger unter die Arme greifen als im Moment«, feixte er weiter.

»Ich dich auch«, entgegnete Hannah sarkastisch und zeigte ihm die Mittelfinger beider Hände. »Sagen wir um zwölf am Buffet?«

»In Ordnung«, willigte Çetin ein. »Bis dahin ist meine Recherche zu den Einbruchswerkzeugen hoffentlich abgeschlossen. Ich bin kein Fan von diesem Papierkram. Klingt es sehr zynisch, wenn ich sage, dass ich gerne zu einem handfesteren Verbrechen gerufen werden würde?«

»Allerdings«, riefen Hannah und Hardy im Chor.

»Sei froh, dass die schweren Jungs im Moment mit anderen Dingen als Mord oder Totschlag beschäftigt sind. Es wird früh genug wieder etwas passieren, das uns alles abverlangt und über Wochen die gesamte Freizeit beansprucht. Genieß die ruhigen Tage, mein türkischer Freund, denn sie sind gezählt. Verlass dich auf meine jahrelange Erfahrung.«

Çetin lachte. »Als ob du schon so viel länger im Job bist als ich. Aber meinetwegen, ich werde mir deine Worte zu Herzen nehmen, bin reuig und gelobe Besserung.«

»Mach das«, stimmte Hannah zu. »Bei dir, Jens, bleibt Zeit für einen Cold Case?«

Jens brummte zur Antwort. »Wie ich es hasse, dass jedermann seit dieser Fernsehserie zu den alten Fällen Cold Cases sagt. Meine Oma wäre damit völlig überfordert. Aber ja, im Moment ist es ruhig und entspannt, da kann ich mir zwischendurch Zeit nehmen, die Akten zu entstauben. Ich hoffe, dass ich damit nicht gleich Mord und Totschlag heraufbeschwöre.«

Hannah nickte. »Auf die sprichwörtliche Ruhe vor dem Sturm können wir getrost verzichten.«

»Geb's Gott«, erwiderte Çetin und erntete ein schallendes Lachen von seinen Kollegen.

»Warum lacht ihr?«

»Weil du christlicher plapperst, als wir es je getan haben.«

»Das nennt man allerbeste Integrationsabsichten. Und völlig egal, wie man es nennt, ob Allah, Gott oder himmlische Hilfe, die Hauptsache bleibt, dass es etwas gibt, mit dem man sich Mut machen kann.«

»Wunderbar ausgedrückt, Kollege. Deine philosophische Ader weiß ich immer mehr zu schätzen«, erwiderte Hannah. Sie nickte Çetin anerkennend zu und hoffte, ihm damit ihre Aufrichtigkeit zu verdeutlichen. »Allerdings erinnere ich mich auch an den Spruch von vor etwa zwei Minuten. Tausche Einbruch gegen Mord.«

»Zeigt doch nur, dass ich Hartmanns Worte bereits verinnerlicht habe.« Er grinste keck.

»Welchen alten Fall hast du auf dem Schreibtisch liegen, Hardy?«, lenkte Hannah das Gespräch in eine ernstere Richtung.

»Ein vermisster Junge aus den achtziger Jahren. Er verschwand am 21. Mai 1982 von einem Spielplatz in Raunheim, den er vor seinem Verschwinden häufiger aufgesucht hatte. Man fand dort ein T-Shirt. Nach Aussagen der Mutter jenes, das er an diesem Morgen trug. Es besteht die Möglichkeit, dass weiterführende Spuren daran haften. Vor einigen Tagen habe ich es per Anordnung zur DNA-Analyse geschickt, bin gespannt, ob sich etwas ergibt. Heute schaue ich mir die Ergebnisse der Befragungen an, die damals durchgeführt und protokolliert worden sind. Ich checke, ob wir den einen oder anderen Zeugen nochmal zu einem Gespräch bitten sollten.«

»Wie alt war der Junge?«, fragte Hannah und schauderte bei dem Gedanken daran, was die Ermittlungen zutage fördern könnten.

»Eben erst neun geworden. Entsetzliche Sache, zumal die Tragödie noch tiefer ging. Alina, eine der Stiefschwestern des Jungen, wurde von seinem Verschwinden völlig aus der Bahn geworfen. Obwohl die Töchter der Familie einen anderen leiblichen Vater hatten, standen sich die Kinder sehr nah. Alina hatte ein inniges Verhältnis zu ihrem Bruder und wartete drei Jahre auf ein Lebenszeichen von ihm. Danach hielt sie dem seelischen Druck nicht mehr stand. Sie stieg auf das Dach eines Hochhauses in der Nahestraße in Raunheim und sprang in den Tod.«

Çetin sah Hardy betroffen an. »Was für eine furchtbare Tragödie! Ich mag mir nicht ausmalen, wie sehr das Kind gelitten haben muss, um keinen anderen Ausweg als einen Sprung in den Tod gesehen zu haben.«

»Absolut unmenschlich, was die Familie durchgemacht hat. Zuerst der verschwundene Sohn und danach ihr Mädchen, das sich aus lauter Verzweiflung das Leben genommen hat. Besonders entsetzlich finde ich, dass die Eltern und die verbliebene Tochter noch immer unter dem Verschwinden leiden und ständig zwischen Trauern, Hoffen und Bangen hin- und hergerissen werden. Zumindest habe ich das in anderen Fällen von den Familienmitgliedern so vermittelt bekommen. Auch wenn es schrecklich ist, aber falls wir einen Leichnam finden, egal ob eines natürlichen Todes gestorben, verunfallt oder getötet, wird es leichter zu ertragen und zu verarbeiten sein als diese stetige Ungewissheit«, mutmaßte Hardy traurig.

»Da stimme ich dir absolut zu«, sagte die Kommissarin in brüchigem Tonfall. Delikte, bei denen Kinder zu Schaden kamen, nahmen sie alle besonders mit. Selbst wenn sie versuchten, mit sachlichem Blick heranzugehen, konnten sie das Gefühl der Ohnmacht und der Wut kaum unterdrücken.

»Ich kann den Tod der Schwester nicht rückgängig machen. Doch sicher hilft es der restlichen Familie, besser mit der Situation zurechtzukommen, falls wir etwas herausfinden. Ich setze eine Menge Hoffnung in die DNA-Spuren, vielleicht finden wir einen brauchbaren Hinweis«, erklärte Hardy, und sein Gesichtsausdruck zeigte Entschlossenheit.

»Wenn es auswertbares Material und hilfreiche Informationen gibt, wirst du sie auch entdecken. Ich wünsche dir von Herzen viel Erfolg«, versicherte Hannah. Niedergeschlagen öffnete sie ihre Bürotür.

»Danke, Hannah, das weiß ich zu schätzen. Wir sehen uns nachher.«

21. Mai 1982

Matthias blieb abrupt stehen, als er den Jungen auf der Schaukel erblickte. Er blinzelte und schaute ein zweites Mal. Keine Frage, es handelte sich um Roberts Sohn Christopher. Er wohnte also jetzt in Raunheim.
Augenblicklich kamen ihm die Worte des letzten Gespräches mit seinem Cousin in den Sinn.
»Bernie verweigert mir den Umgang mit dem Kind. Stell dir vor, sie ist heimlich umgezogen, damit ich ihn nicht finden kann. Ich habe bei all ihren Freunden angerufen und sie gelöchert. Niemand rückt raus mit der Sprache. Die halten absolut dicht, was den Aufenthaltsort meines Sohnes betrifft. Dabei ist es für Christopher doch besser, dass er mit seinem Vater in Kontakt bleibt, oder?« Robert hatte flehend geschaut, bevor er weitersprach. »Klar sind viele Dinge geschehen, und die Schuld lag oft bei mir. Bernie hat Recht, wenn sie sauer wegen ihrer Töchter ist. Sie wollte, dass wir eine echte Familie werden. Aber ich konnte die Mädchen einfach nicht behandeln, als wären sie leibliche Kinder. So sehr ich auch versucht habe, ihren Erwartungen zu entsprechen, es ist mir nie gelungen.«
Matthias verstand nicht, was sein Cousin Robert an Bernie fand. Wegen ihrer achtunddreißig Jahre und der zwei Töchter aus erster Ehe hatte er immer gedacht, dass sie nur deshalb an Robert interessiert war, weil er ihr ein sicheres Nest bot. Nach Christophers Geburt waren bald Streitigkeiten und Unmut in den Alltag der Patchworkfamilie eingezogen. Da die beiden nicht verheiratet waren, hatte dieses Frauenzimmer seine Machtposition gegenüber Robert ausgenutzt. Sie hatte sämtliche Freiheiten in Anspruch genommen und sich nie dazu bewegen lassen, mit ihrem Partner an einem Strang zu ziehen.
»Wenn ich nur herausbekommen könnte, wo mein Sohn jetzt wohnt. Ich will ihn sehen, zumindest aus der Ferne, solange wir keine Einigung erzielt haben«, hatte Robert ihm sein Leid geklagt.

Matthias betrachtete den Cousin als armes und verweichlichtes Würstchen, weil er sich von dieser Frau derart abspeisen ließ. An seiner Stelle hätte er längst aufgeräumt und der Tussi gezeigt, wer der Herr im Hause ist und das Sagen hat. Ohne einen Hauch von Verständnis, und falls nötig auch mit körperlicher Gewalt.
Robert wird mich in den Himmel heben, wenn ich ihm anvertraue, dass ich weiß, wo Christopher ist.
Erneut warf er einen Blick auf den Jungen, der nun kopfüber an einem Klettergerüst hing. Ein herrlicher Jungenkörper, schlank und muskulös. Die Arme baumelten über dem Sand unter dem Gerüst. Auf seinem Gesicht, das wegen der Körperhaltung und vor Aufregung gerötet war, leuchtete ein glückliches Lächeln. Die grünen Augen strahlten vor Freude und fixierten einen Punkt auf der Wiese, auf der eine Gruppe Löwenzahn stand.
Matthias ahnte, was Christopher als Nächstes plante, und blieb am Beobachtungspunkt stehen. Der Knabe kletterte vom Gerüst und ging mit flinken Schritten auf die Grasfläche. »Dachte ich mir. Himmel, wie wunderschön er ist!«, flüsterte Matthias leise.
Er schloss die Augen und versuchte, sich den Großcousin unbekleidet vorzustellen. Ein Stöhnen entfuhr ihm, und er wusste, dass er Robert die Entdeckung verschweigen würde. Zu gewaltig flammte das Verlangen in ihm auf.
Langsam ging er auf den Jungen zu und rief ihn beim Namen. Zufrieden registrierte er, dass Christopher ihn zu erkennen schien. Ohne Argwohn kam der Junge auf ihn zu und streckte ihm einen Löwenzahn entgegen.
»Schau mal, Onkel Matthias, da vorne gibt es noch viel mehr. Wollen wir sie zusammen wegpusten?«
In seiner Familie nannte man alle männlichen erwachsenen Männer seit jeher Onkel, während die weibliche Verwandtschaft mit ihren Vornamen gerufen und das Wort Tante vermieden wurde. Eine Gewohnheit, die Matthias nie verstanden oder hinterfragt hatte.
»Sehr gerne«, antwortete er mit schmeichelnder Stimme. »Weißt du, ich finde Pusteblumen klasse. Wir sollten sie in alle Winde verteilen, damit wir im nächsten Jahr ein Meer aus ihnen bestaunen können, was meinst du?«
Christopher schaute einen Moment verlegen, bis die Worte bei ihm ankamen. »Heißt das, aus jeder, die wir wegpusten, bekommen wir neue Blumen?«

»Ja, sicher, was dachtest du?«

»Eigentlich habe ich noch nie darüber nachgedacht. Aber wenn das so ist, nichts wie los«, antwortete Christopher und lachte laut auf. Er zerrte Matthias an seiner Hand zum Löwenzahn.

9. März 2014, Restaurant Golden Panda, Rüsselsheim

Das Golden Panda lockte zur Mittagszeit viele Arbeiter aus dem Gewerbegebiet Hasengrund in Rüsselsheim an. Das Angebot des Mittagsbuffets wurde gerne in Anspruch genommen, die reiche Auswahl und der faire Preis hatten sich rasch herumgesprochen. Hannah, Jens und Çetin mussten einen Moment am Eingang warten, bevor ein Tisch am Fenster frei wurde.

»Ich vermute, dass alle Ganoven in den Winterurlaub gefahren sind, weil hier der Frühling bereits Einzug hält«, spekulierte die Kommissarin sarkastisch und ließ ihren Blick über die Auswahl an dampfenden Speisen schweifen. Ihr Magen knurrte laut, denn heute Morgen war sie zu spät aufgestanden, um noch Gelegenheit zum Frühstücken zu haben. »Wir können uns also Zeit lassen und in Ruhe das Buffet plündern.«

»Klasse Idee, allerdings ist ordentlich was los hier. Die Frau kommt kaum mit dem Auffüllen hinterher«, antwortete Çetin und hob anerkennend den Daumen.

»Strategisch günstiger Ort eben. Jeder ist froh, in der Mittagspause etwas Warmes in den Bauch zu kriegen. Und wenn man sich auch noch vom Buffet bedienen kann und wenig Wartezeit hat, ist das doppelt praktisch, oder? Von mir aus können wir anfangen«, erklärte Hardy. Er stand auf und nickte seinen Kollegen aufmunternd zu.

»Bin dabei«, sagte Hannah grinsend.

»Hin und wieder wundere ich mich, dass ihr beide nicht bereits die Ausmaße eines Fasses angenommen habt«, stellte Çetin amüsiert fest. »So wie ihr an den Trog stürmt, könnte man meinen, es gibt kein Morgen mehr. Geht ihr ohne Frühstück aus dem Haus?«

Die Kommissare nickten, griffen zu den Tellern in der Warmhaltevorrichtung und begannen sich verschiedene Gerichte aufzutun.

»Lasst mir etwas übrig«, rief Çetin und winkte der Bedienung. »Ich muss zuerst was trinken.«

Nachdem die Beamten die erste Portion ihres Essens gierig verspeist hatten, fragte Hannah erneut nach dem Jungen aus dem alten Fall.

»Sag mal, Hardy, habt ihr außer dem T-Shirt noch andere Beweisstücke in der Asservatenkammer?«

»Nein. Ich weiß natürlich nicht, wie gründlich die Kollegen damals den Spielplatz und die Umgebung abgesucht haben. Warum fragst du?«

»Weil ich darüber nachdenke, weshalb er sein T-Shirt ausgezogen hat. Im Mai ist es doch nicht so warm, oder?«

»Die Wetterdaten von diesem Tag muss ich mir noch ansehen. Danke für den Tipp, werte Kollegin.« Er zwinkerte ihr freundlich zu. »Sonderbar fand ich das allerdings auch. Zumal er vor der Schule dort hingegangen ist. Die ersten beiden Stunden fielen an dem Tag aus, und er hatte seiner Mutter versprochen, auf die Uhrzeit zu achten, um rechtzeitig vom Spielplatz loszulaufen.«

»Verstehe. Also warum zieht der Junge sich aus? Das würde ich an deiner Stelle noch einmal hinterfragen.«

»Ich könnte mir vorstellen«, warf Çetin ein, »dass er irgendetwas zum Anziehen in die Schultasche gesteckt hat. Was Cooles, wie ein Batman-Shirt oder so, und sich dort umgezogen hat. Dabei hat er einfach vergessen, das andere T-Shirt wieder einzupacken.«

»Hmm, das kenne ich eher von Mädchen. Aber könnte so gewesen sein.«

»Na, komm, ich habe das früher genauso gemacht«, erzählte Çetin fröhlich und schien in nostalgischen Gedanken zu schwelgen. »Ich hatte so eine Jeansweste mit verschiedenen Aufnähern und Abzeichen. Meine Mutter hat sie gehasst und mir verboten, sie auch nur eine Minute in der Schule zu tragen. Keine Ahnung, ob sie je herausgekriegt hat, dass ich sie genau auf diese Weise ausgetrickst habe.«

Hannah lachte auf. »Sorry, aber du in einer Jeansweste mit Abzeichen, höchstwahrscheinlich noch von einem Böse-Buben-Verein, das kann ich mir keinesfalls an dir vorstellen.«

»Sehr witzig«, knurrte Çetin leise. »Wer weiß, was du in deiner Jugend getrieben hast. In Sachen Vergangenheit bist du nie besonders redselig, oder?«

Der Blick der Kommissarin wurde schlagartig ernst. »Nein, das bin ich tatsächlich nicht, und glaube mir, Kollege Alkan, dafür gibt es ausreichend Gründe. Solange ich selbst mit der Bewältigung …«

Ihr Mobiltelefon begann das Lied »Der Kommissar« zu spielen. Verwundert schaute sie auf das Display. Was konnte der Chef von ihr wollen?

»Boss, was kann ich für Sie tun?«

»Ich bin gerade in unserem etwas verwaisten Revier, weil ich eine kleine Auszeit von meiner Behandlung genieße. Wollte mal sehen, was hier ansteht und ob Sie Ihre Akten im Griff haben.« Er lachte laut auf.

»Sehr witzig«, beschwerte sich Hannah und schoss zurück: »Und weil Sie außer Ihrem Job keine Hobbys haben, dachten Sie, dass Sie direkt ins Präsidium fahren, um uns zu kontrollieren und uns Feuer unterm Hintern zu machen?«

»Nein«, antwortete Mitheimer beschwichtigend. »Ich wollte Sie nicht angreifen, das sollte nur ein Scherz sein. Scheint die Wirkung verfehlt zu haben. Eigentlich bin ich hergekommen, um ein paar persönliche Dinge aus dem Büro zu holen und eine oder zwei alte Fallakten. Ich kann die Langeweile während der Behandlung kaum mehr ertragen. Schon ein Vierteljahr, in dem ich mein Hirn nur pflegen und nicht anstrengen darf. Das schlägt mir aufs Gemüt. Na, jedenfalls dachte ich, dass ich Hartmann aus der Ferne ein wenig unter die Arme greifen könnte, indem ich helfe, die alten Fälle zu lesen. Dabei erkennt man zweifelsohne rasch, wo es sich lohnt, noch einmal nachzuhaken.«

»Soll ich Ihnen Hardy geben? Er sitzt mir gegenüber, und Çetin Alkan ist auch hier.«

»Nein, lassen Sie mal. Weshalb ich anrufe, hat andere Gründe. Als ich ins Büro gekommen bin, klingelte das Telefon. Ich bin rangegangen und habe eine Anzeige aufgenommen.«

»Worum geht es?«

»In der alten Disco in der Stadt, dem Canadian Club, sind in der Nacht laute Geräusche zu hören gewesen.«

»So sollte das doch im Tanzschuppen auch sein, oder?«

»Quatsch. Das Ding ist seit vielen Jahren dicht. 2008 hat es dort gebrannt und seither verfällt dieses wunderbare Gebäude mehr und mehr. Das war allerdings vor Ihrer Zeit hier. Sie konnten das nicht wissen, Verzeihung.«

Hannah fragte verwundert: »Was machen die mit Ihnen während Ihrer Behandlung?«

»Das wollen Sie keinesfalls genauer beschrieben haben. Aber was soll die Frage?«

»Weil Sie mich so vorsichtig behandeln und sich für alles entschuldigen.«

»Muss mein schlechtes Gewissen sein. Schließlich war ich wenig zimperlich im Umgang mit Ihnen, als wir das letzte Mal zusammen einen Fall gelöst haben.«

»Stimmt. Allerdings sehe ich das nicht so eng in Anbetracht Ihrer ...«

»Stopp«, rief Mitheimer gereizt. »Ich brauche kein Mitleid und möchte, dass meine Erkrankung nie Thema zwischen uns beiden ist, verstanden?«

»Absolut.«

»Gut, dann wischen Sie sich mal den Mund ab und kommen rüber. Bringen Sie die Kollegen Hartmann und Alkan mit.«

»Alles klar, wir sind schon fast bei Ihnen.«

Hannah erzählte Jens und Çetin in Kurzfassung, was Herr Mitheimer ihr mitgeteilt hatte, während sie der Bedienung zuwinkte, um die Rechnung zu bestellen.

»Oha, das Candy, da muss ich aufpassen, dass ich keine Spuren hinterlassen habe, so oft wie ich früher dort gewesen bin«, lachte Çetin und fingerte umständlich sein Portemonnaie aus der Hosentasche.

»Vermutlich in deiner Jeansweste, du alter Rocker.« Hardy grinste und ging zur Garderobe.

»Nein«, rief Çetin ihm hinterher. »Im Candy gab es wenig Chancen, in Jeans und T-Shirt hineingelassen zu werden. Zumindest in den Anfangszeiten war elegante Kleidung ein Muss, um den Tanztempel betreten zu dürfen.«

»Vom Rocker zum Popper«, meinte Hannah. Sie drückte der Kellnerin das Geld für die Rechnung in die Hand und machte sich zusammen mit ihren Kollegen auf den Weg zum Ausgang.

21. Mai 1982

Christopher lief glücklich durch die Reihen der Blumen und pustete die weißen Schirmchen des Löwenzahns in den Himmel. Matthias spielte einige Minuten mit und beobachtete ihn, entschlossen, seine Fantasien noch eine Weile im Griff zu behalten. Doch der Bub, der absolut arglos und unbekümmert beschäftigt war, ließ Gier und krankhafte Leidenschaft in ihm aufkochen. Mit trockenem Mund hielt er Christopher an der Schulter fest, drehte ihn zu sich herum und fragte lächelnd: »Weiß deine Mami, dass du hier auf dem Spielplatz bist?«
»Ja. Und ich muss gleich los, wir haben bald Unterricht.«
»Verstehe, du wolltest also vorher noch schnell 'ne Runde toben?«
Der Junge nickte. »Genau, mache ich immer, wenn wir später Schule haben.«
»Ach, Mist, ich dachte, du würdest mit mir dort hinten in den Keller gehen.« Er zeigte auf eines der Gebäude neben der Wiese. »Mein Freund hat angerufen und mir erzählt, dass er da unten ein Zebra gesehen hat. Vermutlich hat er mich angeschwindelt, aber ich glaube, nachsehen kann nicht schaden, oder?«
Christopher schaute ihn begeistert an.
»Aber natürlich musst du jetzt los. Die Schule ist wichtig, das weißt du doch.«
Der Junge nickte enttäuscht.
»Vielleicht können wir uns für heute Nachmittag verabreden? Ich komme wieder her und hole dich ab. Was hast du denn gleich für eine Stunde?«
»Nur Musikunterricht«, antwortete Christopher, und in seinen Augen blitzte die Hoffnung auf, dass Matthias das Fach als genauso unwichtig ansah wie er selbst.
»Musik? Musst du da hingehen? Ein neues Lied kannst du auch von mir lernen. Wir müssen es deiner Mutter nicht sagen und hätten ein Geheimnis. Bist du dabei?«
Nervös starte das Kind auf seine Hände, die es unablässig knetete. »Aber wenn der Lehrer meine Mama anruft, dann weiß sie, dass ich unartig war.«

»Wir gehen rasch rüber, schauen nach und dann fahre ich dich zur Schule. Ich schreibe dir eine Entschuldigung, dass du ein klein bisschen zu spät kommen musstest. Schließlich kriegt man nicht jeden Tag die Chance, ein Zebra zu sehen, oder? Stell dir nur vor, wie deine Klassenkameraden staunen werden, wenn du ihnen nachher davon erzählst. Ich meine, falls es wirklich dort unten ist. Wie sieht's aus?«

»Okay«, willigte Christopher ein. »Lass uns nachsehen.«

»Allerdings musst du dein T-Shirt ausziehen. Es ist schmutzig dort, und ich habe gehört, dass Zebras sich nur sauberen Menschen zeigen.«

»Quatsch, wer sagt denn sowas?«

»Einer im Fernsehen in einer Tiersendung, und ich glaube, der Mann hat keinen Spaß gemacht. Besser, du ziehst es einfach aus. Ist ja schön warm heute.«

»Na gut«, erwiderte der Junge, zog widerstrebend sein T-Shirt über den Kopf und warf es achtlos auf den Boden. Matthias durchfuhr ein Blitz aus Begehren, als er auf die nackte Haut des Kindes sah.

»Beeil dich«, keuchte er, »wir wollen doch nicht allzu spät in der Schule ankommen.«

Energisch zog er Christopher an der Hand in Richtung des Hauses, während er gedanklich nach Möglichkeiten suchte, den Knaben in seiner Gewalt zu behalten.

9. März 2014, Polizeipräsidium

»Guten Tag, werte Kollegen«, begrüßte Josef Mitheimer sie. Man sah ihm an, dass er sich über das Wiedersehen freute. »Kommen Sie mit Herrn Götzenbrenner klar? Ich meine, stört es Sie, dass er Ihre Entscheidungen quasi pro forma absegnen muss? Ich möchte nicht, dass Sie denken, ich halte Sie drei für unfähig, diese Abteilung zu leiten. Doch ich wollte einen Mann hier sitzen haben, mit dem ich auch privat gute Kontakte pflege. So konnte und kann ich während meiner Behandlung Einsicht in alles bekommen, was hier geschieht.«

»Was spricht dagegen, dass Sie diesbezüglich mit uns sprechen?«, fragte Hardy und nahm ihm gegenüber am Schreibtisch Platz.

»Herr Hartmann, Sven Götzenbrenner ist ein langjähriger Freund, dem ich zumuten kann, dass er mich besucht und meinen jammervollen Zustand erträgt. Er wird, wenn ich wieder auf dem Posten bin, zurückversetzt. Mit Ihnen werde ich nach der Genesung, die hoffentlich weiter voranschreitet, wieder zusammenarbeiten. Deswegen. Ich möchte nicht, dass Sie das Bild eines kranken und schwachen Mannes im Hinterkopf haben. Und bevor Sie jetzt Einwände vorbringen, vergessen Sie es. So will ich es haben und so wird es gemacht, basta.«

»Ich freue mich auch, Sie zu sehen, Herr Mitheimer«, antwortete Hannah mit in die Hüften gestemmten Armen. »Der Kollege Götzenbrenner ist ausgesprochen verständnisvoll und loyal uns gegenüber. Denken Sie nur nicht, dass wir uns nicht darüber im Klaren sind, dass seine Anweisungen in Wirklichkeit von Ihnen stammen. Dazu lieben Sie Ihre Arbeit als Polizist zu sehr, und genau genommen kommt uns dieser Umstand absolut entgegen.« Sie lächelte freundlich.

»Ist auch nicht viel passiert in den letzten Monaten«, fügte Çetin hinzu.

»Womit wir beim Grund meines Anrufes bei Frau Bindhoffer sind.« Josef Mitheimer griff nach einem Notizzettel auf dem Schreibtisch. »Ein Herr Markus Witwenkamp meldete vorhin, dass er bereits des Öfteren laute Geräusche im Canadian Club gehört hat. Er wollte von mir erfahren, ob im Candy, so nennen es die meisten Rüsselsheimer, die Bauarbeiten wieder aufgenommen wurden und warum in der Nacht gearbeitet wird. Als ich ihm erklärte, dass ich von keinen baulichen Maßnahmen weiß, bat er darum, dass man dort einmal nachschaut, was los ist.«

»Und weshalb sollen wir uns das ansehen? Ich meine, reicht es nicht aus, eine Streife vorbeizuschicken?«

»Im Prinzip haben Sie damit Recht, Kollege Hartmann. Vorhin ist bereits ein Wagen vorbeigefahren und hat von außen einen Blick auf das Gelände geworfen. Da sie keine Auffälligkeiten bemerkt haben, haben sie mir Entwarnung gegeben. Aber Herr Witwenkamp erzählte mir außerdem, dass er am Morgen mit seiner Freundin gesprochen habe, die ebenfalls vom Lärm geweckt worden sei. Sie meinte allerdings, dass es für sie nicht nach Bauarbeiten, sondern eher nach einem Schuss geklungen hätte. Weshalb ich sichergehen möchte und eine zusätzliche Inspektion der Räume vorschlage.«

»Warum hat der Mann so lange gewartet, bis er angerufen hat?«

»Weil er den halben Vormittag mit seiner Freundin diskutiert hat, ob sie Recht haben könnte. Er erklärte mir zusätzlich, dass sie oft Probleme mit Angstzuständen habe und er deshalb der Meinung sei, dass es sich keinesfalls um einen Schuss handeln könne. Trotzdem würde er gerne wissen, was im Gange ist. Ich übrigens auch.«

»Wo wohnt Herr Witwenkamp?«, fragte Hannah.

»Direkt nebenan im alten Hotel Mainlust. Er hat eines der Zimmer gemietet, die zur Verfügung stehen, bevor die Umbauarbeiten in diesem Jahr beginnen. Da Sie vorhin erwähnten, dass es hier im Augenblick ohnehin ausgesprochen friedlich ist, schlage ich vor, zwei von Ihnen machen sich auf den Weg.«

»Dann rücken Sie mal raus mit der Sprache«, erwiderte die Kommissarin und sah ihren Chef herausfordernd an.

»Was meinen Sie, Frau Bindhoffer? Womit soll ich rausrücken?«

»Wer dort hinfahren soll. Zweifelsohne haben Sie dazu schon genaue Vorstellungen.« Sie grinste kokett.

»Wie gut, dass Ihr Spürsinn im letzten Vierteljahr nicht nachgelassen hat. Natürlich werden Sie und Herr Alkan fahren. Mit dem Kollegen Hartmann möchte ich in der

Zwischenzeit über den Stand der alten Vermissten- und Mordfälle reden. Viel Zeit bleibt mir nicht, ich muss heute Nachmittag wieder zurück sein. Und bis dahin will ich auf alle Fälle genug Arbeit im Gepäck haben. Auch um zu verhindern, dass ich erneut Stunde um Stunde auf einen Anruf von Götzenbrenner warten und dabei das Treiben um Deutschlands Kleiderschränke und sämtliche Kochshows konsumieren muss. Sie ahnen hoffentlich kaum, was im Nachmittagsprogramm so alles ausgestrahlt wird. Kennen Sie zum Beispiel die Sendung, in der ...«

Hannah räusperte sich vernehmlich. »Çetin, du hast den Boss gehört. Lass uns losfahren.«

9. März 2014, Mainstraße, Rüsselsheim

Hannah und Çetin stellten den Wagen auf dem weitläufigen Parkplatz am Mainufer ab und liefen zum ehemaligen Canadian Club.
»Heiliges Kanonenrohr. Hier ist ja echt seit Jahren nichts mehr gemacht worden, oder?« Entsetzt starrte Hannah auf einen relativ großen Gebäudekomplex, an dem an der rechten Seite des Dachs Schilder mit dem Namen des Tanzlokales, einer Biermarke sowie dem Zusatz *Sommergarten* prangten. Die hiesige Fauna hatte sich Teile der Anlage durch Wildwuchs zurückerobert, und viele der Fensterscheiben waren zerschlagen. Am ehemals mit Sicherheit wunderschönen Zaun im Westernstil blätterte die Farbe großzügig ab, und auch das hölzerne Eingangstor hatte schon bessere Tage gesehen.
»Was für ein traumhaftes Gebäude. Warum macht sich niemand die Mühe, es wieder aufleben zu lassen?«, fragte Hannah ungläubig.
»Weil es nach dem Brand im November 2008 absolut hinüber war. Soweit ich mich erinnere, wurde bei den Löscharbeiten der komplette Keller unter Wasser gesetzt. Neben den Schäden durch das Löschwasser ist beim Feuer auch eine Wasserleitung kaputtgegangen. Niemand scheint der Meinung zu sein, dass sich eine Komplettsanierung noch lohnt«, erklärte Çetin.
»Weshalb weißt du so genau, wann das passiert ist?«, fragte Hannah überrascht.
»Meine Mutter hat am 13. November Geburtstag, und genau in dieser Nacht ist das Feuer ausgebrochen. Der Brandherd lag vermutlich im Inneren des Hauses. Jedenfalls habe ich das dem Bericht der Feuerwache so entnommen.«
»Weißt du auch, ob Brandstiftung als Ursache in Frage kam?«
»Davon sind die Kollegen seinerzeit ausgegangen, da das Feuer gleichzeitig an vier Stellen ausbrach. Ob es jemals dazu kam, dass sie den Täter gefasst haben, kann ich dir nicht sagen. Das müssten wir im Archiv nachschlagen.«
»Alles klar, dann lass uns jetzt mal zu Herrn Witwenkamp gehen und ihn befragen.«

»Unnötig, denke ich. Der Kerl da vorne schaut schon eine Weile zu uns und lässt uns nicht aus den Augen. Vermutlich ist er es.«

Çetin Alkan ging auf den Mann zu und erkundigte sich nach einer höflichen Begrüßung, ob er Herr Witwenkamp sei.

»Ja, angenehm.« Witwenkamp streckte den Beamten seine Hand entgegen. »Ich bin froh, dass Sie hier sind. Verstehen Sie mich bitte nicht falsch, ich weiß, dass Cora mitunter ein paar ... sagen wir mal, Hirngespinste hat. Deshalb schläft sie auch häufig mit in meinem beengten Zimmer, obwohl ihre eigene Wohnung in der B-Siedlung viel größer ist. Die Angst, es könnte jemand bei ihr einsteigen, ist oft übermächtig für sie. Aber sie hat heute Morgen derart vehement darauf bestanden, dass sie einen Schuss gehört hat, dass ich ihr fast glauben möchte. Wir schauen also besser zügig im Club nach.«

»Sie sehen nirgendwo hinein. Das müssen Sie uns überlassen. Entschuldigung, die Vorschriften verlangen das so.«

Der Mann mittleren Alters, den Hannah erst jetzt genauer in Augenschein nahm, blickte beleidigt in ihre Richtung. Seine muskulösen Arme in die Hüften gestützt, schien er nach einer trotzigen Antwort zu suchen.

»Bevor wir uns Zutritt verschaffen, erzählen Sie mir bitte noch einmal, wann Sie die verdächtigen Geräusche in etwa gehört haben«, bat Hannah freundlich.

»Ich hörte sie gegen zwei. Weil ich danach nicht gleich wieder einschlafen konnte, holte ich mir ein Glas Milch. Dabei habe ich in der Küche auf die Uhr gesehen, es war acht Minuten nach zwei. Cora behauptet, dass der vermeintliche Schuss etwa um halb fünf gefallen ist.«

»Hat sie Sie nicht geweckt?«, wollte Çetin wissen.

»Wenn ich schlafe, kriegt mich so rasch niemand wach. Sie hat es mehrmals versucht, allerdings erfolglos. Den Rest der Nacht hat sie mit der Bettdecke über dem Kopf verbracht und gelauscht, ob sie noch mehr hört.«

»Herzlichen Dank, Herr Witwenkamp. Wären Sie so freundlich, jetzt wieder auf Ihr Zimmer zu gehen? Wir kommen zu Ihnen herüber, sobald wir hier fertig sind.«

»Die Sonne scheint heute so schön. Kann ich auch im *Rind* auf Sie warten?« Er deutete auf das Haus nebenan, vor dem bereits einige Tische und Stühle aufgestellt worden waren.

»Wie Sie meinen«, erwiderte Hannah. »Solange Sie dort sitzen bleiben und nicht auf die Idee kommen, uns hinterherzuschleichen«, ergänzte sie in einem Ton, der keine Widersprüche zuließ.

»Versprochen. Ich trinke einen Kaffee. Im Gegenzug wäre es nett, wenn Sie mir nachher alles genau berichten.«

»Soweit wir dabei nicht unsere Vorschriften überschreiten, gern«, versicherte Çetin. Mit einer Kopfbewegung deutete er Hannah an, loszugehen.

9. März 2014, Polizeipräsidium

»Wie kommen Sie mit der Recherche zu den alten Fällen voran, Hartmann? Haben Sie sich bereits einen Überblick verschafft, welcher der, ich sage es mal auf neudeutsch, *Cold Cases* für eine erneute Aufnahme der Ermittlungen in Frage käme?«

»Letzte Woche habe ich das zurückgelassene T-Shirt aus dem Vermisstenfall Christopher Friedmann zur Analyse gegeben«, antwortete Jens Hartmann. »Ich rechne damit, in den nächsten Tagen konkrete Ergebnisse zu bekommen. Mit ein wenig Glück findet das Labor außer der DNA des vermissten Jungen auch Fremdspuren.«

»Was ist damals passiert? Frischen Sie meine Erinnerung bitte rasch auf.«

Hardy begann, ihm den Fall zu schildern. Nach kurzer Zeit hob Mitheimer die Hand und stoppte Hardys Redefluss. »Danke, ich kann mich wieder erinnern, diese Tochter nahm sich das Leben, stimmt's?«

»Genau.«

»Sprang von einem der Hochhäuser in der Nahestraße in Raunheim, entsetzliche Sache.«

Insgeheim bewunderte Hardy die Fähigkeit seines Chefs, sich nach so vielen Jahren an die Details eines Vermisstenfalles erinnern zu können. Andererseits gruben sich Fälle, in denen Kinder verschwanden und nie wieder auftauchten, auch tief in die Gedächtnisse aller ein. Das Gefühl der Machtlosigkeit war bei solchen Ereignissen extrem ausgeprägt und hatte bereits so manchen Kollegen in die Arme eines Therapeuten getrieben. Insbesondere dann, wenn man den Leichnam eines Heranwachsenden auffand und den Mörder nie hinter Schloss und Riegel bringen konnte.

»Und Sie denken, dass wir, falls es eine weitere DNA-Spur auf dem T-Shirt des Buben gibt, den Täter in der DNA-Analyse-Datei finden werden?«

»Ich hoffe natürlich, dass es so einfach ist. Wenn wir einen genetischen Fingerabdruck haben und er nicht in unserer Datenbank gespeichert wurde, bleibt immer noch die Möglichkeit, die Befragten nochmals genauer in Augenschein zu nehmen.«

Mitheimer nickte. »Allerdings wissen Sie so gut wie ich, dass sich Erinnerungen an ein so lange zurückliegendes Ereignis mit den Jahren immer mehr verwaschen. Glauben Sie also nicht, dass Sie von den Zeugen und Befragten heute noch präzise Angaben zu Uhrzeiten oder genauen Abläufen erhalten werden.«

Hardy seufzte laut. »Dessen bin ich mir durchaus bewusst. Aber wenn man beginnt, sich mit alten Fällen zu beschäftigen, muss man schließlich irgendwo ansetzen. Als Start wären eine brauchbare DNA-Spur und ein Treffer in der DAT selbstverständlich traumhaft. Dennoch wage ich kaum, darauf zu hoffen.«

»Ihr Vorgehen ist absolut in Ordnung, Herr Hartmann. Ich möchte Ihnen im Vorfeld nur verdeutlichen, wie schwierig die Aufnahme alter Ermittlungen werden kann. Trotzdem bietet sich auch nach vielen Jahren die Chance, endlich Gewissheit zu erlangen und im schlimmsten Fall wenigstens einen Mörder seiner gerechten Strafe zuzuführen. Letztendlich können wir nur gewinnen, denn außer Ihrer Zeit und Arbeitskraft kostet es uns nichts. Wenn es uns gelingt, nur einen einzigen der Cold Cases aufzuklären, sind wir auf der Gewinnerseite. Sie merken es, ich schweife ab, dabei sollte ich schon längst mit Ihnen über den Akten sitzen und mir ein bis zwei davon zur weiteren Beurteilung unter den Arm geklemmt haben. Mein Hirn ist noch immer nicht ganz auf den flotten Dampfer zurückgekehrt.« Er hob entschuldigend die Hände.

Hardy fiel es schwer, seinem Vorgesetzten im Plauderton zu begegnen. Er konnte sich lebhaft vorstellen, wie schwierig es für Mitheimer war, in der Rolle des Chefs zu agieren, ohne die derzeitigen Schwächen in den Vordergrund zu stellen.

»Wir haben uns eine Weile nicht gesehen, da muss auch mal Zeit für ein kleines Schwätzchen sein«, versuchte er, die Bemerkung des Chefs abzuschwächen. »Lassen Sie uns loslegen.«

9. März 2014, Canadian Club, Rüsselsheim

Der Schlüssel zum Club lag an der Rezeption des Hotels Mainlust. Josef Mitheimer, der mit dem jetzigen Besitzer des Grundstücks befreundet war, hatte dies nach einem Telefonat erfahren und seine Kollegen bereits angekündigt. Als Hannah und Çetin im Hof auf einen eifrig arbeitenden Mann trafen, war dieser sofort im Bilde und begrüßte sie freundlich.

»Sie kommen wegen der Schlüssel, oder?«

»Genau. Sieht man uns das schon aus der Ferne an?«, fragte die Kommissarin belustigt. Sie streckte ihm die Hand entgegen und stellte sich und ihren Kollegen vor.

»Nee, aber sonst ist hier im Moment eher wenig Publikumsverkehr. Es wird alles umgebaut und renoviert. Nur in einem einzigen Zimmer ist noch ein Gast. Er hat sich hier notfallmäßig für die nächsten Wochen eingemietet. Im Augenblick können wir jeden Euro brauchen, deshalb habe ich ihm eines der Gästezimmer überlassen, obwohl sie im Moment eigentlich nicht zu vermieten sind.«

»Ich nehme an, Sie sprechen von Herrn Witwenkamp«, mutmaßte Çetin.

»Ach, Sie kennen ihn?«

»Flüchtig. Er hat uns gemeldet, dass er heute Nacht laute Geräusche aus dem Tanzclub gehört habe. Können Sie das bestätigen?«

»Leider nicht, Frau Bindhoffer. Ich arbeite hier tagsüber, aber ich schlafe zu Hause. Das ist in Trebur, deshalb kann ich keine Auskünfte zu dem Krach geben.«

»Tja, dann werden wir jetzt mal nachschauen gehen. Wären Sie so freundlich, uns die Schlüssel zu holen?«

Er lächelte, griff in seine Hosentasche und fischte nach einigen Sekunden einen Schlüsselbund heraus. »Drinnen ist im Moment niemand, deshalb habe ich ihn eingesteckt. Dachte mir schon, dass Sie als Erstes auf mich stoßen. Behalten Sie ihn erst einmal, so schnell muss ich drüben nicht rein.«

Hannah nahm den Schlüssel, bedankte sich höflich und verließ gefolgt von ihrem Kollegen den Hof.

Das Schloss für das Tor im Holzzaun zum Canadian Club ließ sich ohne Probleme öffnen. Nicht einmal die Scharniere knarzten, als Çetin die Tür aufdrückte, was die Kommissarin angesichts des Gebäudezustandes verwunderte. Sie vermutete, dass gelegentlich jemand nach dem Haus sah.

»Schau mal«, rief Hannah überrascht. »Der Zaun hat sogar ein eigenes kleines Dach. Habe ich vorhin glatt übersehen.«

»Jetzt, wo du es erwähnst. Ich gestehe, das ist mir in all den Jahren, in denen ich hier ein und aus gegangen bin, nie aufgefallen. Vermutlich, weil das Tor immer offen stand.«

»Ich glaube eher, dass dich deine wildentflammten Hormone so schnell wie möglich nach drinnen tragen wollten.«

Zur Antwort streckte Çetin der Kommissarin die Zunge heraus. »Komm jetzt.«

Im Hof, der wie ein Pflanzenparadies aussah, rankten sich Äste um den dort aufgestellten Westernzaun. Vermutlich wegen der hohen Absperrung am Eingang lag erstaunlich wenig Müll auf dem Vorplatz des Clubs.

Raschen Schrittes gingen die Beamten auf die große Eingangstür des Hauptgebäudes zu. Das Schloss ließ sich auch hier problemlos öffnen. Hannah hob einen Arm vors Gesicht, nachdem sie eingetreten war. Der Geruch nach moderndem Holz und altem Gebäude war atemberaubend intensiv.

»Heilige Scheiße«, keuchte sie. »Und dabei sind doch die meisten der Fensterscheiben zerschlagen. Lass uns bitte rasch nachsehen und dann nichts wie raus hier.«

21. Mai 1982

Matthias sah erleichtert, dass einer der Bewohner des Gebäudes nahe dem Spielplatz einen Keil unter die Haustür geklemmt hatte. Das Problem, überhaupt in den Keller zu gelangen, löste sich ohne sein Zutun in Wohlgefallen auf. Er blickte Christopher an und lächelte.
»Bist du so weit?«
»Bereit, mein Kommandant«, erwiderte dieser lachend, »und soooo neugierig.« Mit den Armen machte er eine kreisende Bewegung.
»Dann los.«
Matthias nahm die Hand des Jungen und lief den Treppen entgegen. Zunächst folgte Christopher ihm eilig, als sie jedoch die Stufen erreichten, blieb er abrupt stehen.
»Was ist los?«
»Das ist mir zu finster.« Er zeigte nach unten. »Jede Wette, dass Zebras keine Dunkelheit mögen. Eigentlich möchte ich jetzt auch lieber zur Schule. Ich habe Angst, dass Mama doch was merkt. Sie kann nämlich ganz schön schimpfen, wenn wir frech sind. Stubenarrest und Fernsehverbot gibt sie zu gern, weißt du?«
Ich habe nichts anderes von dieser alten Kuh erwartet, dachte Matthias wütend und zog am Arm des Jungen.
»Es dauert nur zwei Minuten, und du verspätest dich jetzt sowieso. Sieh mal, hier ist auch eine Taschenlampe.«
Er zog die Handlampe, die er für den dunklen Weg zu seinem Wohnwagen ständig bei sich trug, aus der Hosentasche und ließ sie in Richtung des Knaben leuchten. Interessiert und beeindruckt schaute Christopher auf das Licht.
»Du hast aber eine kleine Taschenlampe. Kann ich mal sehen?«
»Nachher. Zuerst sollten wir runter und nachsehen, ob mein alter Freund mich nicht doch beschwindelt hat. Ich glaube nämlich auch, dass Zebras keine Dunkelheit mögen. Wenn wir sichergehen wollen, müssen wir nachschauen. Sollen wir?«

Matthias fiel es schwer, den Plauderton in seiner Stimme aufrechtzuerhalten. Die Aufregung und die Vorfreude, den Buben des Cousins gleich ganz nah spüren zu können, beschleunigten seinen Atem. Sein Herz pochte spürbar heftig.

Christopher schüttelte energisch den Kopf. »Nein, ich will zur Schule. Geh du hinunter. Du kannst mir später erzählen, ob ein Zebra unten war. Ich laufe los.«

Matthias riss brutal am Arm des Jungen. »Nichts da, wir hatten eine Abmachung. Du begleitest mich in den Keller und nachher fahre ich dich zum Unterricht. Denk daran, du brauchst eine Entschuldigung. Sonst rufen sie gleich bei euch zu Hause an und deine Mutter wird fuchsteufelswild.«

Christopher verzog ängstlich das Gesicht und begann leise zu weinen. Während der Junge verzweifelt versuchte, seinen Arm aus der Umklammerung zu lösen, sagte Matthias mit tröstender Stimme: »Verzeihung, Kleiner. Ich hab es nicht so gemeint.« Er strich dem Knaben eine Träne von der Wange. »Aber ich bin wütend geworden. Erst sagst du, dass du mitkommst, und jetzt willst du mich allein runter in den Keller schicken. Kannst du dir nicht vorstellen, dass ich auch Angst haben könnte?«

»Nein. Du bist doch erwachsen und ein großer Mann«, erwiderte der Junge erstaunt. »Außerdem hast du die Lampe, weshalb solltest du dich also fürchten?« Er zog geräuschvoll die Nase hoch und schien sich bereits beruhigt zu haben.

»Du magst meine Taschenlampe, stimmt's?«

»Ja.«

»Du kannst sie nachher behalten, ich schenke sie dir.«

Das Gesicht des Jungen leuchtete vor Freude auf. Er nickte begeistert.

»Das solltest du natürlich geheim halten. Versteck sie im Kinderzimmer und auch vor deinen Schwestern. Damit lässt sich prima noch ein wenig lesen, wenn man früh ins Bett muss, ohne dass jemand etwas bemerkt.«

Zögernd trat Christopher einen Schritt auf die Treppe zu. Matthias' Ungeduld wuchs ins Unermessliche. Lange würde er nicht mehr an sich halten können, sondern den Bub einfach schnappen und die Stufen nach unten zerren.

9. März 2014, Polizeipräsidium

»Danke, Herr Hartmann.«

»Wofür, Boss?«

»Dafür, dass Sie sich die Zeit genommen haben, die alten Vermisstenfälle mit mir durchzugehen.«

Hardy lächelte. »Erstens ist hier im Moment ohnehin wenig los und zweitens sind Sie mein Vorgesetzter. Wenn Sie anordnen, dass wir die Akten durchgehen, wird das erledigt. Und drittens kann ich Sie gut leiden, nur für den Fall, dass ich das noch nie erwähnt habe. Und nein«, er hob abwehrend die Hände, »das hat rein gar nichts damit zu tun, dass Sie krank geworden sind.« Er holte tief Luft. »Viertens und wohl der wichtigste Grund dafür, dass ich das hier gern erledige: Sie haben Ahnung auf dem Gebiet.«

»Wie meinen Sie das?«

»Ganz leicht erklärt. Ich bin mehr oder weniger einfach ins kalte Wasser geworfen worden in Sachen Cold Cases. Wie man vorgeht, worauf man achtet und woran man festmachen kann, ob es sich lohnt, alte Fälle aus der Versenkung zu holen, das alles wusste ich nicht. Serien dieser Art zu schauen ist sinnlos, und hier im Präsidium haben nur Sie und Hannah Erfahrung darin. Frau Bindhoffer wollten Sie den Posten nicht geben, und ich frage mich noch heute, was Ihre wahren Beweggründe waren. Dass es nicht an der Tatsache lag, dass sie eine Frau ist, haben Sie bereits bestätigt. Möchten Sie vielleicht jetzt mit der Sprache rausrücken?«

Josef Mitheimer räusperte sich und strich mit der flachen Hand über seine Stirn. »Beim nächsten Mal, Herr Hartmann. Ich muss gleich aufbrechen. Nur so viel, es hat etwas mit Frau Bindhoffers Arbeit in Hamburg zu tun.«

»Passt kaum zu Ihnen, sich in Ausflüchte zu retten, Boss.«

»Jetzt werden Sie mal nicht unverschämt, Kollege. Sie wissen sehr genau, dass mir das Wohlergehen Ihrer Kollegin am Herzen liegt. Selbst wenn es mitunter nicht allzu deutlich erkennbar ist. Ich freue mich, dass diese fähige Kriminalbeamtin bei uns gelandet ist, und wäre froh, sie hier bis zu ihrer Pensionierung zu behalten.«

Hardy runzelte besorgt die Stirn. »Gibt es etwas, was ich wissen muss?«

»Hierzu kann ich nur empfehlen, dass Sie sich öfter mit Ihrer Kollegin unterhalten sollten. Vielleicht öffnet sie Ihnen dadurch eines Tages ihr Herz und erzählt Ihnen von den Ereignissen in Hamburg. Aber nun fahre ich wirklich los, sonst bekomme ich nur noch Reste vom Eintopf, weil alle leckeren Gerichte schon aufgegessen sind.«

»Das möchte ich auf keinen Fall verantworten müssen. Sehen Sie zu, dass Sie fortkommen.«

Mitheimer nickte und sammelte die von ihm ausgewählten Akten ein, die er nochmals genauer in Augenschein nehmen wollte. Man sah ihm deutlich an, dass es ihm schwerfiel, das Büro zu verlassen.

»Bis bald«, verabschiedete Hardy ihn und lächelte ihm aufmunternd zu.

9. März 2014, Canadian Club

Im Erdgeschoss, das außer ein paar herumliegenden Gegenständen überraschend aufgeräumt aussah, fanden Hannah und Çetin keine verdächtigen Spuren.

»Sieht nach einem Fehlalarm aus, oder? Was meinst du, ich hoch, du runter?«

»Einverstanden, Kollegin. Je schneller wir wieder aus diesem Mief herauskommen, umso besser.«

Çetin lief zur Kellertreppe und stieg hinunter, während die Kommissarin hinaufging. Im Obergeschoss schloss Hannah, nachdem sie einem raschen Blick durch den Raum geworfen hatte, die Augen und versuchte sich vorzustellen, wie elegant der Club früher gewesen sein musste. Die Trümmer einer einst langen Theke, die zu ihrer Linken auf eine Auferstehung oder den kompletten Abriss wartete, zeugten von einer prachtvollen Ausstattung in vergangenen Tagen.

»Schade«, rief sie in den leeren Raum und lief Stück für Stück das obere Stockwerk ab. Sie fand weder Spuren eines Einbruchs noch einer anderen Straftat, die hier oben stattgefunden haben könnte. Erleichtert stieg sie langsam die Stufen der kleinen Treppe neben dem zerstörten Tresen hinunter. Aus dem Kellergeschoss hörte sie Çetin, der irgendetwas hin und her zu bewegen schien.

»Ich komme zu dir«, rief sie laut, um sicherzugehen, dass ihr Kollege nicht vor Schreck zusammenfuhr, wenn sie im Keller auftauchte.

»Ich bin fertig hier, bleib oben.«

»Glaubst du, ich haue ab, bevor ich auch den Rest des Tanztempels in Augenschein genommen habe?«

»Ich vermute eher, dass du mir nicht über den Weg traust und dir deshalb selbst ein Bild vom angeblichen Tatort machen willst«, erklärte er Hannah, als sie durch die Kellertür zu ihm trat.

»Unsinn, ich bin nur neugierig.«

Sie ließ prüfend ihren Blick durch den Raum schweifen. Auf dem Boden, dem man den Wasserschaden noch deutlich ansah, stapelten sich kaputte Tische und Stühle, leere Fässer und einige Säcke. *Vermutlich Baumaterialien*, dachte Hannah und ging zu einer Tür, die gegenüber dem Eingang lag.

»Was ist hier drin?«

»Ein alter Lagerraum. Da stehen nur ein paar Plastikkisten, alle leer. Außerdem sind auf dem staubigen Fußboden einige Fußspuren. Den typischen Geruch wie nach einem Schuss auf engstem Raum rieche ich nicht. Du?«

Hannah schüttelte den Kopf. »Wundert mich bei dem Duft hier im Haus allerdings auch kaum. Ich bin deiner Meinung, klarer Fall von Fehlalarm. Hier war außer dem Hausmeister keine Menschenseele, und erschossen wurde auch niemand. Lass uns abhauen und zur Sicherheit noch einmal um das Gebäude gehen.«

»Aber gerne«, stimmte Çetin zu und lief rasch zur Treppe nach oben. »Um das Haus herum gibt es allerdings nicht viel zu sehen. An beiden Seiten schließen die Nachbarhäuser direkt an das Candy an.«

Hannah trat ins Freie und sah die Aussage ihres Kollegen bestätigt. »Weißt du, ob es eine Hintertür gibt? Vielleicht ist hinten ein Garten?«

»Ich habe keine entdeckt, und wenn ich mich recht erinnere, grenzt auch an der Rückseite des Gebäudes direkt ein anderes Haus an. Bevor wir zurück aufs Revier fahren, laufen wir einfach noch mal die Schäfergasse runter.«

Hannah fröstelte bei der Erwähnung des Straßennamens. Hier hatte sich vor einem Vierteljahr eine wahnsinnige Serienmörderin verkrochen gehabt, die eine Geisel in ihre Gewalt gebracht hatte.

»Vergiss Inka Weiss, die Frau ist für lange Zeit Geschichte«, sagte ihr Kollege aufmunternd. »Und das ist zum größten Teil dein Verdienst.«

»Keine Anzeichen für einen Einbruch oder einen Schusswechsel«, berichtete Çetin Herrn Witwenkamp, als sie wieder im Gasthaus angekommen waren. »Trotzdem vielen Dank, dass Sie uns die Sache gemeldet haben. Falls Sie erneut verdächtige Geräusche hören, würde ich Sie bitten, uns umgehend zu informieren.«

»Entschuldigen Sie, dass Sie umsonst hierhergekommen sind.«
»Keine Sorge, besser einmal mehr als einmal zu wenig. Wie gesagt, falls sich die Sache wiederholt, greifen Sie nochmals zum Hörer und sagen Sie Bescheid«, bat Hannah mit einem Lächeln. »Und nun genießen Sie die Sonne und Ihren Kaffee.«

10. März 2014, Canadian Club: 02.20 Uhr

Drei schwarzgekleidete Männer huschten lautlos wie Schatten zum Tor des ehemaligen Tanzlokales. Außer dem gelegentlichen Rumpeln des Bollerwagens, den einer von ihnen hinter sich herzog, war in der nächtlichen Stille nichts zu hören.

»Du solltest erst einmal nachsehen gehen, Tito. Ich habe dir gesagt, dass mein Onkel heute Mittag Leute hier beobachtet hat, die durch die Räume gegangen sind. Falls die noch drin sind, wird es eng für uns.«

»Unsinn«, erwiderte der soeben angesprochene Mann. »Sicher wieder nur Kaufinteressenten. Die haben die Ruine gesehen und sind ganz schnell verschwunden.«

»Was schadet es, wenn du nachsiehst?«

»Aber nur, damit es dir dann besser geht, Joe«, antwortete Tito gelangweilt. Er schloss das Tor auf und betrat das Gebäude. Wenige Minuten später kam er zurück an den Eingang.

»Alles klar hier drin. Kommt rein und macht ja nicht wieder so einen Krach.«

Die Männer liefen rasch über den Hof des Canadian Clubs und eilten hinein. Als die Tür hinter ihnen ins Schloss fiel, fragte Joe: »Was machen wir eigentlich, wenn eines Tages wirklich jemand den Schuppen kauft?«

»Wäre in der Tat ein Problem. Ein besseres Versteck so nah am Wasser werden wir kaum finden. Apropos, hast du das Boot sicher vertäut, Fred?«

»Klar, Boss. Ich will ja nicht, dass wir zu Fuß zurück ins Werk müssen.«

Zufrieden nickte Tito und bedeutete seinen Begleitern mit einem Kopfnicken, nach unten in den Keller zu steigen. »Beeilt euch. Ich habe keine Ahnung, wie lange die Jungs uns heute Nacht den Rücken freihalten können. Die Schicht ist unterbesetzt, und ich kann mir vorstellen, dass der olle Vorarbeiter Christmann öfter seine Runden dreht, um unsere Arbeit zu überwachen. Gestern war es auch schon knapp. Also gebt Gas, räumt den Kram ins Versteck und dann zurück ans Werk im Werk.«

Die Männer nahmen die Gegenstände, die in eine Plane eingewickelt auf dem Bollerwagen lagen, und trugen sie gemeinsam die Treppe hinab.

»Wird auch immer weniger«, klagte Fred, während er den Kellerraum betrat.

»Hör auf, du Spinner«, maßregelte Tito ihn. »Wir können doch nicht den ganzen Bestand klauen. Ich bin schon froh, dass wir in den letzten Wochen überhaupt etwas aus der Firma herausbekommen haben. Die passen neuerdings viel besser auf. Wenn wir zu gierig werden, landen wir über kurz oder lang im Knast. Willst du das?«

»Natürlich nicht«, antwortete Fred. Er drehte zwei Plastikkisten um und legte vorsichtig den Gegenstand auf ihnen ab.

»Wann wird es abgeholt?«, wollte Joe wissen.

»Noch heute Nacht, also kein Grund, sich ins Hemd zu machen, Josef.«

»Mein Onkel erzählt nie Blödsinn, hörst du?«, rief Joe erzürnt. »Wenn er sagt, es waren Leute hier, dann stimmt das. Besser, wir halten in den nächsten Tagen das Risiko gering und verhalten uns unauffällig.«

»Werden wir, denn mehr als den einen hier und das bisschen Kleinkram«, er zeigte auf die Gegenstände auf den Kisten, »gibt es so bald eh nicht zu holen.«

Erleichtert atmete Joe aus. »Zum Glück. Dann lasst uns zurück in die Nachtschicht schippern.«

21. Mai 1982

»Welche Tür ist es?«, fragte Christopher mit aufgeregter Stimme, aus der man die Mischung aus Angst und Neugier heraushören konnte.
»Ganz hinten links«, antwortete Matthias. Lautlos schloss er die Eingangstür zum Kellerbereich ab, nachdem er den von innen steckenden Schlüssel entdeckt hatte.
»Sei leise. Falls es ein Zebra gibt, möchte ich nicht, dass wir es erschrecken.«
Der Junge nickte und setzte vorsichtig einen Fuß vor den anderen, während er dem Lichtstrahl aus der Lampe des Onkels folgte. Vor der genannten Tür blieb er stehen und atmete aufgeregt. Matthias trat zu ihm und rüttelte am Schloss des Kellers.
»Hmmm ... Komisch, er hat doch gesagt, er schließt nicht zu. Könntest du kurz hier warten? Ich laufe zur Telefonzelle und frage nach, was das alles soll.«
Entsetzt schüttelte Christopher den Kopf. »Dafür musst du die Taschenlampe mitnehmen, und ich stehe im Dunklen. Ich will hier raus!«
Er rannte an Matthias vorbei Richtung Ausgang und stoppte, als er erkannte, dass die Tür verschlossen war. Mit den Fäusten hämmerte er dagegen.
»Hör auf damit«, zischte Matthias und lief mit drei Schritten zu ihm. Ohne nachzudenken, packte er den Jungen am Hals und drückte zu. Dabei fühlte er sich seltsam losgelöst, fast so, als pressten die Hände eines anderen Christopher die Luft ab.
Nach einem Zeitraum, der ihm unnatürlich kurz erschien, gaben die Beine des Kindes nach. Rasch tastete Matthias am Hals nach dem Puls und stelle erleichtert fest, dass dieser beständig und laut zu hören war. Vorsichtig öffnete er die Kellertür, lugte heraus, hob den Großcousin in seine Arme und rannte eilig die Treppe hinauf.

10. März 2014, Hannahs Wohnung

»Mama, ich kann unmöglich am Freitag nach Hamburg kommen. Mein Dienstplan ist voll, und ich wüsste niemanden, der freiwillig mit mir tauscht.«
Die Kommissarin schämte sich, dass sie ihrer Mutter fadenscheinige Ausreden lieferte, um einen Besuch in der Hansestadt zu vermeiden. Wegen des Geburtstags von Tante Marga wollte sie keinesfalls Gefahr laufen, die Person zu treffen, die sie dazu veranlasst hatte, ihre Versetzung zu beantragen.
»Kind, willst du ewig davonlaufen?«, fragte ihre Mutter resigniert. »Du weißt doch, dass das unmöglich funktionieren kann, oder?«
Hannah konnte ihrer Mutter einfach nichts vormachen. Bereits manches Mal hatten ihr die beinahe hellseherischen Fähigkeiten, mit denen sie von ihr durchschaut wurde, fast ein wenig Angst gemacht. Und heute hörte ihre Mama sie ausschließlich am Telefon und roch den Braten trotzdem sofort.
»Was gibt es sonst Neues bei euch?«, versuchte die Kommissarin, das Gespräch in andere Bahnen zu lenken.
»Hör auf damit, Kleines, ich bin weder dämlich noch taub. So wie du sprichst, wenn ich dich frage, ob du nach Hause kommst, ist völlig klar, dass du keinen Millimeter weiter gekommen bist in Sachen Vergangenheitsbewältigung. Mach endlich deinen Kopf frei und vergiss diesen Wichser von Kollegen, der seine Griffel nicht bei sich behalten konnte.«
Hannah starrte auf den Hörer in ihrer Hand.
»Entschuldige«, fuhr ihre Mutter augenblicklich fort. »Aber statt dich wegzubewerben und jedem weismachen zu wollen, dass du wegen der Macho-Art deines Kollegen gegangen bist, hättest du das Schwein anzeigen sollen.«
Hannah schwirrte der Kopf. »Mama, woher weißt du das? Ich habe es niemandem erzählt.«

»Wozu auch? Ich kenne dich seit deiner Geburt. Normalerweise stehst du mit beiden Beinen im Leben und hättest dich gewiss nicht von einem Kerl, der sich wie ein Affe benimmt, aus dem Rennen nehmen lassen. Als du uns an jenem Abend mitgeteilt hast, dass du eine Versetzung in Betracht ziehst, haben deine Augen förmlich herausgeschrien, dass du mit etwas kämpfst. Du warst verwirrt, verletzt und gedemütigt. »Ich hatte dich noch nie so niedergeschlagen erlebt.« Es gab nicht viele Möglichkeiten, was geschehen war.«

»Dir konnte ich nie was vormachen.«

»Allerdings. Noch in der Nacht habe ich mit deinem Vater über meinen Verdacht gesprochen. Er war überrascht, denn seine Menschenkenntnis ist nicht besonders ausgeprägt und er hatte dir die Notlüge abgekauft. Was soll ich sagen, drei Tage später hat er es aus dem Wichser rausgeprügelt.«

Hannah schnappte nach Luft. Sie war überzeugt, sich verhört zu haben.

»Hast du eben gesagt, dass mein Vater Stefan Wagner verprügelt hat?«

»Ja, das hat er, und hinterher hat er keine Spur von Reue gezeigt.«

»Und Wagner hat nichts unternommen?«, fragte Hannah noch immer völlig schockiert.

»Was hätte der Kerl tun sollen? Deinen Vater anzeigen und riskieren, dass alles auffliegt?«

»Der Typ hat mich nur begrabscht, und weil ich rasch genug reagiert habe, ist nichts weiter passiert. Ich glaube kaum, dass es Folgen für ihn nach sich zieht, falls es herauskommt.«

»Mein liebes Kind, du bist doch sonst ein so helles Köpfchen. Wo ist dein Verstand geblieben, wenn es um diesen Wichser von Wagner geht?«

Dass ihre Mutter bereits zum dritten Mal in einer Unterhaltung einen solchen Kraftausdruck benutzte, erstaunte die Kommissarin zusätzlich.

»Es wäre schön gewesen, wenn du damals zu mir gekommen und mich ins Vertrauen gezogen hättest«, fuhr ihre Mutter sanfter fort. »Um ehrlich zu sein, habe ich dir nichts von unserer Aktion erzählt, weil ich dachte, dass du zuerst allein mit der Situation fertig werden musst. Aber nun ist es raus, und eins solltest du wissen, ich bereue es keine Sekunde, deinen Vater auf diesen Scheißkerl gehetzt zu haben. Karl-Heinz konnte nur mit größter Mühe verhindern, dass ich sofort Anzeige erstatte. Ich war so wütend und habe erst erkannt, dass das alles nicht meine Angelegenheit ist, als Papa mir die Haustür vor der Nase zuschloss, mich festhielt und zwang, ihm zuzuhören.«

Stille Tränen der Dankbarkeit und Rührung liefen über Hannahs Wangen. Aus jedem Wort ihrer Mutter hörte sie die tiefe Liebe zu ihr, und sie schämte sich, ihr nichts gesagt zu haben.

Verdammter Mistkerl, verpiss dich aus meinem Kopf, forderte sie Wagner in Gedanken entschlossen auf. *Oder du lässt mir keine andere Wahl, als endlich die Wahrheit zu erzählen.*

»Hannah, bist du noch dran?«

»Ja, Mama, bin ich. Und ich wollte dir, bevor ich gleich losmuss, sagen, wie sehr ich dich liebe. Es ist noch etwas in Hamburg passiert, weshalb ich den Vorfall verschwiegen und nicht gemeldet habe. Aber das erzähle ich dir, wenn ich am Freitag bei Tante Marga neben dir sitze.«

10. März 2014, Polizeipräsidium

Hardy saß über den Akten des Falles Christopher Friedmann, als die Kommissarin sein Büro betrat. Erschrocken bemerkte er ihre verweinten Augen, stand auf und trat zu ihr.
»Was ist passiert?«
Hannah sah ihn traurig an. »Vergangenheitsbewältigung, und das Gefühl, dabei alles falsch gemacht zu haben. Mama hat mir vor einer Stunde am Telefon deutlich zu verstehen gegeben, dass es Zeit ist, mich dem Geschehen zu stellen und endlich damit abzuschließen.«
»Soll heißen?«
»Ich beginne am Freitag damit und fahre nach Hamburg. Dort probiere ich aus, wie es sich anfühlt, wieder durch die Straßen zu gehen. Als Nächstes möchte ich mich jemandem hier auf dem Revier anvertrauen, und bestimmt ahnst du bereits, dass du dafür meine erste Wahl bist.«
Er nahm sie in den Arm. »Großartig. Ich denke, es täte dir gut, dich endlich ordentlich auszukotzen über das, was damals gelaufen ist. Dass in Hamburg nicht alles problemlos war, weiß ich aus den knappen Auskünften, die du mir über deine alte Stelle gegeben hast. Habe ich nachgehakt, schlossen sich bei dir die Rollläden und du hast sofort dichtgemacht. Muss echt ernst gewesen sein, nehme ich an?«
Hannah zuckte die Schultern. »Auslegungssache. Mein zuckersüßer Ex-Kollege ist da gewiss anderer Meinung als ich. Das werde ich dir in ein paar Tagen alles erzählen. Weswegen ich eigentlich gekommen bin, ist die Frage, ob ihr mich am Wochenende entbehren könnt. Götzenbrenner hat mir grünes Licht gegeben.«
»Verlass dich darauf. Selbst wenn hier eine Welle von Mord und Totschlag ausbricht oder der Teufel persönlich zum Tänzchen einlädt, du fährst nach Hause und klärst die Sache, damit du zur Ruhe kommen kannst.«
»Danke dir.«

»Hör auf, nicht dafür. Soll ich dir zeigen, was mir in der Akte Friedmann aufgefallen ist?«

»Sicher«, antwortete Hannah, dankbar für die Wendung des Gesprächs. »Lass sehen.«

Er öffnete die Mappe und blätterte bis zu einer Zeugenaussage, die er mit einem Marker kenntlich gemacht hatte.

»Hier.« Hardy deutete auf einen Satz etwa in der Mitte des Textes.

Die Kommissarin überflog die Zeilen: *Bin mir sicher, dass dieser Typ nichts im Haus zu suchen hatte. Das Komische an der Sache war, dass er total sonderbar reagierte, als ich ihn fragte, ob er Hilfe mit dem Buben braucht.*

»Du glaubst, dass es sich bei dem Kind, von dem hier die Rede ist, um Christopher gehandelt haben könnte?«

»Was würdest du denken, wenn ein Zeuge am Tag des Verschwindens einen Mann beobachtet, der einen bewusstlosen Jungen auf dem Arm trägt und auffällig reagiert, als er deswegen angesprochen wird?«

»Das haben die Kollegen höchstwahrscheinlich genau hinterfragt und nach Spuren gesucht«, mutmaßte Hannah skeptisch. »Ich glaube kaum, dass es sich um Christopher handelt. Eher um einen Vater, der seinen Sohn schnell zum Arzt oder ins Krankenhaus schaffen wollte.«

»So etwas in der Richtung hat der erwähnte Zeuge, Herr Reber, dereinst auch verlauten lassen. Allerdings war er wenig überzeugt, die Wahrheit gehört zu haben. Mag sein, dass du Recht hast und die Kollegen das ausreichend untersucht haben. Trotzdem werde ich noch einmal mit dem Augenzeugen reden. Schaden kann es ja kaum, oder?«

»Nein, da stimme ich dir zu. Sind die Ergebnisse aus dem DNA-Labor gekommen?«

»Leider nicht. Deshalb wälze ich diese Akte auch schon den ganzen Vormittag hin und her. Ich will loslegen und außer den Laborergebnissen noch einen anderen Ansatzpunkt finden.«

Hannah verstand, was Hardy antrieb. Nur zu gut kannte sie dieses Gefühl. Zu bestimmten Fällen baute man eine besondere, persönliche Beziehung auf. Sei es, weil es wie im Vermisstenfall Christopher Friedmann um ein kleines Kind ging oder weil man sich in irgendeiner Art und Weise mit dem Opfer und dessen Angehörigen identifizierte. Das

Resultat, ein ausgeprägter Jagdinstinkt, der zu zügigem Handeln zwang und nicht ignoriert werden konnte, war bei allen Beweggründen das Gleiche.

»Ich fahre mit dir zum Zeugen, wenn du einverstanden bist. Vier Ohren hören mehr als zwei.«

»Auf diesen Vorschlag hatte ich gehofft. Ich rufe bei Götzenbrenner an und gebe ihm Bescheid.«

21. Mai 1982

Mit Christopher im Arm, der sich noch immer nicht regte, aber gleichmäßig atmete, lief er hastigen Schrittes über die Wiese vorm Haus in Richtung Parkplatz. Ein Mann mittleren Alters, der einen fröhlich mit dem Schwanz wedelnden Dackel an der Leine hielt, kam ihm entgegen und beobachtete ihn aufmerksam. Matthias kroch die Panik in Wellen den Nacken empor, und er versuchte, dem Hundebesitzer aus dem Weg zu gehen. Dabei schaute er ununterbrochen auf den Jungen in seinen Armen herunter und streichelte ihm sanft die Wange.
»Brauchen Sie Hilfe? Ist dem Bub was passiert?«, rief der Mann mit besorgtem Gesichtsausdruck.
»Nein, alles in Ordnung«, stammelte Matthias beinahe lautlos. Sein hämmerndes Herz und die Anstrengung, Christopher über längere Distanz zu tragen, nahmen ihm fast den Atem. »Er hat hohes Fieber und schläft«, fügte er keuchend hinzu. »Ich bin auf dem Weg zum Kinderarzt.«
Und jetzt hau ab und kümmere dich um deinen eigenen Kram, ergänzte er wütend in Gedanken. Trotz der Situation, die ihm jegliche Kraft raubte, besann er sich auf die Notwendigkeit, dem Passanten so normal wie möglich erscheinen zu müssen. Er unterdrückte seine Verärgerung und fragte, noch immer nach Luft japsend: »Sind Sie so freundlich, mir meinen Autoschlüssel aus der Jackentasche zu angeln? Das wäre nett. In der Aufregung habe ich vergessen, ihn griffbereit zu halten.«
Der Mann trat an seine Seite, griff in die linke Tasche des dünnen Sommerblousons und legte ihm Sekunden später die Schlüssel in die gespreizten Finger. Matthias packte zu, bedankte sich höflich und lief weiter.
Am schwarzen Ascona, der schon bessere Tage gesehen hatte, angekommen, blickte er aufmerksam in alle Richtungen. Als er niemanden entdeckte, fummelte er mit zittrigen Händen den Autoschlüssel ins Türschloss. Darauf bedacht, Christopher nicht aus der

Bewusstlosigkeit zu wecken und keine größeren Erschütterungen zu verursachen, ging er in die Knie.

Als der Schlüssel sich endlich drehen ließ, öffnete Matthias vorsichtig die Fahrertür. Behutsam tastete er mit den Fingern der linken Hand nach dem Knopf zum Öffnen der hinteren Tür, während sein rechter Arm den Jungen fest im Griff behielt. Der Schweiß rann ihm von der Stirn in die Augen und er fluchte, dass er sich am Morgen für das Tragen einer Jacke entschieden hatte. Stöhnend bugsierte er den schlaffen Körper des Knaben auf die Rückbank und realisierte nur langsam, in welchem Schlamassel er steckte.

Fahr zum See und denk nach, befahl er sich in Gedanken. Dann stieg er hinters Steuer und ließ den Wagen an.

10. März 2014, Polizeipräsidium

Das Telefon auf Hardys Schreibtisch begann in dem Moment zu läuten, als er zur Jacke griff und mit Hannah zu Herrn Reber fahren wollte. Er raunte ein genervtes »Ja« in den Hörer und lauschte. Während die Kommissarin ihn beim Telefonieren beobachtete, verwandelte sich sein entnervter Gesichtsausdruck rasch in eine Miene der Befriedigung. Er hob den Daumen in Hannahs Richtung, nahm einen Stift zur Hand und kritzelte eine Notiz auf den Block vor sich.

»Verstehe«, antwortete er in etwas gedämpfter Stimmung. »Da kann man nichts machen. Vielleicht liefern wir Ihnen ja die passende Gegenprobe. Vielen Dank, dass Sie mich gleich informiert haben. Auf Wiederhören.«

»Das Labor?«, vermutete Hannah gespannt.

»Jepp. Es ist eine zweite DNA-Spur auf dem T-Shirt. Leider passt sie zu keinem in der Datenbank geführten Kandidaten.« Er atmete schwer aus. »Ich bete, dass wir im Fall Christopher trotzdem weiterkommen. Irgendein Schwein hat den Jungen auf dem Gewissen, und das macht mich fuchsteufelswild. Mit dem Auftauchen der Fremd-DNA steht fest, dass er ermordet wurde. Ein krankes Arschloch da draußen hat den Bub umgebracht und ist nie dafür zur Rechenschaft gezogen worden. Vermutlich hockt er irgendwo und lacht sich ins Fäustchen. Oder viel schlimmer, er steckt noch hinter weiteren ungeklärten Vermisstenfällen.«

Hektisch durchmaß Hardy den Raum in langen Schritten und fuhr sich nervös mit den Fingern durchs Haar.

»Es muss nicht zwangsläufig bedeuten, dass Christopher ermordet wurde. Bisher wissen wir nur, dass jemand außer ihm das T-Shirt mit Spuren kontaminiert hat. Ich glaube kaum, dass wir zum Beispiel die DNA der Familie in unserer Datenbank haben. Denk nach und fälle keine vorschnellen Urteile, Hardy. Ehe wir sicher sein können, sind noch einige Dinge zu klären. Geh draußen eine rauchen. Ich versuche in der Zwischenzeit, die

Angehörigen des Jungen zu kontaktieren. Und keine Widerrede, ich sehe dir an, dass du dringend runterkommen musst, bevor ich wieder sachlich mit dir diskutieren kann.«

»Null Protest von meiner Seite«, antwortete Hardy, kramte ein Feuerzeug aus seiner Hosentasche und verließ das Büro. Hannah griff nach der Akte Christopher Friedmann, die aufgeschlagen auf Hardys Schreibtisch lag. Sie überflog die Eintragungen und blickte niedergeschlagen auf das Foto des Jungen, auf dem er strahlend in die Kamera lächelte. Das Bild musste dem Zeugen Reber damals gezeigt worden sein. Weshalb also war er laut Zeugenaussage nicht sicher gewesen, dass es sich um den gesuchten Knaben handelte? *Schon merkwürdig,* dachte Hannah, während sie die Seite mit den Kontaktdaten der Familie und der vernommenen Personen heraussuchte. Hardy, der gute zwanzig Minuten für seine Zigarette benötigt hatte, setzte sich wortlos auf den Stuhl vor dem Schreibtisch.

»Geht's dir besser?«, wollte Hannah wissen.

»Wie man es nimmt. Ich habe über deine Einwände nachgedacht und gebe zu, dass du absolut Recht hast. Die zweite Spur am T-Shirt muss überhaupt nichts bedeuten. Wenn ich ehrlich bin, wäre ich froh, sie als die eines der Familienmitglieder abhaken zu können. Anderseits kämen wir damit keinen Schritt voran. Konntest du die Familie Friedmann erreichen?«

»Fehlanzeige, nur der Anrufbeantworter. Auch die eingetragene Rufnummer der Firma, bei der die Mutter früher gearbeitet hat, war ein Schlag ins Wasser. Sie ist seit Jahren nicht mehr dort beschäftigt. Allerdings war die Dame, mit der ich sprach, so freundlich, mir die Nummer des Unternehmens zu geben, bei dem sie zumindest nach ihrer Kündigung tätig gewesen sein soll. Ich wollte eben anrufen. Willst du das übernehmen?«

Hardy nickte, wählte die notierte Nummer und brachte sein Anliegen vor.

»Verstehe. Wissen Sie, wie lange sie in Hamburg sein wird?« Er schüttelte den Kopf und notierte etwas auf seinem Notizblock. »Haben Sie eine Handynummer von Frau Friedmann? Schade, war einen Versuch wert. Vielen Dank für die Auskunft.«

Begleitet von einem lauten »Scheiße« knallte er den Hörer auf die Gabel.

»Dreimal darfst du raten.«

»Sie arbeitet in dem Betrieb, ist aber zurzeit in Hamburg und ihre Handynummer kennt die Frau nicht, oder weigert sich sie herauszugeben?«

»Hundertprozentige Trefferquote. Sie ist bei ihrer Tochter, die dort lebt, und kommt erst nächste Woche wieder zur Arbeit. Das war auch schon alles, was ich an Informationen von der Dame erhalten konnte. Was bedeutet, dass wir die Akte auf Eis legen müssen, oder?«

»Hm, warum? Diesen Zeugen, Herrn Reber, können wir in der Zwischenzeit besuchen. Mich interessiert brennend, weshalb er nach der Ansicht des Fotos nicht mit Bestimmtheit sagen konnte, ob es sich um Christopher handelt. Außerdem bekommen wir von ihm möglicherweise weitere Ansatzpunkte.«

Hardy wählte die Nummer von Herrn Reber und trommelte nervös mit den Fingern auf der Schreibtischplatte.

»Geh ran«, raunte er nach einigen Sekunden des Wartens. »Verdammt, es nimmt niemand ab. Da ist doch echt der Wurm drin. Ich fahr da hin.«

Hannah schüttelte den Kopf. »Was soll das bringen? Er geht nicht ran und wird deshalb vermutlich außer Haus sein. Bleib ruhig und dreh jetzt um Gottes willen nicht durch, Kollege.«

»Ich muss etwas unternehmen. Dieser Tag zieht sich wie Kaugummi und ich bekomme eine Hiobsbotschaft nach der anderen. Womöglich schläft er nur, oder einer der übrigen Hausbewohner weiß, wo wir ihn finden können. Also, was ist, kommst du mit?«

»Bleibt mir eine Wahl? Ich kann dich unmöglich allein auf die Menschheit loslassen. Derart aufgeputscht und überdreht, wie du im Augenblick drauf bist, hast du einen Bewacher dringend nötig.«

»Sei ehrlich, Hannah, und gib zu, dass du auch was unternehmen willst.«

»Na ja, das ist ...«

Hardy winkte ab und bedeutete ihr mit einer Handbewegung den Weg zur Tür.

22. Mai 1982

In den Morgenstunden traf Matthias eine Entscheidung. Christopher lag auf einer Luftmatratze, deren Stoffbezug fadenscheinig und blass aussah, und schlief. Die Luft im Wohnwagen am See war abgestanden und roch nach Erschöpfung, Angstschweiß und Alkohol. Stunden nachdem er den bewusstlosen Jungen in den Hänger gebracht und gefesselt hatte, saß er mit vom Wodka geröteten Wangen am Tisch. In Gedanken ging er immer wieder sämtliche Optionen durch, legte sich Ausreden und Auswege zurecht und verwarf sie anschließend. Alles war aus dem Ruder gelaufen, und er wusste, dass er kaum mit einem blauen Auge davonkommen konnte. Der Anblick des Knabenkörpers hatte eine Reihe von Ereignissen ausgelöst, die er nun in Ordnung bringen musste. Nach wie vor drängte es ihn, den Jungen zu fühlen und zu berühren. Auf der anderen Seite fraß die Angst, entdeckt zu werden, sich so tief in sein Denken, dass er handlungsunfähig sitzen blieb.

Du bist wegen Christopher in diese Lage geraten. Weshalb solltest du dir nicht wenigstens nehmen, wovon du träumst, bevor die Bullen dich schnappen?, fragte ihn eine innere Stimme.

Befreie ihn und verschwinde, riet die zweite Stimme in seinem Kopf.

Wenn ich ihn gehen lasse, steht die Polizei schneller vor meinem Wohnwagen, als ich einen Kaugummi ausspucken kann. Unsinn! Er weiß nicht einmal, wo er ist. Vorhin, als er wach wurde, hatte er ein Tuch vor den Augen. Noch ist Zeit, dem Schlamassel zu entkommen!

Matthias rutschte nervös auf dem Stuhl hin und her und gestand der Stimme der Vernunft zu, dass es die bessere Option war, Christopher einfach zurückzubringen und sich aus dem Staub zu machen.

Sieh ihn dir an, willst du dir das wirklich entgehen lassen? Nein! Ich muss zu ihm, ihm ganz nah sein, um die Welt um mich herum vergessen zu können.

Energisch schlug er so fest mit der Faust auf den Tisch, dass Christopher aus dem Schlaf schreckte. Der Junge hob seinen Kopf und zappelte mit den gefesselten Beinen. Langsam stand Matthias auf und trat zur Luftmatratze am Boden. Er setzte sich neben den Buben, nahm ihm den Knebel aus dem Mund und die Augenbinde ab.

»Hab keine Angst. Ich bin ja bei dir.«

»Was ist passiert, Onkel?«, fragte Christopher verwirrt. Seine Stimme klang verängstigt und ausgedörrt.

Himmel, er hat seit Stunden nichts getrunken, erinnerte sich Matthias erschrocken. Er stand auf und holte ein Glas Wasser.

»Du bist im Keller ohnmächtig geworden. Ich habe bei deiner Mutter angerufen, damit sie dich abholen kommt. Leider ist niemand ans Telefon gegangen, deshalb sind wir erst einmal hierher gefahren.«

Er fixierte das Gesicht des Jungen und hoffte, dass dieser die Lüge schluckte. Zu seiner Erleichterung erkannte er keine Spur des Misstrauens in der Mimik des Knaben.

»Warum hast du mir die Augen verbunden, mich gefesselt und etwas in meinen Mund gestopft?«

»Weil du um dich geschlagen und geschrien hast, während du bewusstlos warst. Bestimmt hattest du Alpträume, und ich wollte verhindern, dass du dir wehtust. Verstehst du?«

Christopher schien einen Moment über das Gesagte nachzudenken.

»Kapier ich«, antwortete er lächelnd. »Nett von dir, dass du dir Sorgen machst. Versuch doch noch einmal, Mama anzurufen, bitte. Jetzt müsste sie auf jeden Fall daheim sein. Sieh mal«, er zeigte zum kleinen Fenster, »es ist ja längst stockdunkel draußen.«

»Wir warten lieber bis morgen früh. Kurz bevor du wach geworden bist, ging niemand an den Apparat. Ich denke, dass sie schlafen.«

»Aber sie suchen mich doch. Mama wird schon sauer, wenn ich nur eine Viertelstunde zu spät heimkomme.«

»Natürlich haben sie nach dir gesucht. Ich vermute, dass sie dabei so müde wurden, dass sie eingeschlafen sind. Deshalb geht niemand mehr ans Telefon.«

Christopher stand abrupt auf, verschränkte die Arme vor der Brust und begann zu jammern: »Ich will aber jetzt heim zu meiner Mama! Können wir nicht hinfahren und sie wachklingeln? Bitte!«

»Nein! Ich dachte, du bist ein großer Junge, der es problemlos schafft, eine Nacht ohne Mutti zu überstehen. Stattdessen stehst du vor mir und heulst wie ein Mädchen«, herrschte Matthias ihn an und merkte augenblicklich, dass er einen Fehler beging. Der vergangene Tag zehrte an seinen Kräften. Er hatte Mühe, die Beherrschung zu behalten. Das unnatürliche Begehren und die damit verbundene Wut auf sich selbst und den Rest der Welt entfachten seinen Zorn auf den weinenden Christopher, der nun von Schluchzern der Verzweiflung geschüttelt vor ihm stand.

10. März 2014, Raunheim Elbestraße

Hardy stellte den Wagen in eine eben frei gewordene Parklücke und lief zum Haus mit den Nummern 14–18. Am mittleren Eingang suchte er nach dem Namensschild von Herrn Reber und fand keine passende Klingel.
»Verdammt. Auf die Idee, dass er in der Zwischenzeit umgezogen sein könnte, sind wir überhaupt nicht gekommen«, fluchte er laut.
Hannah überflog nun ebenfalls alle Schilder am Hauseingang. »Du hast Recht. Da haben wir gepennt. Unsere Fähigkeiten in Sachen Cold Cases sind absolut ausbaufähig.« Sie grinste ihn aufmunternd an. »Sieh es nicht so eng, Hardy, das nächste Mal sind wir eben schlauer. Klingeln wir einfach irgendwo. Möglicherweise kennt jemand im Haus Herrn Reber und kann uns sagen, wohin er gezogen ist.«
Wie aufs Stichwort wurde die Tür geöffnet und eine ältere Dame mit flottem Hut und akkuratem Kurzhaarschnitt trat ins Freie.
»Guten Tag, darf ich Sie etwas fragen?«, erkundigte Hannah sich freundlich.
»Selbstverständlich, wie kann ich behilflich sein?«
»Wir suchen Herrn Reber, er hat in den achtziger Jahren hier gewohnt. Kennen Sie ihn zufällig?«
»Meinen Sie Hartmut Reber?«
Hardy nickte bestätigend.
»Ja, allerdings.« Die Frau seufzte. »Traurige Geschichte.«
Hannah zögerte einen Augenblick und wartete ab, ob sie mehr erzählen wollte. Als die Frau nichts ergänzte, hakte die Kommissarin nach: »Was meinen Sie mit ›traurige Geschichte‹? Was ist geschehen?«
»Er ist im Pflegeheim in Rüsselsheim. Seine Demenz ist so weit fortgeschritten, dass er unser Wohnhaus im letzten Sommer fast in Brand gesetzt hätte. Sie müssen wissen, er hat einen Sohn, aber der lebt seit Ewigkeiten in Schweden. Direkt nach dem Studium ist er auf und davon. Die Helga, Rebers Frau, ist vor sechs Jahren gestorben. Herzinfarkt,

einfach umgekippt, auf dem Weg zum Einkaufen. Nichts mehr zu machen seinerzeit. Eigentlich eine reizvolle Art zu sterben, aber für die Angehörigen ... erst einmal ein schlimmer Schock. Na ja, Sie wissen, was ich damit sagen möchte. Jedenfalls ging es danach bei Hartmut so langsam richtig los. Erst vergaß er nur Kleinigkeiten und nahm es auf die leichte Schulter. Das kennt jeder, einmal schusselig den Schlüssel verlegt, dann eine Einladung zum Geburtstag vergessen und so weiter. Meine Alarmglocken gingen da auch nicht sofort los, denn schließlich werden wir alle älter, nicht wahr? Man muss eben ein wenig mehr auf sich achten.«

Hannah und Hardy nickten zustimmend.

»Ab und zu kam er zum Essen rüber.« Die Dame hob abwehrend die Hände. »Nein, nicht was Sie jetzt vielleicht denken. Rein freundschaftlich, er tat mir so leid. Ein Sohn, zu dem er keinen Kontakt hat, und eine Ehefrau, die sich einfach so ins Jenseits verabschiedet. Das war eine harte Zeit für ihn, und spindeldürr, wie er wurde, konnte der 'nen Happen vertragen. Einerlei, die Krankheit wurde schlimmer im Laufe der Jahre, und der Kai, sein Bub, dachte überhaupt nicht daran, aus Schweden zu kommen oder ihn zu sich zu holen. Deshalb bezahlt er jetzt das Pflegeheim, und Hartmut hockt die meiste Zeit allein auf dem Zimmer.«

»Besuchen Sie Herrn Reber ab und an?«, wollte Hardy wissen.

»Ja, wenn ich in Rüsselsheim unterwegs bin, was nicht allzu oft vorkommt, schaue ich bei ihm vorbei.«

»Wie schlimm ist es in der Zwischenzeit geworden? Ich meine, denken Sie, dass wir ihn etwas aus den achtziger Jahren fragen können?«

Die ältere Dame schien einen Moment nachzudenken, bevor sich ihre Miene aufhellte und sie mutmaßte: »Sie sind von der Polizei und wollen über den verschwundenen Bub sprechen, richtig?«

»Volltreffer, das haben Sie perfekt analysiert. Wohnten Sie zu der Zeit auch schon hier im Haus?«

»Klar, ich wohne fast mein ganzes Leben in diesem Block. Bin 1966 hergezogen, da waren die Wohnungen recht neu und sehr modern. Der Vormieter hat mir erzählt, dass er beim Einzug noch die Farbe in der Toilette ...«

»Okay«, unterbrach Hardy ihren Redefluss. »Kommen wir zurück auf Christopher und sein Verschwinden. Hat Herr Reber mit Ihnen darüber geredet, was genau er seinerzeit beobachtet hat?«

»Sehr oft sogar. Er machte sich Vorwürfe, weil er den Mann damals einfach weitergehen ließ. Aber zu dem Zeitpunkt ahnte er ja nicht, dass er mit dem Mörder von dem Bub gesprochen hatte.«

»Dem Mörder? Wie kommen Sie darauf? Christophers Leiche wurde nie gefunden.«

»Er aber auch nicht, oder? Glauben Sie tatsächlich, dass der Junge noch lebt? Hartmut und ich haben das so oft durchgekaut und diskutiert. Es kann keine andere Erklärung geben. Der Kerl hat ihn ermordet und damit basta!«

»Moment mal, Frau ...?«

»Brinkmann, wie der Professor aus der Schwarzwaldklinik, nur nicht so berühmt.« Sie lachte auf.

»Frau Brinkmann, was genau hat Herr Reber über die Begegnung mit dem Mann an diesem Tag erzählt?«, erkundigte Hardy sich mit Nachdruck.

»Vermutlich das, was er auch zu Protokoll gegeben hat. Der Typ trug den Jungen in seinen Armen und lief Richtung Parkplatz. Hartmut hat ihn gefragt, ob er Hilfe braucht. Der Kerl bat ihn darum, die Schlüssel aus der Jackentasche zu holen, und das hat er getan. Bis zum heutigen Tage wirft er sich das vor. Er hätte ihn aufhalten müssen, ihn verfolgen und das Kennzeichen notieren sollen oder irgendetwas sonst unternehmen. Ich habe ihm oft erklärt, dass er nicht wissen konnte, wer da vor ihm stand, aber er hat immer abgeblockt.«

»Sprachen die beiden miteinander?«

»Hartmut hat ihn gefragt, was los sei. Der Junge habe hohes Fieber und er sei mit ihm auf dem Weg zum Kinderarzt, war alles, was er geantwortet hat.«

»Wie genau verfolgten die Beamten damals diese Spur? Und warum konnte er nicht mit Sicherheit sagen, dass es sich bei dem Jungen um Christopher handelte?«

»Der Bub schien bewusstlos, sein Kopf lag an der Brust des Mannes und Hartmut achtete bei der Begegnung auch eher auf den Mann als auf das Kind. Manchmal bräuchte man eine Art Aufnahmetaste im Gehirn, damit man Szenen mehr als einmal abspielen kann.

Glauben Sie mir, er wäre selig, wenn er Ihnen weiterhelfen könnte. Ich befürchte, dass diese Schuldgefühle die Krankheit negativ beeinflusst haben und dass er sich genau aus diesem Grund immer weiter in seine eigene Welt zurückzieht. Natürlich auch wegen Helga und dem Kai. Ich bin keine Professorin wie mein Namensvetter, aber ich sehe da durchaus einen Zusammenhang. Ihre Kollegen haben ihn damals zweimal kurz befragt, soweit ich meinen Erinnerungen diesbezüglich trauen kann.«

Hannah stieß Hardy in die Seite, als Frau Brinkmann ihren Blick in die Ferne schweifen ließ. Er nickte und fragte freundlich: »Verraten Sie uns die Zimmernummer von Herrn Reber?«

»Gebäude eins, zweiter Stock, Haus Mosel. Die Namen der Bewohner stehen an den jeweiligen Türen. Seine ist die vierte links.«

»Vielen Dank, Frau Brinkmann, Sie haben uns sehr geholfen«, entgegnete Hannah. Sie hakte sich bei Hardy unter und zog ihn Richtung Parkplatz davon.

Im Wagen schaute sie auf die Uhr. »Heute noch?«

»Ja, wir machen erst Feierabend, wenn wir bei Götzenbrenner angefragt haben, ob du mich zum Pflegeheim begleiten darfst. Natürlich nur, falls du möchtest.«

»Klar. Alles besser, als Berichte zu schreiben. Glaubst du eigentlich, dass Polizisten auch von einer Schreibblockade reden dürfen, wenn ihnen kein Wort einfällt, das sie in den Akten notieren können?«

Lachend startete Hardy den Wagen. »Du hast Ideen!«

10. März 2014, Polizeipräsidium

Als Hardy sein Auto abstellte, kam ihnen Çetin Alkan auf dem Parkplatz entgegen.
»Wohin des Weges, geliebter Osmane?«, fragte Hannah interessiert.
»Feierabend«, erwiderte Çetin fröhlich. »Rüsselsheim ist eine brave Stadt geworden, und Götzi möchte, dass ich deswegen ein paar Überstunden abbummele. Mir ist es recht.«
»Du könntest uns bei dem alten Fall behilflich sein«, wandte Hardy ein und grinste.
»Frag morgen noch einmal. Jetzt habe ich eine Verabredung mit meiner Mutter. Sie kocht eine Portion für mich mit, und das werde ich mir unter keinen Umständen entgehen lassen.« Er rieb sich mit genießerischem Ausdruck über den Bauch.
»Verständlich«, sagte Hannah. »Was macht sie denn?«
»Gefüllte Paprika. Die besten, die du im Umkreis von tausend Kilometern bekommen kannst. Ich schwöre.«
»Mein Neid ist dir gewiss. Ruf an, wenn es Reste zu vertilgen gibt. Und du, Hardy, mach nicht so ein belämmertes Gesicht. Auf geht's, die Arbeit wartet.«
»Seid ihr vorangekommen?«, erkundigte sich Çetin.
»Leidlich. Der Zeuge, der für uns interessant werden könnte, wohnt im Seniorenheim und scheint reichlich dement zu sein.«
»Shit! Der wird euch nicht weiterhelfen können. Trotzdem viel Erfolg, womöglich hat er ein paar lichte Momente. Ich bin dann mal weg.«
»Lass es dir schmecken.«
Die Kommissarin und Hardy gingen ins Revier und direkt zum Dienstzimmer von Herrn Götzenbrenner.
»Sind Sie vorwärtsgekommen?«, begrüßte er sie freundlich.
»Wie man es nimmt«, erwiderte Hardy. »Herr Reber, der Zeuge von damals, wohnt jetzt wegen fortschreitender Demenz im Pflegeheim. Eine Nachbarin konnte uns sagen, wo sein Zimmer ist. Als wir am Revier ankamen, ist uns Çetin begegnet. Es scheint, als sei hier alles immer noch ruhig, deshalb wollte ich fragen, ob ich Hannah für morgen

Vormittag erneut ausleihen darf? Im Umgang mit kranken Menschen bin ich etwas vorbelastet und brauche Unterstützung.«

»Solange sie erreichbar bleibt und umgehend zurückkommt, wenn es einen Einsatz gibt, spricht nichts dagegen. Ach, Frau Bindhoffer, vorhin hat Ihre Mutter angerufen. Sie möchten sie so bald wie möglich zurückrufen.«

Die Kommissarin schluckte. *Was kann sie wollen?*, überlegte sie krampfhaft. *Wir sehen uns Freitag, warum ruft sie schon wieder an? Da stimmt was nicht.*

»Mache ich«, antwortete sie Herrn Götzenbrenner, bemüht, ihren inneren Konflikt vor den Kollegen zu verbergen.

»Wenn Sie die Aufzeichnungen zu Ihrem Gespräch mit der Nachbarin erledigt haben, gehen Sie nach Hause. Aber Handy bis Dienstschluss eingeschaltet lassen, verstanden?«

»Jedes Wort«, versprach Hardy. »Schönen Feierabend.«

10. März 2014, Hannahs Wohnung

Nervös griff sie zum Telefon. Das Telefonat mit ihrer Mutter hatte sie nicht auf der Heimfahrt über die Freisprechanlage im Auto erledigen wollen, weil sie fürchtete, vor lauter Schreck einen Unfall zu verursachen, wenn sie den Grund des Anrufes erfuhr. Als sie die Nummer eintippte, atmete sie tief ein und aus, um die aufsteigende Angst niederzukämpfen. Ihr Vater nahm nach dem dritten Klingeln ab.
»Hallo, Paps, wie geht's?«
»Alles prima.«
Hannah entfuhr ein Seufzer der Erleichterung. Ihr Papa klang wie immer. Wenn etwas Furchtbares passiert war, musste er davon wissen und hätte sich anders angehört.
»Das freut mich. Ist Mama da?«
»Nee, eben zu Tante Marga gefahren. Kann ich dir weiterhelfen?«
»Vielleicht. Sie hat vorhin auf dem Revier angerufen. Weißt du, was sie wollte?«
»Ach so, ja. Es geht darum, wo du am Wochenende schlafen möchtest. Bei uns oder in einem Hotel. Wenn du hierher zu uns kommst, müssen wir das Nähzeug von Mutti aus deinem alten Zimmer schaffen.«
»Wären das allzu große Umstände?« Hannah schauderte bei dem Gedanken, allein in einer Unterkunft in Hamburg zu übernachten.
»Ach Quatsch, kein Problem. Du klingst, als würdest du nicht gerne anderswo schlafen. Hat das etwas mit Wagner zu tun?«
»Vaddern, bitte, können wir das Thema heute auslassen? Am Wochenende reden wir ausführlich darüber.« Hannah knetete nervös ihre Finger.
»Aber nun bist du doch am Telefon. Ich möchte schon so lange von dir wissen, was sich da abgespielt hat.«
»Bitte, lass mir die paar Tage. Ich brauche sie, um die Ereignisse und all meine Gedanken noch einmal zu sortieren.«
»Okay. Und, Hannah, egal was passiert, wir stehen hinter dir, vergiss das nie.«

»Danke, Papa, das weiß ich. Bis Freitag und Kuss.«

22. Mai 1982

Brutal riss Matthias ihn an den Schultern zu sich und drehte ihm den Arm so weit hinter dem Rücken nach oben, dass Christopher vor Schmerz laut aufschrie.
»Was bist du für eine Memme?«, kreischte er und hatte das Gefühl, dass seine Wut ihm in kraftvollen Wogen von innen gegen die Stirn schlug. »Sei ruhig, oder willst du, dass die Nachbarn die Polizei rufen? Wenn die kommen, werde ich sagen, dass du hier angerannt kamst und Unterschlupf gesucht hast, weil du zu Hause ausgerissen bist. Ich kann mir sehr gut vorstellen, was deine Mutter dann mit dir macht.«
Er drehte den Arm des Jungen noch etwas höher. Christophers Knie gaben nach, als er den Schmerz nicht mehr ertragen konnte. Ein leises, mutloses Wimmern war das einzige Geräusch im Wohnwagen. Matthias ließ den Jungen zu Boden gleiten, trat über ihn und fragte durch die Zähne knurrend: »Haben wir uns verstanden?«
»Warum machst du das?«, erkundigte Christopher sich matt. Sein Gesicht wirkte so bleich, dass es im schummrigen Licht der Wohnwagenbeleuchtung fast durchsichtig erschien. Die Knopfaugen, vor einigen Stunden noch freudig strahlend, waren nun mit Tränen gefüllt, glanzlos, resigniert und ängstlich. Christopher rollte sich auf dem Boden zusammen und zog die Beine dicht an den Bauch.
»Frag nicht so blöd«, grunzte Matthias. »Du hast mich doch dazu gebracht, dich mitzunehmen. Hat deine Mutter dir nicht beigebracht, dass man nie mit einem Fremden in einen Keller gehen soll?«

»Du bist kein Fremder«, antwortete der Bub mit kraftloser Stimme. »Ich dachte, wir sind eine Familie und ich muss nicht aufpassen, dass mir bei dir nichts geschieht.«
Matthias ging in die Hocke und strich dem Jungen übers Haar. »Mag sein, dass wir zu einer Sippe gehören, aber dass du mir deshalb vertrauen kannst, hat niemand behauptet«, flüsterte er. »Ich glaube, du weißt, dass dein Vater nach dir sucht, oder? Jedenfalls habe ich dich für ihn gefunden. Wenn du tust, was ich verlange, wird dir nichts geschehen, und

später darfst du zu ihm. Mir ist kalt und ich bin müde. Deswegen möchte ich, dass du die Hose auziehst, mit mir unter die Decke kriechst und dich an mich kuschelst. So wird uns beiden rasch warm und wir können ein Stündchen schlafen. Nachher werden wir sehen, was wir unternehmen, um deinen Vater zu verständigen. Einverstanden?«
Christopher hob den Kopf. Heiße Tränen rannen ihm die Wangen herunter. Sein Gesichtsausdruck verriet, dass er versuchte zu verstehen, was sich um ihn herum abspielte. Schließlich schluckte er hart und brachte ein leises »Okay« über die Lippen.

10. März 2014, Canadian Club

Im Keller des Tanzklubs trugen die Männer die für sie deponierte Hehlerware die Treppe hinauf.
»Die Jungs haben auch schon mal mehr geliefert«, maulte Tim, als er nach dem letzten Teil griff. Während er sich bückte, um einen der Gegenstände aufzuheben, der in ein Tuch gewickelt war, stolperte er und stieß an die Wand dahinter. Mit einem dumpfen Geräusch fiel ein Stück Putz auf die Erde und ließ ein Loch zum Vorschein kommen. Tim trat näher, tastete hinein und holte ein in Leder gebundenes Notizbuch heraus.
»Scheiße, was ist das denn?«
Neugierig öffnete er das Buch und begann die handgeschriebenen Zeilen zu überfliegen. Ein Tagebuch! Er vergewisserte sich mit einem raschen Blick, dass niemand den Zwischenfall bemerkt hatte, und steckte das Büchlein in die Jackentasche.
»Was hast du da?«
Erschrocken wandte er sich zur Seite und sah, dass einer seiner Kumpane hinter dem Eingang im Verborgenen gestanden hatte und ihn beobachtete.
»Ist nur ein Notizbuch. Ich will es mir zu Hause in Ruhe ansehen.«
Die Person trat aus dem Schatten und er erkannte, dass es sich um Boris, den Boss ihrer Truppe, handelte.
»Bring es zurück und komm hoch«, bestimmte dieser in unmissverständlichem Befehlston.
»Warum? Niemand wird es vermissen.«
»Habe ich mich unklar ausgedrückt? Leg es weg.«
»Ein paar Seiten Papier. Weshalb stellst du dich so an?«, murrte Tim.
Boris trat ein und baute sich bedrohlich vor ihm auf. »Sofort!«
»Aber ich kapiere es nicht. Hier kommt seit Jahren niemand mehr herein. Was soll passieren, wenn ich das Buch mitnehme? Glaubst du, dass gleich morgen früh jemand

überlegt, einmal in den Keller des Canadian Clubs zu spazieren? Wohl kaum. Deshalb werde ich ...«

Ein Schlag gegen den Wangenknochen ließ ihn augenblicklich verstummen. Er taumelte und versuchte, an einer der Kisten Halt zu finden, bevor er hart mit dem Kopf auf dem Kellerboden aufschlug.

Schritte auf den Stufen machten Boris klar, dass der Rest der Truppe auf dem Weg nach unten war. Rasch bückte er sich, fingerte das Tagebuch und den Geldbeutel aus der Jackentasche seines Kollegen und steckte beides ein. Er rüttelte an Tims Schulter, als die Männer mit erschrockenen Gesichtern eintraten.

»Was ist passiert?«

»Als ich mich umdrehte, weil Tim fehlte, habe ich gesehen, wie er stolperte und hinfiel. Der macht keinen Mucks mehr, verdammte Scheiße. Ich glaube, er ist tot. Was machen wir jetzt?«

»Überhaupt nichts. Ich jedenfalls sehe zu, dass ich von hier wegkomme«, erwiderte Krystian bestimmt. »Bist du sicher, dass er tot ist?«

»Komm her und schau selbst nach«, antwortete Boris. Er hielt noch immer die Hand an die Stelle auf Tims Brust, unter der er sein Herz vermutete. »Kein einziger Klopfer zu spüren.«

»Ich fass den nicht an. Mensch, Boss, lass uns abhauen, bevor die Bullerei kommt.«

»Quatsch, man kann uns von außen unmöglich hören. Zuerst müssen wir uns um Tim kümmern und ihn hier rausschaffen.«

»Bist du irre? Und zufällig sieht jemand aus dem Fenster und beobachtet eine Gruppe schwarzgekleideter Männer, die einen Kerl durch die Gegend schleppen. Ohne mich, ich bin raus und weg.« Er zeigte Boris einen Vogel, machte auf dem Absatz kehrt und verschwand.

»Was ist mit dir, Alex, hilfst du mir?«

Der bleiche Mann schüttelte energisch den Kopf. »Lass ihn liegen. Du sagst, er ist hinüber. Das bedeutet, wir können nichts mehr für ihn tun. Falls man ihn findet, ist er ein Unfallopfer. Niemand weiß, dass sich jemand mit ihm hier unten aufgehalten hat. Wenn wir noch einmal kontrollieren, ob wir keine Spuren hinterlassen haben, ist alles in Ordnung. Ihn hier rauszuschleppen ist Selbstmord, da hat Krystian Recht.«

»Okay«, antwortete Boris und erhob sich schwerfällig. »Aber eines möchte ich klarstellen. Ihn hier liegen zu lassen, ist schlimm. Einen Kumpel lässt man nicht hängen, selbst wenn er tot ist. Was, wenn er Monate hier liegt und beginnt zu verrotten, bevor er entdeckt wird?«

»Das wird er keinesfalls, versprochen«, entgegnete Alex und hob seine Hand zum Schwur. »Ich weiß auch schon, wie ich das verhindern kann.«

Boris grübelte einen Augenblick mit ernster Miene, bevor er antwortete: »Es schmeckt mir überhaupt nicht, aber was bleibt uns übrig? Du hast Recht, wir haben keine Wahl. Wenn uns jemand beim Rauslaufen erwischt, ist alles verloren. Trotzdem möchte ich, dass du dich später darum kümmerst!«

11. März 2014, Pflegeheim

Hannah und Hardy fuhren in die etwas versteckt liegende Zufahrt der Pflegeeinrichtung in der Schlesienstraße. Vor dem ersten Gebäude, in dem sich die Station Mosel befand, entdeckten sie einen freien Besucherparkplatz.
Sie betraten das Foyer und die Kommissarin bewunderte eine riesige Wurzelholzkugel, die etwa in der Mitte des Raumes als markanter Blickfang thronte.
»Nicht übel«, bemerkte Hannah und strich über die raue Oberfläche des Kunstobjektes. »Schaut interessanter aus als seine ebenmäßigen Kollegen. Siehst du? Teile der Wurzeln sind deutlich zu erkennen.«
Ihre Finger glitten ein zweites Mal entlang der Strukturen, bevor sie sich abwandte und umsah. »Schau, da drüben ist der Fahrstuhl, lass uns loslegen.«
»Ich wäre schon oben«, entgegnete Hardy mit breitem Grinsen, »aber du musstest ja erst einmal die Kunstwerke betatschen.«
Hannah rief lachend: »Du elender Banause! Kein Auge für die Schönheit in der eigenen Umgebung.« Sie drückte auf die Ruftaste des Lifts.
Neben der vierten Tür links hing ein nüchternes Plastikschild mit dem Namen Reber, das mit den liebevoll gestalteten Namensschildern aus Keramik, Filz oder Holz der Nachbartüren kaum konkurrieren konnte. Nachdem Hannah zwei Mal angeklopft und keine Antwort erhalten hatte, steuerte sie auf den Aufenthaltsraum zu, der am Ende des Ganges lag und von einigen Bewohnern bevölkert war.
»Guten Morgen, die Herrschaften«, grüßte sie in den Raum. »Ist jemand von Ihnen Herr Reber?«
Etwa die Hälfte der Anwesenden schüttelte den Kopf, während der Rest keinerlei Regung zeigte. Eine Frau, die ein Namensschild am Kittel trug, wies auf einen Mann, der allein am Tisch saß.

»Herr Reber sitzt dort hinten. Ich fürchte, im Moment ist er in seiner eigenen Welt und schwer zu erreichen. Wir nennen es ›keine Sprechstunde‹ und lassen ihnen die Freiheit, nicht sprechen zu müssen. Aber darf ich fragen, um was es geht?«

Hardy erklärte leise den Grund ihres Kommens. Sie nickte und deutete auf eine Tür neben dem Aufenthaltsraum. Nachdem sie aufgeschlossen hatte und eingetreten war, winkte sie die Kommissare hinein.

»Nehmen Sie Platz. Ich möchte Ihnen rasch ein paar Tipps für ein Gespräch mit Herrn Reber auf den Weg geben.« Sie strich eine verirrte Strähne aus der Stirn und räusperte sich leise. »Wie viel wissen Sie über Demenzerkrankungen?«

»Kaum etwas«, gab Hannah unumwunden zu. »Eben das, was man so hört oder im Fernsehen sieht.«

Hardy blieb stumm.

»Dachte ich mir. Es gibt ein paar Tricks, um sich in ihre Denkweise einzuschleichen. Sie funktionieren bei Weitem nicht immer, aber einen Versuch ist es allemal wert. Stellen Sie sich das Gedächtnis als Bücherregal vor. Die Erinnerungen des Lebens sind in verschiedenen Büchern abgespeichert. Der Band ganz links beinhaltet die Gedanken und Ereignisse, die am längsten zurückliegen. Dementsprechend ist die rechte Seite des Regals mit den neusten Eindrücken bestückt. Und, was am wichtigsten ist, diese stehen nicht am Rand des Bücherboards. Denn logischerweise muss Raum für einen weiteren Band bleiben. Folglich stehen die neuesten Ausgaben eher wackelig im Regal. Ähnlich verhält es sich mit den Erinnerungen der Demenz-Patienten. Zuerst verschwinden frische Eindrücke, die einfach nicht abgespeichert wurden oder vom Bücherregal gefallen sind, während Geschehnisse aus der Vergangenheit oft mit einer Genauigkeit beschrieben werden, die unglaublich erscheint. Wenn Herr Reber im Gestern ist, müssen Sie versuchen, sich mit ihm dort hineinzuversetzen. Seien Sie diejenigen, die er zu sehen glaubt, und probieren Sie keinesfalls, ihn mit Gewalt in die Gegenwart zurückzuholen. Falls er in Ihnen seine Tante Ursel sieht, fragen Sie Herrn Reber als Tante Ursel das, was Sie wissen wollen. Für Sie macht es keinen Unterschied und er wird nicht unnötig belastet. Verstehen Sie, was ich damit sagen möchte?«

»Ihr Vergleich mit dem Bücherregal war sehr plastisch. Ich kann mir in etwa vorstellen, was Sie meinen. Danke für den Tipp«, antwortete Hannah.

»Keine Ursache, ich habe es auf einer Fortbildung gelernt, denn als ich hier anfing, wusste ich genauso wenig über die Krankheit wie Sie. Noch eines, gehen Sie langsam auf ihn zu. Er hat es gern, Personen zunächst aus der Entfernung anzuschauen, bevor man ein Gespräch mit ihm beginnt.«

Gemeinsam verließen sie den Raum und Hannah sah Hardy an. »Sollen wir?«

»Von mir aus kann es losgehen.«

Herr Reber saß, genau wie vor einigen Minuten, auf einem Stuhl in der Ecke des Zimmers und schien seine Umwelt kaum wahrzunehmen. Doch als die Kommissare sich ihm näherten, hob er den Kopf und sah sie lächelnd an.

»Ihr kommt früh«, begrüßte er sie mit überraschend fester Stimme. »Ich habe nicht vor dem Mittagessen mit euch gerechnet.«

Hannah warf Hardy einen hilflosen Blick zu.

»Grüß dich, Hartmut. Ich hoffe, es geht dir gut?«, fragte Hardy im Plauderton.

»Blendend, jetzt, wo ihr da seid. Wollen wir gleich los? Ich war entsetzlich lange nicht beim Angeln.«

»Nicht so hastig, bitte. Können wir erst noch einen Kaffee mit dir trinken? Wir sind seit einer Weile unterwegs, und ich brauche Koffein, bevor ich still am Ufer sitzen muss. Ist das in Ordnung?«

Hannah bewunderte, wie ihr Kollege scheinbar selbstverständlich das Gespräch mit Herrn Reber führte. Da sie von der Demenzerkrankung seiner Tante Renate wusste, nahm sie an, dass er deswegen in Übung war und taktisch klug mitspielte.

»Menschenskind, Richard! Denkst du, ich würde dich ohne Kaffee und reichlich Verpflegung zum Angeln einladen? Ich weiß doch, was du den lieben langen Tag so verdrückst. Der Korb mit dem Proviant ist schon gepackt. Wir wollen das Dickerchen nicht enttäuschen, stimmt's, Regine?«

»Genau«, antwortete Hannah zustimmend, als ihr klar wurde, dass die Frage ihr galt.

»Sag mal, Hartmut, erinnerst du dich an den Bub, der damals verschwunden ist? Der, den du kurz zuvor noch mit einem Mann gesehen hast?«

»Nein.«

»Ich bin sicher, dass wir beim letzten Angeln darüber geredet haben. Du wolltest mir erklären, warum du nicht genau weißt, ob er es gewesen ist. Aber dann biss ein fetter Fisch und du warst mit dem Ausnehmen beschäftigt. Ich bin neugierig und will es endlich wissen. Schade, dass du dich nicht erinnerst.«

»Der Christopher?«

»Ja«, antwortete Hardy hoffnungsvoll. »Es ist dir eingefallen?«

»Nein, was denn?«

»Na, die Sache mit dem kleinen Jungen.«

»Welcher Junge?«

Hannah stand auf und erklärte, dass sie nach Kaffee Ausschau halten wolle. Direkt, als sie sich außer Hörweite begeben hatte, fragte Herr Reber mit ernster Miene: »Was ist mit ihr?«

»Mit Regine? Warum?«

»Sie schaut mich so merkwürdig an. Man könnte meinen, sie glaubt, ich sei nicht dicht im Oberstübchen.«

»Quatsch. Bestimmt ist sie nur müde, weil ich sie so früh aus den Federn gejagt habe.« Reber schüttelte energisch den Kopf. »Nee, die is' komisch.« Einen Augenblick schaute er abwesend zum Fenster hinaus, bevor er leise weitersprach: »Der Bub war Christopher, das sagt mir mein Gefühl. Aber er hatte sein Gesicht an die Brust des Mannes gelehnt. Deshalb habe ich mich geweigert, der Polizei zu bestätigen, dass ich zu hundert Prozent sicher bin.«

»Du erinnerst dich also doch?«, fragte Hardy verwundert. »Warum hast du das nicht gleich gesagt?«

»Weil die«, er zeigte in die Richtung, in die Hannah verschwunden war, »glaubt, ich bin ein Depp. Wer ist sie überhaupt?«

»Regine.«

»Eine Regine kenne ich nicht. Würdest du uns einander vorstellen?«

»Gern«, ging Hardy auf die verworrene Bitte des Mannes ein. »Wir haben uns vor einigen Tagen auf einem Fest kennengelernt. Du wirst sie mögen.«

»Immer noch der alte Playboy. Kannst du mich nicht auch mal wieder mit einer Dame bekannt machen?«

Die Kommissarin trat an den Tisch und erlöste ihren Kollegen aus dem Gespräch. Sie stellte drei Tassen ab und nahm Platz. Hardy gab ihr mit einem leichten Kopfschütteln zu verstehen, dass sie mit dem Zeugen Reber heute nicht viel weiterkämen.

»Da sind Sie ja. Sagen Sie, kennen wir uns von irgendwo? Ihr Gesicht sagt mir etwas, aber zuordnen kann ich es nicht recht.«

Hardy gab Hannah unterm Tisch einen Schubs an den Schuh.

»Nein. Ich bin Ihnen heute zum ersten Mal begegnet.« Sie schaute von Reber zu ihrem Kollegen. »Wir sollten uns mit dem Kaffee beeilen, Richard. Schließlich können wir deinen Bekannten nicht den ganzen Tag aufhalten, oder?«

»Da haben Sie Recht. Ich bin später noch zum Golfen verabredet und muss mich langsam fertigmachen. Sehen Sie zu, dass Sie diese unsägliche und ungenießbare Plörre abkippen und die Kurve kratzen. Kein Mensch hat Sie gebeten, mir einen Kaffee zu bringen und mir Ihre Gesellschaft aufzuzwingen.«

Seine Stimme klang bedrohlich und ließ erkennen, dass er auf dem Weg in eine aggressive Episode war.

»In Ordnung, Hartmut. Wir fahren gleich.« Hardy zeigte auf den Kaffeepott. »Das Zeug ist absolut ungenießbar, du hast vollkommen Recht. War schön, dich mal wiederzusehen. Bis bald.«

»Haut endlich ab«, tönte es ärgerlich hinter ihnen, als sie raschen Schrittes zum Fahrstuhl gingen. »Ihr wollt sowieso alle nur mein Geld. Also tut nicht so, als ob ...«

Die schließende Tür des Liftes bewahrte sie vor dem Rest der Wuttirade, in die Herr Reber sich hineinsteigerte.

Den Weg vom Patientenzimmer bis zum Wagen legten sie schweigend zurück und hingen ihren eigenen Gedanken und Eindrücken nach. Hannah überlegte, ob sie Hardy in eine belanglose Unterhaltung verstricken sollte, entschied sich jedoch dagegen. Sie vermutete, dass er Zeit brauchte, um die Erinnerungen an seine Tante abklingen zu lassen.

An der Kreuzung von Hessenring und Adam-Opel-Straße klingelte Hannahs Smartphone. Hardy hörte, wie sie zweimal hintereinander mit kurzem »Ja« antwortete und mit den Worten »in zwei Minuten« das Gespräch beendete.
»Schon wieder was los im Canadian Club. Ich muss gleich mit Çetin los.«
»Sehr merkwürdig. Da scheint was im Busch zu sein«, erklärte Hardy und bog auf den Parkplatz vorm Revier ein.

11. März 2014, Canadian Club

Das Tor zum Tanzclub stand offen und war mit einem Flatterband abgesperrt. Im Hof sah Hannah einige Polizisten, die im Garten Spuren sicherten. Als sie eintraten, kam ihnen ein Kollege entgegen, um sie über die Ereignisse aufzuklären.
»Ein Mann rief gegen halb fünf wegen Ruhestörung an. Bis eine Streife hier ankam, war alles wieder ruhig. Einer der Beamten sah, dass die Tür zum Gebäude einen Spalt weit offen stand, und ging hinein.« Er deutete zum Haus. »Unten im Keller fand er die Leiche. Sieht zunächst nach einem Unfall aus. Um wen es sich handelt, kann ich Ihnen leider nicht sagen, er trug keine Papiere bei sich.«
»Können wir runter?«, fragte Çetin.
»Selbstverständlich. Herr Doktor Winterherbst ist auf dem Weg und wird in ein paar Minuten hier sein.«
»Danke«, erwiderte die Kommissarin und ging zum Gebäude.

Der Tote wies außer der Platzwunde am Kopf und einer bläulichen Verfärbung in Wangenhöhe keine sichtbaren Spuren von Gewalteinwirkung auf. Hannah zog Latexhandschuhe über und kniete sich neben ihm auf den Boden. Sorgsam tastete sie die Kleidung des Mannes ab.
»Hör auf«, bemerkte Çetin kopfschüttelnd. »Wenn der Kollege sagt, dass er nichts bei sich trägt, solltest du ihm glauben.«
»Es schadet doch niemandem, noch einmal nachzusehen, oder?«
»Aber es ist peinlich. Manchmal kannst du einen mit deiner Übergenauigkeit wirklich zur Weißglut bringen. Wieso machst du das?«
»Berufskrankheit. Allerdings verstehe ich nicht, warum du dich so aufregst. Außer dir ist niemand hier unten, und ich dachte immer, dass du diesbezüglich 'ne coole Socke bist.«
Çetin brummte verärgert.

»Sorry, aber ich muss das tun. Wie oft habe ich selbst schon etwas übersehen? Das kann jedem mal passieren.«

Ihr Kollege nickte geistesabwesend und starrte an eine der Kellerwände. »Was ist das?«, fragte er leise und ging zu der Stelle, an der der Putz fehlte. Vorsichtig betastete er das Loch, das er darunter entdeckt hatte. »Nichts drin.«

Er blickte über alle Wände des Raumes und zeigte nach wenigen Sekunden auf eine weitere Stelle an der Außenwand.

»Sieh mal. Da scheint noch was anderes verborgen zu sein. Es wirkt so bröckelig und nachträglich präpariert.« Er lief hinüber und klopfte sachte mit dem Zeigefinger dagegen. »Hohl«, bestätigte er, was Hannah ebenfalls gehört hatte.

Sie trat neben ihn, während Çetin nun fester gegen den Putz schlug, der zu bröckeln begann.

»Na also«, sagte er zufrieden und schob seine Finger in das Loch, das zum Vorschein gekommen war. »Viel größer als das erste«, murmelte er und zog einen Karton heraus. Als er den Deckel öffnete, schauten die Kommissare auf einen annähernd drachenförmigen Gegenstand mit schwarzer Plastikverpackung, auf der das Blitzzeichen der Firma Opel im oberen Drittel silbrig glänzte. Daneben lag ein hellgelbes Stofftaschentuch, dessen Oberfläche mehrere rostrote Flecken aufwies.

»Was ist das?«, fragte Hannah.

»Müsste ein Airbag sein«, vermutete Çetin und wollte ihn aus der Schachtel heben.

»Handschuhe, bitte«, stoppte die Kommissarin ihn harsch.

Erschrocken zog Çetin die Hand zurück.

»Genau das meinte ich vorhin. Jeder von uns macht Fehler, und deshalb wühle ich die Taschen von Toten auch ein zweites Mal durch.«

»Krieg dich ein, ich hab's verstanden«, erwiderte er. Missmutig zog er ein Paar Einmalhandschuhe über.

11. März 2014, Familie Friedmann, Raunheim

Hardy betrat das Wohnzimmer und setzte sich nach Aufforderung von Christophers Mutter auf das altmodische Sofa. Zu seiner Überraschung hatte an diesem Morgen, nachdem er vom Besuch im Pflegeheim zurückgekommen war, eine Notiz auf seinem Schreibtisch gelegen. Frau Friedmann hatte um Rückruf gebeten.
»Sie müssen das Chaos hier verzeihen«, erklärte sie jetzt entschuldigend und nahm ihm gegenüber Platz. »Ich bin, wie Sie wissen, bei meiner Tochter in Hamburg gewesen. Deswegen hatte ich keine Zeit, die Wohnung in Ordnung zu bringen, bevor Sie kommen.« Sie zuckte die Schultern. »Interessiert ohnehin niemanden mehr. Ab und an kommt Robert mich besuchen. Wir sind zwar seit Jahren getrennt, aber die Trauer um Alinas Tod und Christophers Verschwinden hat uns wieder ein wenig zusammenrücken lassen.«
»Sie lebten bereits allein mit den Kindern, als Ihr Sohn verschwand, richtig?«
»Ja. Ich bin ein paar Monate vorher nach Raunheim gezogen. Unsere Trennung war schwierig. Robert konnte sich nur schlecht damit abfinden, dass ich nicht mit ihm zusammenbleiben wollte. Er rief ständig an, kam vorbei oder lauerte mir irgendwo auf. Richtiggehend unheimlich, ich zog sogar eine Anzeige gegen ihn in Betracht. Irgendwann habe ich die Reißleine gezogen und bin heimlich umgezogen. Das hatte aber nicht damit zu tun, dass ich seinen Kontakt zu den Kindern unterbinden wollte. So war es nicht, obwohl er mir das bis heute vorwirft.«
»Wo kann ich Ihren Mann finden? In den alten Akten ist kein aktueller Wohnsitz vermerkt.«
»Er ist die ganze Woche auf Montage, immer jwd und schwer zu erreichen. Den Job nahm er an, nachdem Alina sich das Leben genommen hatte.«
Frau Friedmann sprach in ruhigem Ton über ihre verstorbene Tochter. Hardy gewann zu seiner Überraschung den Eindruck, als sei sie mit diesem schrecklichen Teil ihrer Vergangenheit versöhnt.

»Müssen Sie ihn auch sprechen? Dann versuche ich, ihn zu erreichen«, bot sie nun an.
»Wie ich am Telefon bereits gesagt habe, konnten wir weitere DNA auf dem T-Shirt Ihres Sohnes isolieren. Da es keine Übereinstimmung zu den bei uns gespeicherten Profilen gab, müssen wir ausschließen, dass diese DNA-Spur von einem Familienmitglied stammt. Wenn Sie einverstanden sind, werde ich von jedem Mitglied der Familie einen DNA-Träger einsammeln und ins Labor geben.«
»Nur zu gerne. Ich kann Ihnen direkt etwas zur Verfügung stellen, aber wie machen wir es mit dem Rest von uns? In Alinas Zimmer liegt eine Haarbürste, die niemand nach ihr benutzt hat. Das reicht doch, oder?«
Hardy nickte zustimmend.
»Von Robert kann ich einen Schal anbieten, den er vor Wochen an der Garderobe vergessen hat, aber bei Lisa muss ich passen. Allerdings vermute ich, dass sie recht bald herkommt. Vorhin, als ich mit ihr telefoniert und erzählt habe, dass Christophers Fall noch einmal untersucht wird, sagte sie etwas in der Richtung. Ich war selbst derart aufgeregt nach Ihrem Anruf, dass ich nicht genau sagen kann, ob sie sofort losfährt.«
»Nicht weiter tragisch«, versicherte Hardy ihr. »Bis Sie mehr in Erfahrung gebracht haben oder Ihre Tochter da ist, sollten wir die Proben untersuchen, die uns zur Verfügung stehen. Haben Sie vorher noch Fragen an mich?«
Frau Friedmann schüttelte den Kopf. »Was sollte ich wissen wollen, außer wo mein Junge abgeblieben ist? Dass Sie mir in diesem Punkt keine Antwort geben können, weiß ich.«
Eine einzelne Träne rann langsam ihre Wange hinab. »Versprechen Sie mir hier und jetzt, dass Sie alles in Ihrer Macht stehende unternehmen, um uns endlich Gewissheit zu verschaffen. Egal, in welche Richtung die Ergebnisse Ihrer Ermittlungen Sie führen werden, wir sind auf jede Möglichkeit gefasst.«
»Mein Ehrenwort«, antwortete Hardy. »So leid es mir tut, ich möchte Sie bitten, den Tag von Christophers Verschwinden noch einmal genau zu beschreiben.«
Frau Friedmann nickte und erzählte dem Kommissar den Ablauf des Morgens in allen Details. Dabei ließ sie keine Einzelheit aus und gab ihre Aussage aus dem Jahr 1982 fast wortwörtlich wieder.

»Besteht die Möglichkeit, dass Ihr Sohn zur Schule etwas anderes anziehen wollte als das, was Sie ihm herausgelegt hatten?«

»Nein, wie kommen Sie darauf?«

»Uns wundert es, dass er das Shirt auf dem Spielplatz zurückgelassen hat. Eine der Theorien lautete, dass Ihr Junge vielleicht etwas anderes zum Anziehen eingesteckt hatte und sich heimlich umziehen wollte.«

»Nein, das halte ich für ausgeschlossen. Es war ihm völlig gleichgültig, was er anhatte. Nur mädchenhaft durfte es nicht aussehen, aber das ist in dem Alter wohl normal.«

»Okay. Dann sammle ich jetzt die Proben ein und gebe sie ins Labor. Den Schal Ihres ehemaligen Lebensgefährten packe ich auch mit ein. Wenn Sie mir nun seine Rufnummer notieren würden, falls die vorhandene DNA untauglich ist?«

Frau Friedmann nickte und schrieb eine Mobilfunknummer auf einen Zettel, der vor ihr auf dem Tisch lag.

»Bitte sehr. Aber wie gesagt, ihn ans Telefon zu bekommen, benötigt Geduld. Die meiste Zeit hat er es ausgeschaltet. Am besten probieren Sie es erst nach neunzehn Uhr.«

»Okay. Und rufen Sie an, sobald Lisa ankommt, in Ordnung?«

Frau Friedmann nickte. »Danke, dass Sie versuchen, unserer Familie ihren Frieden wiederzugeben.«

11. März 2014, Polizeipräsidium

Nachdem Hannah und Çetin ihre Untersuchungen im Canadian Club beendet, die Fundstücke weitergegeben und auf das Eintreffen von Herrn Winterherbst gewartet hatten, fuhren sie gemeinsam zurück zum Präsidium.

»Ich glaube kaum, dass wir etwas zu tun bekommen. Der Mann ist auf irgendeine Weise in den Tanzclub eingedrungen. Womöglich besaß er einen Schlüssel, denn Einbruchsspuren fanden sich keine. Vermutlich ein Dieb, der seine Ware in der Wand des Kellers deponiert hat.«

»Glaubst du wirklich, dass jemand irgendwo einen Airbag klaut?«, fragte Hannah zweifelnd.

»Klar, die Dinger sind nicht gerade günstig und dazu recht klein. Einen Käufer dafür zu finden, dürfte kein Problem sein.«

»Und das Taschentuch? Hast du dazu auch eine Idee?«

Çetin schüttelte den Kopf und hob die Schultern. »Höchstens, dass sich der Dieb verletzt und in der Eile das Tuch mit in die Box gestopft hat.«

Hannah brummte. »Hm, scheint mir keine allzu einleuchtende Erklärung zu sein. Was soll's. Zunächst einmal ist es für uns ein Unfalltod, den du bitte kurz im Bericht abhakst, okay?«

»Wieso ich?«

»Klare Sache. Bevor ich zum Canadian Club beordert wurde, war ich an Hartmanns Seite, um beim Cold Case von Christopher Friedmann zu helfen. Ich muss zu ihm und herausbekommen, ob er auch weiterhin Hilfe benötigt.«

»Logisch.« Er klatschte sich mit der flachen Hand an die Stirn. »Frau Kollegin Bindhoffer ist nie um eine Ausrede verlegen, wenn es darum geht, unliebsamen Schreibkram auf andere abzuwälzen. Dabei vergisst du leider, dass ich genauso eine Abneigung gegen die Bürokratie habe wie du. Mein Migrationshintergrund sollte mich vor Angriffen dieser Art schützen. Ich werde absichtlich Hunderte von Rechtschreibfehlern einbauen und mir ins Fäustchen lachen, wenn Götzi dir aufträgt, alles zu korrigieren.«

»Kollege Alkan«, erwiderte Hannah mit amüsierter Miene. »Du bist unfähig, so etwas zu tun. Einen Partner in die Pfanne zu hauen, passt einfach nicht zu dir. Eher wird ein Skilift auf Amrum gebaut, jede Wette. Falls du es doch tust, habe ich mich nie zuvor so in einem Menschen getäuscht. Du gehörst zu den Guten, also lass die Fisimatenten und versuche nie wieder, den Bad Boy zu mimen.«

Çetin hob resigniert die Hände. »Okay, voll erwischt. Sieh zu, dass du zu Hartmann kommst. Ich rufe bei dir an, wenn ich Rückmeldung von der Gerichtsmedizin habe.«

»Geht doch«, meinte Hannah lachend und warf ihrem Kollegen eine Kusshand zu. »Du bist der Beste.«

22. Mai 1982

Christopher setzte sich auf den Bettrand und begann, langsam die Hose auszuziehen. Während er umständlich an Knopf und Reißverschluss fingerte, warf er seinem Peiniger immer wieder fragende und bittende Blicke zu, als hoffte er, dieser würde ihm erklären, dass alles nur ein Scherz sei. Als er, vom »Onkel« keuchend beobachtet, das linke Bein aus der Hose zog, schlug Matthias ihm mit der flachen Hand kraftvoll auf den Oberschenkel. Der Junge starrte auf den sofort sichtbar werdenden roten Fleck und begann erneut zu weinen.

»Wird's bald? Bist du in der Schule auch so lahmarschig? Je schneller du dich auszichst, umso rascher hast du es hinter dir und kannst zu deinem Vater!«

Das verzweifelte Schluchzen des Kindes drang nur gedämpft in Matthias' Gehirn. Seine Sinne, komplett auf Befriedigung geschaltet, kannten das Wort Mitgefühl nicht mehr.

Als Christopher nach etlichen Stunden, gestört durch wiederholtes Poltern, aus einem erschöpften und unruhigen Schlaf erwachte, war er allein im Wohnwagen. Rasch stand er auf und ging zur Tür – verschlossen. Das kleine Fenster, vor dem ein ungewaschener, fleckiger Vorhang hing, ließ sich ebenfalls nicht öffnen. Christopher begann, laut um Hilfe zu schreien, und trat kraftvoll gegen die Eingangstür. Das polternde Geräusch von draußen nahm zu und niemand schien ihn zu hören.

Nach Minuten gab er kraftlos auf, zog die Hose und ein T-Shirt an, das auf einer Stuhllehne hing, und begann, sein Gefängnis genauer in Augenschein zu nehmen. In einem Schrank fand er einige stumpfe, nutzlose Messer und eine Schere, die er in die Hosentasche gleiten ließ. Auf dem Tisch stapelten sich Zeitungen, deren Texte er zum Teil nicht entziffern konnte, weil sie in einer anderen Sprache verfasst waren. Er schob die Tageblätter beiseite, legte den Kopf auf die Tischplatte und weinte, bis er so matt und durstig wurde, dass er aufstand, um ein Glas Wasser zu trinken. Als er den Hahn aufdrehte, hörte er den Schlüssel im Schloss und Matthias trat lächelnd ein.

»Bitte nicht«, flüsterte der Junge wimmernd und ließ das Wasserglas auf den Boden fallen. Den Blick auf die am Fußboden liegenden Scherben gerichtet, begann er, aus Leibeskräften um Hilfe zu schreien.

Mit zwei Schritten war sein Peiniger bei ihm und hielt ihm die Hand vor den Mund.

»Psst. Hör auf, sonst passiert was. Komm mit raus zum Auto. Hier können wir nicht bleiben. So einen Lärm, wie du gemacht hast, würde es mich keineswegs verwundern, wenn die Nachbarn bereits die Polizei informiert haben.« Zornig zog er das Kind aus dem Wohnwagen und schubste es voran, bis sie neben der Beifahrertür des Autos zum Stehen kamen.

»Was hast du da drin angestellt? Zeig mir den Inhalt deiner Taschen.«

»Gar nichts«, antwortete der Junge mit zittriger Stimme und versuchte, geschickt um die eingesteckte Schere zu greifen.

»Den Rest auch«, erwiderte Matthias. »Wird's bald.«

Christopher zog resigniert die Schere aus der Tasche und gab sie an Matthias Glockner weiter.

»Was dachtest du, könntest du damit ausrichten? Mir in die Augen stechen? Das Ding ist völlig nutzlos. Ein Wunder, dass ich es noch habe, sollte schon lange in den Müll. Außerdem machst du es dir mit solchen Aktionen nicht leichter. Meinst du etwa, es macht mir Spaß, ständig darauf achten zu müssen, dass du nichts anstellst und wir dadurch auffliegen? Allmählich geht mir dieses Theater ziemlich auf die Nerven. Gnade dir Gott, wenn ich genug davon habe. Hast du das begriffen?«

Christopher nickte stumm.

»Rein mit dir, aber plötzlich.«

Christopher gehorchte, ohne einen weiteren Laut von sich zu geben. Als er eine Frau in Kittelschürze auf sie zukommen sah, blieb er starr stehen und blickte zu Boden. Die Angst, nie wieder nach Hause zu den Eltern und Geschwistern zu kommen, raubte ihm allen Kampfgeist. Matthias winkte der herankommenden Dame freundlich zu.

»Hallo, Frau Schneider. Leider keine Zeit für ein Schwätzchen heute. Ich muss meinen aufsässigen Neffen zu seiner Mutter bringen. Endlich, das Bürschchen bringt mich noch zur Weißglut«, erklärte er mit hochrotem Kopf, der auf zu hohen Blutdruck schließen ließ.

»Sieht doch friedlich aus, der Kleine, interessantes Alter. Warum ist der Wohnwagen angehängt? Geht es schon wieder weiter?«

»Genau, die Familie besuchen. Aber ich sollte jetzt los. Wir trinken einen Kaffee zusammen, wenn ich wieder hier bin, in Ordnung?«

»Klar, gute Fahrt«, rief Frau Schneider zum Abschied. »Und pass gut auf dieses Goldstück auf.«

Matthias öffnete die Beifahrertür und drängte Christopher hinein, als er bemerkte, dass die Platznachbarin sich dem Jungen nähern wollte.

Im Wagen kauerte der Bub auf dem Sitz und versuchte erfolglos, gegen seine Tränen anzukämpfen. »Mama«, war alles, was er sagte, bevor der Motor angelassen wurde.

11. März 2014, Polizeipräsidium

Als Hannah das Büro von Hardy leer vorfand, ging sie zum Telefon und wählte seine Handynummer.

»Wo bist du, Hardy?«

»Auf dem Weg ins Labor. Ich habe die DNA-Proben der Familie Friedmann fast komplett eingesammelt und möchte sie persönlich abliefern. Vielleicht kann ich ein bisschen Druck machen und schnell an die Ergebnisse kommen. Was gibt's bei dir?«

Hannah seufzte. »Nichts Nennenswertes. Im Canadian Club ist dieses Mal tatsächlich etwas passiert. Ein Mann lag tot im Keller. Wir gehen allerdings von einem Unfalltod aus. Zwar haben wir ein Versteck in der Wand entdeckt, in dem ein Airbag und ein blutiges Tuch steckten, aber das spielt für den Leichenfund eher eine untergeordnete Rolle. Vermutlich Diebesgut oder ein gut gehüteter Schatz für einen Autobastler. Wird sich zeigen, alles ist ins Labor gegangen.«

»Hmm, klingt schräg. Ich finde es sonderbar, dass ihr wieder dorthin gerufen wurdet. Ich meine, beim ersten Mal lag kein Delikt vor. Trotzdem, zwei Einsätze hintereinander in vierundzwanzig Stunden sind außergewöhnlich. Dazu noch der Kram im Versteck.«

»Stimmt, aber in diesem Fall scheint es purer Zufall gewesen zu sein, dass der Ort identisch war«, erwiderte die Kommissarin. »Zumindest so lange, bis Winterherbst anruft und etwas anderes festgestellt hat, gehe ich von einem Unfall mit tödlichen Folgen aus.«

»Schau noch einmal hin, Hannah. Mir kommt das nicht koscher vor. Und in dem Fall berufe ich mich ausnahmsweise auf mein Bauchgefühl. Rollentausch leichtgemacht, quasi.«

»Ich denke darüber nach, okay? Meldest du dich bei mir, wenn du vom Labor zurück bist?«

»Klar.«

»Danke. Übrigens habe ich Çetin dazu gebracht, den Bericht zu tippen. Er denkt, wir beide arbeiten zusammen. Bis du in dein Büro kommst, bleibe ich am besten im Keller.«

Sie lachte schallend. »Nicht dass er mich abgreift und doch noch an den Papierkram zwingt.«

Hardy gluckste amüsiert. »In diesem Punkt hast du echt Tricks drauf. Ich sehe zu, dass es schnell geht. Halte dich so lange vor unserem osmanischen Kollegen versteckt.«

Die Kommissarin lief über den Flur zu ihrem Büro und setzte sich an den Schreibtisch. Keine Lust auf Berichte bedeutete keineswegs, dass sie ihren Partner im Stich ließ. Sie nahm ihr Handy und tippte eine SMS an Çetin. Zwei Minuten später betrat er grinsend den Raum.

»Sei unbesorgt, der Schriftkram ist erledigt. Ging in einem Rutsch flüssig von der Hand. Ich muss einen guten Tag haben.« Er grinste zufrieden. »Die nächste Frage ist, wo steckt Hardy?«

»Der kommt gleich, warum?«

»Es gibt noch immer nichts zu tun, und ich möchte einfach etwas Sinnvolleres mit meinem Arbeitstag anfangen, als am Schreibtisch zu sitzen und Däumchen zu drehen. Deshalb dachte ich, dass ich euch ein wenig über die Schultern schauen könnte.«

»Von mir aus gerne, aber frag Götzenbrenner. Nicht dass wir hinterher Ärger an der Backe haben.«

»Götzi ist einverstanden und vermutlich froh, dass er keine Hiwi-Arbeit für mich aus dem Ärmel schütteln muss. Echt krass, wie wenig im Moment passiert. Einerseits prima für die Bevölkerung, aber andererseits möchte ich einfach etwas anderes tun, als ständig Sudokus zu lösen.«

Hannah verzog das Gesicht. »So langweilig kann es mir nie werden, dass ich mich freiwillig mit Zahlen beschäftigen würde.«

Hardy steckte den Kopf in die Tür. »Da bin ich. Kommst du rüber?«

Die Kommissarin nickte und stand auf, während Çetin seinen Kollegen bat, ebenfalls einen Blick in den alten Fall werfen zu dürfen.

»Selbstverständlich, mein Angebot von gestern steht noch. Ich verstehe, warum du scharf darauf bist. Hier kommt man im Augenblick sogar auf den abstrusen Gedanken, heimlich Ebbelwoi im Schrank zu keltern. Nur um nicht in Tristesse zu geraten.«

Hannah lachte. »Blöder Plan. Du weißt, wie das Zeug während der Gärung riecht, oder?«
»Nur ein Apfel, der es schafft, zu Stöffche verarbeitet zu werden, hat es zu etwas Großem gebracht. Da sollten ein paar unschöne Gerüche keinerlei Rolle spielen. Stell dich also nicht an, verehrte norddeutsche Kollegin. Da musste dorsch!«
»Gespritzt mit Wasser gerne, lieber Hardy, und direkt aus dem Gerippten.«
»Hört, hört«, kicherte Çetin, »die Frau lernt fix und versteht was vom Fach. Dass die Schoppengläser, die man zum Apfelweintrinken benutzt, Gerippte heißen, weiß man nicht unbedingt deutschlandweit. Ich kenne sogar den Grund, warum diese Struktur ins Glas eingearbeitet ist. Damals, als man noch kein Besteck ... «
Hannahs Telefon unterbrach die Unterhaltung.
»Bindhoffer.« Sie griff nach Block und Stift. »Verstehe. Nein, er sitzt hier bei mir. Wollen Sie mit ihm sprechen?
Die Schwester von Christopher«, erklärte sie ihren Kollegen, während ihre linke Hand die Sprechmuschel zuhielt. »Die Zentrale hat sie zu mir gestellt, weil du nicht abgehoben hast.«
»Dann steht das blöde Ding sicher wieder auf lautlos. Wie ich diese moderne Technik manchmal hasse.«
»Das Problem liegt meist beim Benutzer«, erklärte Hannah grinsend und hielt ihm auffordernd den Hörer entgegen.
Hardy nahm den Telefonhörer und begrüßte die Anruferin. Einen Moment blieb er stumm und lauschte.
»Das wäre vermutlich das Beste«, erwiderte er nach einer längeren Zeitspanne. »Ich verstehe, dass Sie beruflich eingespannt sind, und wenn es nicht anders geht, schicken Sie es einfach per Post. Anzunehmen, dass wir bis zum Wochenende bereits Ergebnisse bekommen. Unser Gespräch können wir also auch noch ein wenig aufschieben. Danke, dass Sie mir persönlich Bescheid gegeben haben.« Er nickte zustimmend und ergänzte freundlich: »Dann kommen Sie am Montag ins Revier?«
Erneut hörte er für längere Zeit konzentriert den Worten von Christophers Stiefschwester zu.

»Ich weiß.« Er seufzte. »Allerdings müssen Sie bedenken, dass die Möglichkeiten der Beweismittelauswertung zu dem Zeitpunkt noch ausgesprochen begrenzt waren. Wir verbleiben so, Sie planen Ihren Besuch hier ab dem Wochenende und wir sprechen am Montag miteinander. Sollten wir bis dahin zu neuen Erkenntnissen kommen, melde ich mich bei Ihnen. Die Telefonnummer habe ich ja jetzt.«
Er verabschiedete sich, legte auf und gab das Gespräch mit Lisa Friedmann für seine Kollegen wieder.
»Sie ist gefühlsmäßig hin- und hergerissen, weil wir die Akte noch einmal bearbeiten. Einerseits möchte sie Klarheit über den Verbleib ihres Bruders, und andererseits befürchtet sie, dass die Mutter dadurch erneut zu sehr aufgewühlt wird. Es sei damals schon schwierig gewesen, sie aufzufangen und vor Dummheiten zu bewahren.«
»Nur allzu verständlich«, erwiderte Hannah. »Deshalb solltest du alles daran setzen, etwas herauszubekommen.«
»Wir«, erklärte er mit entschlossenem Gesichtsausdruck. »Zumindest kann ich im Moment auf eure Unterstützung zurückgreifen. Ich hoffe und bete, dass die Ganoven noch ein paar Tage die Füße stillhalten, damit wir als Team vorankommen und Ergebnisse liefern können.«
Çetin, der sonst stets ein Lächeln auf den Lippen trug, war ernst geworden. »Du hast Recht, Hannah. Wir sind es der Familie schuldig, etwas herauszufinden. Und wenn ich hier im Präsidium ein Feldbett aufschlagen muss, auf mich könnt ihr zählen. Solange Götzenbrenner einverstanden ist, werde ich euch keinen Fußbreit von der Seite weichen.«
»Das weiß ich zu schätzen, Kollege«, antwortete Hardy dankbar, »und bevor wir mehr vom Labor erfahren, schlage ich vor, noch einmal alles durchzugehen. Vielleicht entdecken wir gemeinsam einen weiteren Ansatzpunkt, den ich bisher übersehen habe.«

12. März 2014, Polizeipräsidium

Çetin saß bereits in Hardys Büro, als Hannah am nächsten Morgen eintrat.
»Hast du tatsächlich hier übernachtet?«
»Nein. Aber ich konnte kaum schlafen. Die Geschichte des Jungen spukte die halbe Nacht durch meinen Kopf. Deshalb bin ich bald wieder aufgestanden, um heute früh die Aussagen erneut Wort für Wort durchzugehen. Wir übersehen da irgendetwas. Wenn ich bloß dahinterkäme, was es ist.«
»Ohne ein weiteres Gespräch mit dem Vater stecken wir fest, wie wir gestern bereits festgestellt haben. Ich bin gespannt, ob Hardy Robert Glockner am späten Abend noch erreichen konnte. Die Befragung von ihm lief damals nicht besonders ausführlich. Das Mordmotiv eines Mannes, dessen Frau sich trennt und die Kinder von ihm fernhält, ist doch keineswegs außergewöhnlich. Wenn er rotgesehen und den Bub irgendwo entdeckt hat, kann er durchaus durchgedreht sein und ihm etwas angetan haben.«
»Glaubst du, er würde dann heute wieder öfter bei der Ex-Partnerin vorbeischauen? Ziemlich riskant, oder?«, fragte Çetin skeptisch.
»Nicht unbedingt. Schließlich ist er nie als Verdächtiger in Betracht gezogen worden. Er konnte davon ausgehen, dass sich daran nichts ändert. Der Fall ruhte lange und irgendwann hat ihm niemand mehr Fragen gestellt. Er wurde dreimal befragt, und wenn man die Protokolle durchgeht, fehlt für meinen Geschmack das hartnäckige Beharren auf dieser Möglichkeit. Das ist doch ein eindeutiges Motiv.«
»Es ist eine Option. Ich werde das beschissene Gefühl nicht los, dass die Kollegen es versäumt haben, gründlich zu ermitteln. Sie haben, genau wie wir, etwas übersehen.«
Er stützte die Ellenbogen auf den Schreibtisch und seufzte laut. Einige Sekunden blieb es ruhig im Büro, bis er sich wieder aufrichtete und fragte: »Wann kommt Hardy?«
Hannah zuckte mit den Schultern. »Du weißt doch, dass er kein Typ ist, der hier mit dem ersten Hahnenschrei hereinschneit. Es ist kurz nach sieben und er wird noch ein oder zwei

Stündchen brauchen, bevor er hier aufkreuzt. Bis dahin sehen wir die Aussagen gemeinsam gründlich durch und hoffen auf die winzige Chance, etwas zu entdecken.«
Als die beiden Kommissare gerade ihre Köpfe über die ersten Vernehmungen gebeugt und mit dem Lesen begonnen hatten, trat Sven Götzenbrenner ins Büro.
»Ich dachte mir, dass ich Sie hier finden kann. Ich möchte auch nicht lange stören. Der Airbag ist für einen Opel Insignia und nagelneu. Ich nehme an, dass dafür nirgendwo auf der Welt ein Kaufbeleg existiert. Außerdem ahne ich, dass es in einem der Regale im Opelwerk einen freien Platz gibt, auf dem das Teil laut Inventurlisten noch liegen sollte. Ich übergebe den Airbag an die zuständige Abteilung. Das Taschentuch ist bereits im Labor in Bearbeitung. Vielleicht haben wir Glück und die extrahierte DNA bringt uns zur Identifizierung des Mannes.«
»Das Blut muss nicht von dem Unfallopfer stammen«, entgegnete Hannah. »Trotzdem ist es natürlich möglich. Wir drücken in jedem Fall die Daumen, dass wir mit der Bestimmung auch einen Treffer in der Datenbank erhalten, sonst war alles vergebliche Liebesmühe.«
»In der Tat, Frau Bindhoffer. Ich rufe Sie an, falls es etwas Neues gibt oder Sie anderweitig zum Einsatz müssen. In der Zwischenzeit wünsche ich Ihnen viel Erfolg beim Fall von Christopher Friedmann. Es wäre fantastisch, wenn Sie den ersten Cold Case mit einem konkreten Ergebnis aufklären könnten. Damit können wir dem Landespolizeipräsidium zeigen, dass Aufwand und Abstellen von Personal lohnend sind. Josef Mitheimer wünscht sich schon lange, dass diese Art Ermittlungen Teil unserer Arbeit werden. Er ist überzeugt davon, etwas Gutes ins Rollen gebracht zu haben. Geben Sie Ihr Bestes.«
Während des letzten Satzes von Herrn Götzenbrenner betrat Hardy sein Büro. Er schien zufrieden und hochmotiviert.
»Gegen halb elf wird Robert Glockner hier erscheinen. Er war äußerst kooperativ, als er hörte, worum es sich handelt.«
»Perfekt«, sagte Hannah und rutschte mit ihrem Stuhl zur Seite, um dem Kollegen ebenfalls einen Platz am Schreibtisch einzuräumen.

Herr Götzenbrenner verließ das Büro, nachdem er dem Team einen angenehmen Tag gewünscht hatte. Die Kommissarin setzte Hardy über das vorangegangene Gespräch in Kenntnis, während
Çetin auf die Uhr sah.
»Kurz vor acht. Dann mal ran an den Schriftkram, bis Glockner erscheint, oder?«
Hannah nickte und schob Hardy eine Mappe zu.

Pünktlich um zehn Uhr dreißig klopfte es an der Bürotür, und ein vollbärtiger Mann streckte den Kopf ins Zimmer.
»Bin ich hier richtig bei Kommissar Hartmann?«
»Absolut. Sie müssen Herr Glockner sein. Treten Sie ein.«
Die Statur von Christophers Vater war ausgesprochen stämmig und fast quadratisch. Man sah ihm die jahrelange schwere körperliche Arbeit sofort an. Das von tiefen Falten durchfurchte Gesicht bekräftigte gemeinsam mit einem unnatürlich blassen Teint den Eindruck, einen Menschen vor sich zu haben, der wusste, wie grausam das Schicksal zuschlagen konnte.
»Stört es Sie, wenn meine beiden Kollegen während der Befragung anwesend sind?«, eröffnete Hardy das Gespräch.
»Nein«, erwiderte Herr Glockner rasch, »kein Problem.«
»Wunderbar, dann können wir von mir aus gleich beginnen. Mögen Sie vorher etwas zu trinken?«
Er schüttelte den Kopf. »Vielen Dank, fangen Sie an.«
»Ich möchte Sie bitten, uns noch einmal genau den Tag zu beschreiben, als Ihr Sohn Christopher verschwand. Was taten Sie, wo hielten Sie sich auf und wann erfuhren Sie, dass er gesucht wird?«
Herr Glockner holte tief Luft, bevor er zu sprechen begann.
»Sie wissen, dass ich zu diesem Zeitpunkt bereits von Bernie getrennt lebte. Ich wusste lediglich, dass sie umgezogen war, hatte allerdings keine Ahnung, wohin. Erst als sie mir am Mittag per Telefon vom Verschwinden unseres Sohnes erzählte, erfuhr ich, dass sie

eine Wohnung in der Siedlung in Raunheim angemietet hatte. Christopher bekam ich bereits viele Wochen vorher nicht mehr zu Gesicht.«

»Ihre ehemalige Lebensgefährtin erwähnte, dass sie sich belästigt fühlte, weil sie Sie ständig in ihrer Nähe entdeckte oder Sie bei ihr anriefen. Deshalb ist sie umgezogen und verheimlichte Ihnen diese Tatsache.«

Herr Glockner erröte und gab unumwunden zu, Bernie Friedmann in der ersten Phase der Trennung bedrängt zu haben. »Ich habe nicht begriffen, dass alles aus und vorbei sein sollte. Ich habe sie geliebt, tue es noch heute, und wollte verhindern, dass wir getrennte Wege gehen. Klar gab es eine Menge Reibereien zwischen uns, aber keine, die mir als unlösbar erschienen, wenn man zusammenhielt.«

»Über welche Differenzen stritten sie am häufigsten miteinander?«, fragte Hannah betont sachlich.

»Es ging fast ausschließlich um die Kids. Bernie hatte bereits zwei Töchter aus erster Ehe. Ihr lag daran, dass ich sie wie leibliche Kinder behandle. Im Prinzip wollte ich das auch und gab mir große Mühe. Doch Christopher stand mir immer ein klein wenig näher, weil ich mich in ihm wiederentdeckte und der biologische Papa bin.«

Hardy räusperte sich. »Verstehe. Obwohl ich selbst kinderlos bin, kann ich mir ausmalen, dass man einen winzigen Unterschied macht. Vermutlich nicht einmal mit Absicht. Wann haben Sie Ihren Sohn vor seinem Verschwinden zuletzt gesehen?«

»Am vierzehnten Februar. Ich erinnere mich so genau daran, weil ich mit Christopher im Stadion war. 1:0 gegen Schalke 04. Bernie machte einen Aufstand deswegen, sie hatte sich den Valentinstag anders vorgestellt. Sie tobte vor dem Spiel und auch, als wir wieder zu Hause ankamen. Noch an diesem Abend hat sie mich rausgeworfen. Danach sah ich sie zwar einige Male, aber Christopher leider nicht.«

Er verstummte und Hardy ließ ihn einen Moment lang seinen Gedanken nachhängen, während er selbst sich ein paar Notizen machte.

»Ist es möglich, dass Sie Ihren Sohn eines Tages in Raunheim auf dem Spielplatz entdeckten und die Wut über das Geschehene herausbrach? Sie dabei einfach durchgedreht sind?« Der Kommissar schlug für die Frage einen kritischen Tonfall an. Er wusste, dass seine Kollegen Herrn Glockner in diesem Augenblick genau beobachteten und jede Regung registrierten.

»Wollen Sie damit sagen, dass ich meinen Christopher verschleppt und umgebracht habe?« Herr Glockner war mitten im Satz aufgesprungen und ging drohend auf Hardy zu. Mit Zornesröte im Gesicht blieb er nur ein winziges Stück von ihm entfernt stehen.

»Wenn Sie auch nur einen Funken Anstand in sich hätten, wüssten Sie, was Sie mir mit dieser Anschuldigung zumuten. Seit Jahren versuche ich, mich damit abzufinden, dass mein Sohn verschwunden oder tot ist.« Er schnaubte aufgebracht. »Und da kommen Sie daher, wühlen alles wieder auf und machen mir Hoffnungen auf neue Erkenntnisse, um mir dann mitzuteilen, dass ich selbst als Verdächtiger gelte?«

Çetin trat vorsichtig an Robert Glockners Seite. »Sie müssen auch uns verstehen. Sehen Sie, Verbrechen aus den Reihen der Familie kommen sehr häufig vor. Prozentual gesehen verhaften wir mehr Menschen aus dem Umfeld des Opfers als fremde Täter. In früheren Befragungen mit Ihnen scheint uns diesem Umstand nicht genügend Beachtung geschenkt worden zu sein. Deshalb musste mein Kollege Sie darauf ansprechen. Er sagte keineswegs, dass wir davon ausgehen, den Mörder vor uns zu haben, sondern er will die Möglichkeit bloß ausschließen. Ihre harsche Reaktion ist absolut verständlich, aber unangebracht. Wir möchten alle, dass das Verbleiben von Christopher endlich aufgeklärt wird. Also reißen Sie sich bitte zusammen, auch wenn die Kollegen Ihnen ab und an ein paar Fragen stellen, die Sie nicht hören wollen, okay?«

Robert Glockner zögerte einige Sekunden, bevor er nickend seine Zustimmung signalisierte und wieder Platz nahm.

»Wer aus Ihrer Familie wusste davon, dass Ihre Lebensgefährtin mitsamt den Kindern umgezogen war?«, versuchte Hardy, die Befragung in neutralem Ton fortzuführen.

»Ich habe es niemandem erzählt. Ehrlich gesagt schämte ich mich, zugeben zu müssen, dass ich erneut eine Beziehung in den Sand gesetzt hatte.« Er zögerte einen winzigen Augenblick und schien sein Gedächtnis zu durchforsten. »Warten Sie, das stimmt nicht ganz. Ich habe es meinem Cousin Matthias anvertraut. Wir waren zusammen einen trinken, und nach einigen Gläsern Bier wurde ich redselig. Genau. Er hat mir die Hölle heißgemacht, mich angepöbelt und ausgelacht. Bernie sei schon immer aufs Geld aus und ich nur ein Waschlappen, der sich von den Weibern unterbuttern lasse. Er ist in dieser Hinsicht ein echter Macho mit Einstellungen aus dem dunkelsten Mittelalter. Frauen an den Herd und so weiter, Sie wissen, was ich sagen will? Schon als kleiner Junge übte er Macht aus und quälte uns andere Kinder aus der Familie. Nicht so, dass es jemand von den Erwachsenen bemerkte, dafür ging er viel zu raffiniert vor.«

Erneut unterbrach Robert Glockner die Schilderung und schien sich gedanklich mit seinen Kindheitstagen zu beschäftigen.

»Jedenfalls bereute ich am nächsten Morgen zutiefst, ihn ins Vertrauen gezogen zu haben. Er ist nämlich nicht nur ein absoluter Pascha, sondern plappert immerzu alles aus, was er aufgeschnappt hat. Ich wette, er hat sich keine Gedanken gemacht und jedem von meinem Problem erzählt«, ergänzte er einige Zeit später und nickte, um seine Vermutung zu unterstreichen.

»Sind Sie ihm nach diesem Gespräch noch einmal begegnet?«, fragte Çetin.

»Nein. Eigentlich habe ich Matthias hinterher, also nachdem Christopher verschwunden war, sogar nie wiedergesehen.«

Die Alarmglocken in Hannahs Kopf begannen, laut zu schrillen. Nervös kritzelte sie einige Kreise auf ein vor ihr liegendes Blatt Papier. »Er ist Ihr Cousin, sagten Sie?«

Herr Glockner nickte erneut.

»Bedenkt man, dass Ihr Sohn seit über dreißig Jahren vermisst wird, und Sie Matthias genauso lange nicht gesprochen haben, kommt mir das höchst seltsam vor. Es müssen in der Zwischenzeit Familienfeste stattgefunden haben, oder? Selbst wenn man sich sonst nie trifft, zu solchen Anlässen besteht doch quasi Anwesenheitspflicht.«

»Matthias ist absolut kein Familienmensch. Außerdem ist er sein Leben lang immer nur auf Achse gewesen. Er lebt, seit ich denken kann, in einem Wohnwagen und zieht das ganze Jahr durch die Lande. Es ist auch vorher schon vorgekommen, dass wir ihn jahrelang nicht zu Gesicht bekamen. Allerdings kommt mir dieser Umstand nun ebenfalls seltsam vor. Ich habe mir deswegen bisher nie Gedanken gemacht, eben weil er ein solcher Vagabund ist.«

»Gibt es irgendeine Möglichkeit, an seine Kontaktdaten zu kommen?«, fragte Hardy und rieb sich ungeduldig die Daumen mit Mittel- und Zeigefinger.

Resigniert schüttelte Herr Glockner den Kopf. »Sowohl meine Eltern als auch Ruth und Onkel Eckhardtleben schon Jahre nicht mehr. Außer ihnen fällt mir niemand ein, der mit Matthias noch in Verbindung stehen könnte. Nein, tut mir leid.«

»Mist«, rief Hardy verärgert, »wäre auch zu einfach gewesen.«

»Wie lange vor dem Verschwinden Ihres Sohnes fand das Gespräch zwischen Ihnen beiden statt?«, fragte Hannah und kritzelte weiter hektisch auf das Blatt Papier.

»Schwer zu sagen. Aber wenn ich mich festlegen müsste, würde ich behaupten, es war ungefähr vierzehn Tage vorher.«

»Können Sie sich erinnern, ob er etwas davon erzählt hat, dass er eine erneute Reise plante?«

Herr Glockner überlegte einen Augenblick, bevor er den Kopf schüttelte. »Nein. Allerdings hat er nie angekündigt, dass er für eine Weile verschwinden wollte. Er verschwand einfach und kam Wochen oder Monate später zurück.«

»Besitzen Sie ein Foto, auf dem Ihr Cousin zu sehen ist?«

»Ja, sicher. Aber das Bild ist bereits vor Christophers Geburt aufgenommen worden. Heute sieht er vermutlich anders aus.«

»Das macht nichts. Ich würde es gerne einem Zeugen von damals zeigen. Dabei spielt uns dieser Umstand eher in die Hände. Wo haben Sie es, und wie schnell können Sie es uns zur Verfügung stellen?«

»Wenn ich mich recht erinnere, ist es in einem meiner Fotoalben. Die liegen in einer Kiste auf dem Dachboden von Bernie. Möchten Sie, dass ich sie gleich anrufe und sie bitte, die Bilder herzubringen?«

»Das wäre ausgesprochen freundlich von Ihnen.« Hannah zeigte auf das Telefon und nickte ihm aufmunternd zu.

12. März 2014, Rudis Zimmer

Schwer atmend erwachte er aus unruhigem Schlaf. Er zog die Wolldecke über seine fröstelnden Schultern und lauschte. Mit geschlossenen Augen blieb er regungslos liegen und wartete darauf, vom Pflegepersonal durch das allmorgendliche Wasch- und Anziehritual begleitet zu werden. Die Routine eines streng strukturierten Tagesablaufes half ihm, besser in der eigenen, zeitweise überaus irritierenden Welt zurechtzukommen. Obwohl er sich oft fragte, wie lange er bereits hier im Pflegeheim untergebracht war, blieb ihm die Antwort verwehrt. Bruchstücke aus der Vergangenheit drangen nur selten in sein Bewusstsein vor. Wenn es jedoch geschah, glitten sie wie grausige Ungeheuer durch sein Gehirn. Zunächst nur ein silbriges Schattengebilde, wuchsen sie zu glasklaren Spiegelungen jener Geschehnisse, die er an anderen Tagen komplett aus seinem Erinnerungsvermögen verbannte. In einer Bilderflut voller angsteinflößender und quälender Eindrücke rasten sie an ihm vorbei. Die einzelnen Teile der Erinnerung ließen sich weder festhalten noch genauer betrachten. Seine verzweifelten Versuche, an entscheidende Informationen zu gelangen und Namen und Orte aus den Erinnerungsfetzen herauszufiltern, blieben stets erfolglos.

Die Flut grausamer Gedanken brachte ihn für Tage aus dem mühselig erlangten Gleichgewicht der Routineabläufe. Die Schreie, die nur in seinem Kopf ertönten, hallten von unsichtbaren Mauern wider und echoten in gespenstischen Wogen durch seinen Verstand. Wenn dies geschah, schlug er so lange mit den Fäusten an die Wand, bis einer der Pfleger zu ihm eilte, um ihn mit einem Beruhigungsmittel von den Qualen zu erlösen. Doch heute begann der Tag ruhig und entspannt, als wenige Minuten später sein Lieblingspfleger Olaf eintrat und ihn freundlich begrüßte.

»Guten Morgen, Rudi, bereit für den Tag?«

Er nickte und setzte sich auf. Rudolf, der ihm ersatzweise gegebene Name, gefiel ihm, und doch gäbe er alles dafür, seine wahre Identität zu kennen. Zahlreiche therapeutische Gespräche in schriftlicher Form, Hypnosesitzungen und andere Behandlungsversuche waren ergebnislos geblieben. Die psychogene Amnesie und die Sprachblockade, von der er sich am dringendsten zu befreien versuchte, begleiteten ihn seit Jahren. Es gelang ihm nicht, aus ihren Fängen zu entfliehen.

12. März 2014, Polizeipräsidium

Herr Glockner hatte sich auf den Weg zu Bernie Friedmann gemacht, um das entsprechende Fotoalbum aus der Kiste auf dem Dachboden herauszusuchen, da seine Ex-Partnerin erklärt hatte, dass sie nicht wusste, wo die Bilder zu finden waren.
Währenddessen suchten die Kommissare nach dem Befragungsprotokoll des Cousins Matthias.
»Ich würde mich daran erinnern, wenn ich es in den Händen gehabt hätte. Der ist nie befragt worden, jede Wette«, erklärte Hardy mit Nachdruck.
Hannah blickte nachdenklich auf die vor ihnen liegenden Mappen. »Was den Kerl noch verdächtiger machen könnte. Es sei denn, er ist bereits vor Christophers Verschwinden auf und davon. Leider werden wir das vermutlich nie erfahren, die letzte Meldebescheinigung stammt aus dem Jahr 1980. Seeweg 2 in Nauheim. Ich schätze, dass er seinen Wohnwagen dort etwas länger stehen hatte.«
»Wir sollten uns mit den Langzeitcampern unterhalten. Vielleicht steht noch jemand mit ihm in Kontakt«, schlug Çetin vor. »Soll ich das übernehmen?«
»Einen Versuch ist es wert«, sagte Hardy. »Macht es dir etwas aus, allein zu fahren? Ich möchte Hannah dabeihaben, wenn wir noch mal zu Herrn Reber gehen, um ihm das Foto zu zeigen.«
»Nein, ich erledige das gern und mache mich gleich auf den Weg.« Er stand auf. »Viel Erfolg im Pflegeheim. Ich hoffe auf den Erinnerungseffekt des Bildes.«
»Wir auch«, sagte Hannah, während sie ungeduldig die Akten immer wieder von dem einen auf den anderen Stapel umverteilte. »Hoffentlich beeilt Herr Glockner sich. Ich bin irgendwie hibbelig und glaube, dass wir auf der richtigen Fährte sind. Melde dich, wenn du etwas herausbekommen hast, okay?«
»Ohne deine Euphorie dämpfen zu wollen, Kollegin Bindhoffer, aber denkst du nicht, dass das zu einfach ist?«, fragte Çetin, die Türklinke bereits in der Hand.

»Es darf doch auch einmal unkompliziert laufen. Viele andere Optionen stehen im Augenblick ohnehin nicht zur Verfügung.«

»Da ist natürlich was dran«, seufzte der Kollege und ging hinaus.

»Wenn ich darüber nachdenke, scheint der Verdacht absolut berechtigt. Es könnte doch so gewesen sein, dass dieser Matthias zufällig auf Christopher traf und ihn dann ...« Sie brach ab und überlegte.

»Genau das ist der Punkt, Hannah. Falls es sich so abgespielt hat, warum sollte er irgendetwas mit dem Jungen anstellen, anstatt dem Vater Bescheid zu sagen, dass er weiß, wo er ist?«

»Er wollte Robert Glockner einen Denkzettel verpassen und nahm Christopher mit zu sich. Oder aber er hatte Spaß daran, Frau Friedmann eins auswischen und ihr klarzumachen, dass sie in seinen Augen ein Nichts ist.«

»Quatsch, das ergibt keinen Sinn. Selbstverständlich ist es seltsam, dass er seit Jahren bei niemandem in der Familie aufgetaucht ist, und das ausgerechnet ab dem Zeitpunkt des Verschwindens. Allerdings kann er bereits einige Tage vorher abgereist sein, was ein wasserdichtes Alibi für ihn bedeutet.«

»Wenn Herr Reber in irgendeiner Weise auf das Foto von Matthias Friedmann reagiert, müssen wir den Typen aufspüren. Auch auf die Gefahr hin, dass ich dir mit meinem ständigen Bauchgefühl auf die Nerven falle, da ist etwas, das wir schleunigst in Erfahrung bringen sollten.«

»Ich wünschte, ich könnte wie du an einen raschen Durchbruch glauben. Leider gelingt es mir nicht. Zumindest im Augenblick.«

Hannah lächelte. »Das Problem liegt in den Chromosomen verankert. Ihr Männer macht es euch einfach zu schwer, auch mal auf das eigene Glück zu vertrauen.«

»Aus deinem Mund klingt diese Feststellung ziemlich absurd.«

Hannah lachte laut auf. »Hört es sich deshalb komisch an, weil du denkst, mir wäre im Leben selbst noch nicht allzu viel geglückt?«

»So könnte man es interpretieren. Zumindest hältst du einen Teil deiner Vergangenheit gut in den Schubladen deines Gedächtnisses versteckt.«

»Stimmt. Aber ich sagte ja bereits, dass wir diesen Umstand demnächst ändern.«

Hardy lächelte und senkte den Kopf zu einem ausladenden Nicken. »Bis dahin weißt du, dass du mir alles anvertrauen kannst.«

»Danke, Hardy, das weiß ich. Und du vergisst nicht, dass dieses Angebot andersherum auch zu jeder Tages- und Nachtzeit für dich gilt. Einverstanden?«

12. März 2014, Campingplatz, Nauheim

Çetin stellte seinen Wagen in der Parkbucht vor dem Campingplatz am Hegbachsee ab. Er lief zu einem Häuschen, das ein Schild als Rezeption und Kiosk auswies. Eine ältere Dame mit Brille, deren Gläserdicke von einer ausgeprägten Sehschwäche zeugte, begrüßte ihn ohne übertriebene Freundlichkeit. Er stellte sich vor und zeigte ihr den Dienstausweis, überzeugt davon, dass sie keinen einzigen Buchstaben darauf erkennen konnte. Mit in Falten gelegter Stirn und zusammengekniffen Augen studierte sie die Schrift. Überrascht hörte er, wie sie ihn Sekunden später mit seinem Namen ansprach.

»Also, Herr Alkan, wie kann ich weiterhelfen?«

»Wir sind dabei, alte Fälle nochmals zu untersuchen. In dem Zusammenhang suche ich nach Leuten, die sich Anfang der achtziger Jahre als Langzeitcamper hier auf dem Platz eingemietet hatten. Wie lange sind Sie hier beschäftigt?«

»Ich gehöre zum Inventar, seit 1973 schließe ich diese Hütte jeden Morgen um acht Uhr auf. Nachmittags übernimmt dann der Kollege, aber der ist momentan verreist. Das bedeutet Doppelschicht und bis zweiundzwanzig Uhr durchhalten. Zu wem brauchen Sie Informationen?«

»Zu einem Herrn Matthias Glockner. Sagt Ihnen dieser Name etwas?«

Sie grübelte einen Moment, dann erhellte sich ihre Miene. »Ist eine ganze Weile her, seit er das letzte Mal hier war und ich ihn gesehen habe. Ich schätze so um die dreißig Jahre. Aber warten Sie, das kriegen wir raus.«

Sie stand auf und trat zu einem Aktenschrank, der eine komplette Wand der Rezeption ausfüllte. Zielstrebig öffnete sie eine der Türen und beugte sich hinab.

»Hier müsste es sein.«

Sie zog ein großes schwarzes Buch heraus, blickte auf das Etikett auf der Vorderseite und legte es zurück. »Nein, das ist aus späteren Jahren.«

Erneut griff sie in das Fach, prüfte die Aufschrift auf dem Klebezettel und nickte zufrieden. »Da wären wir.«

Stöhnend richtete sie sich auf, ging zu Çetin und drückte ihm das Buch in die Hand.
»Sehen Sie nach, ob er darin verzeichnet ist. In der Zwischenzeit nutze ich die günstige Gelegenheit und gehe mal für kleine Mädchen. Falls jemand anruft, nehmen Sie einfach nicht ab. Was gut ist, kommt wieder.« Sie zwinkerte ihm amüsiert zu. »Wenn irgendwer reinkommt, richten Sie ihm aus, dass Erna kurz die Begonien gießt. Ach ja ... Finger weg vom Geldschrank.« Sie lachte auf. »Im Ernst, würde es Ihnen etwas ausmachen, die Bude hier einen Augenblick zu bewachen? Ich beeile mich, versprochen. Es ist nämlich so, dass ich seit mindestens einer Stunde darauf hoffe, jemandem kurz die Verantwortung übertragen zu können. Und ehrlich gesagt mache ich mir gleich in die Hose.«
»Kein Problem, gehen Sie nur«, antwortete Çetin grinsend. »Wer kann Ihnen diese Bitte abschlagen?«
»Oh, Sie würden sich wundern, aber danke«, erwiderte sie mit einer Erleichterung in der Stimme, die man kaum überhören konnte.
Er legte das Buch auf den Tresen und klappte es auf. Konzentriert glitt sein Zeigefinger über die Eintragungen jeder Zeile. Nachdem er einige Seiten durchgeblättert hatte, stieß er auf den gesuchten Namen. Matthias Glockner hatte sich am zwölften Februar 1980 für einen Dauerstellplatz auf Parzelle 211 angemeldet.
Çetin stand auf und betrachtete den Lageplan des Campingplatzes, den er beim Eintreten auf einer Pinnwand bemerkt hatte. Die Zweihundertelf befand sich in einem Außenbereich des Geländes, das am weitesten vom See entfernt lag. Der Mietplatz hatte nur rechts und links Nachbarn, da auf der Rückseite das Campinggrundstück endete und von einem Zaun begrenzt wurde.
»Da bin ich wieder«, rief die Dame aus der Rezeption fröhlich. »Himmel, jetzt geht es mir besser. Haben Sie etwas gefunden?«
»Ja, hier.« Er ging zurück zum Tresen und zeigte auf den entsprechenden Eintrag. Sie folgte ihm und sah auf die aufgeschlagene Seite.
»Das ist ein Stückchen von hier zu gehen.«
»Die Parzellen nebenan sind ebenfalls Dauerplätze, wie ich Ihrem Plan entnehmen konnte. Wissen Sie zufällig, ob dort Gäste wohnen, die lang genug hier sind, um mir etwas über Matthias Glockner zu sagen?«

»Da sollten Sie Glück haben. Schorsch und Sybille Schneider leben hier seit Ewigkeiten auf der Zweizweiunddreißig. Das ist im Gang vor der Zweielf. Die zwei kennen so ziemlich jeden, der mehr als drei Nächte auf dem Platz verbracht hat. Und auch wenn die beiden mittlerweile schon weit über siebzig sind, entgeht ihnen wenig. Damit sind sie Ihre beste Option, wenn Sie mich fragen.«

»Danke, dann werde ich den Herrschaften gleich einen Besuch abstatten. Wo muss ich entlang?«

»Von hier geradeaus, bis Sie an die Wohnwagen vor dem See kommen. Danach rechts halten, bis Sie die Parzelle zweihundertsechs erreichen, links einbiegen und dem Weg folgen. Schorsch und Sybille wohnen linker Hand kurz hinter dem Wegweiser zum Sanitärgebäude.«

»In Ordnung, ich werde es finden. So riesig scheint mir das Gelände nicht zu sein. Danke für Ihre Hilfe.«

»Ich muss mich bedanken. Viel Erfolg. Ach, halt, warten Sie, Sie brauchen eine Besucherkarte, da ist unser Chef absolut gnadenlos.«

»Benötige ich so etwas auch als Polizist im Dienst?«, fragte Çetin irritiert.

»Ich könnte jetzt die genauen Regeln herauskramen und nachsehen, ob etwas für diesen Fall verzeichnet ist. Aber glauben Sie mir, da hab ich schneller das Ding ausgefüllt und Ihnen ausgehändigt.«

»Na dann.« Çetin lachte und wartete, bis die Frau ihm den Besucherausweis übergab.

12. März 2014, Boris liest Tagebuch

Die vergangenen sechsunddreißig Stunden steckten Boris in den Knochen. Nach dem Vorfall im Canadian Club war er zu seinem Bruder Jaris gefahren und hatte ihn gebeten, bei ihm übernachten zu dürfen. Als fadenscheinige Ausrede erzählte er ihm von einem Wasserschaden zu Hause und dass er das Chaos nicht ertragen könne. Dabei versprach er, sich ruhig zu verhalten, nicht im Weg zu stehen und niemanden zu stören. Vor allem würde er Jaris' Lebensgefährtin Ilka keinen Grund liefern, wieder einmal sauer auf ihn zu werden. Nach kurzem Zaudern und Verhandeln hatte sein Bruder eingewilligt und ihn in die Wohnung gelassen.

Boris ging ins Gästezimmer und verharrte dort still und ängstlich, immer auf ein Klingeln an der Haustür des Bruders gefasst. Der von ihm ausgeführte Schlag war der Grund dafür, dass Tim tot im Keller eines halb verfallenen Hauses lag. Ständig sah er den Sturz auf den harten Kellerboden wie in Zeitlupe in umeinander kreisenden Gedanken vor sich. Weder ein Kissen, das er sich verzweifelt vor die Augen drückte, noch drei Gläser Whiskey hatten ihn von diesem Fluch befreien können. Fortwährend schienen Gut und Böse einen Kampf um sein Gewissen auszufechten. Die Möglichkeit, ungestraft aus der Sache herauszukommen, erschien allzu verlockend. Doch der Gedanke daran, dass Tim womöglich wochenlang unentdeckt dort unten lag und langsam dem Zersetzungsprozess anheimfiel, nagte an ihm. Er hoffte, dass Alex Wort gehalten und die Polizei informiert hatte.

Heute Vormittag, nachdem er lange ohne Schlaf geblieben war und dann von monströsen Träumen geweckt hochfuhr, hatte er sich ein wenig beruhigt. Er holte das Notizbuch, aufgrund dessen alles begonnen hatte, aus seiner Jackentasche, um es etwas genauer in Augenschein zu nehmen. Die ersten Seiten, jeweils mit Datum und Uhrzeit beschriftet, enthielten alltägliche Aufgaben und Begegnungen, die nicht weiter von Belang schienen. Ab dem Monat Mai stand als oberster Satz bei jeder Eintragung die Frage »Wo ist C?«, die ihn irritierte. Als er nach einigem Blättern etwa zur Hälfte des Tagebuches gelangte, blieben seine Augen an einem Wort hängen, das ihn elektrisierte: *entführt*. Er sah hinauf zum Blattrand und begann, die komplette Passage zu lesen.

28. Mai 1982, 22.13 Uhr
Wo ist C?
Gestern bekam ich einen Anruf. Er erzählte mir, dass er C. gefunden habe, und bat um ein Treffen. Zuerst wollte ich es nicht glauben, schließlich behauptet er immer viel, wenn der Tag lang ist. Als er weder lockerließ, noch zugab, dass er mich angelogen hatte, verabredeten wir uns für den Abend im Café in der Fußgängerzone.
Ich staunte kaum, als er auftauchte und von C. keine Spur zu sehen war. Er sah müde und abgehetzt aus, als er mir gegenüber Platz nahm. Nachdem wir die Bestellung für einen Kaffee aufgegeben und diesen auch rasch erhalten hatten, kam er ohne Umschweife zur Sache. Er erklärte mir, dass er C. entdeckt und mit zu sich genommen habe. Nun wisse er nicht, was weiter passieren solle. Ich antwortete ihm, dass er ihn sofort wieder dorthin schaffen müsse, wo er ihn aufgegabelt hätte. Doch das lehnte er strikt ab und sagte, es sei keine besonders gute Idee gewesen, mir davon zu berichten. Als ich entgegnete, dass er ein Entführer und kriminell sei, sprang er auf und packte mich am Hals. Erst als einige Gäste ihn erschrocken anstarrten und ein Mann auf uns zukam, ließ er von mir ab. Er knallte ein Fünfmarkstück auf den Tisch und wollte davonrennen. Ich hielt ihn am Arm fest und versuchte, ihn wieder auf den Stuhl zu drängen. Er schrie, ich solle das Maul halten, weil ich nie kapieren würde, wie man es im Leben zu etwas bringt. Dann rannte er davon. Panisch drückte ich einer Frau am Nachbartisch Geld in die Hand, um unsere Rechnung zu begleichen, und nahm die Verfolgung auf.

An dieser Stelle des Textes war Flüssigkeit auf die Seite getropft. Boris vermutete, dass der oder die Verfasserin der Zeilen geweint haben musste, während die Sätze entstanden. Angestrengt versuchte er, auch den verwaschenen Abschnitt zu entziffern.

... um die Ecke am Rathaus, wo er ..., ich ihn am Parkplatz einholte und nochmals zur Rede stellte. Ansonsten werde ich die Polizei ..., sich zunächst quer ..., das Versprechen ab, mich morgen zu C. zu bringen, und ließ ihn gehen.

Boris klappte das Buch zu und überlegte, was er unternehmen konnte, um dieses verfluchte Ding loszuwerden. Seitdem er an dem Wort Entführung hängen geblieben war, brodelte ein unheilvolles Gefühl in ihm, das sich durch nichts aus seinen Gedanken verscheuchen ließ. Hier musste er in ein Wespennest gestochen haben, daran gab es keinen Zweifel. Eine Sache, die mehr Scherereien bedeutete, als er im Augenblick verkraften konnte. Weshalb ihm unumstößlich klar wurde, dass er das Notizbuch so rasch wie möglich verschwinden lassen musste, ohne den Rest des Textes zu lesen. Es einfach zu verbrennen oder in den Main zu werfen, schloss er aus. Er wusste, dass diese Zeilen dazu beitragen konnten, etwas zu enträtseln. Obwohl er selbst in kriminelle Machenschaften verwickelt und mit Tims Tod vielleicht ein Mörder war, verboten ihm seine Moralvorstellungen, das Tagebuch einfach zu entsorgen.
Lass dir was einfallen, um das Ding anonym an die entsprechende Adresse zu bekommen, nahm er sich in Gedanken vor und stand auf, um endlich etwas zu essen.

12. März 2014, Campingplatz

Çetin fand die Parzelle von Schorsch und Sybille ohne Schwierigkeiten. Auf seinem Weg dorthin begegnete er lediglich einem weiteren Camper, der ihm, eine Zeitung unter dem Arm, entgegenkam und Richtung Sanitärräume abbog.

Herr Schneider, dessen schlohweißes Haar exakt frisiert wirkte, saß auf einem Klappstuhl vor dem Wohnmobil und beugte sich über ein Kreuzworträtsel. Er blickte auf, als er den Beamten kommen hörte, und legte den Kugelschreiber beiseite.

»Guten Tag«, begrüßte er den Kommissar freundlich. »Kann ich etwas für Sie tun?«

Çetin grüßte zurück, trat durch das Tor im Zaun und zückte seinen Dienstausweis. »Ich habe einige Frage zu einem Fall, der lange Zeit zurückliegt. Dabei hoffe ich auf ein einwandfreies Gedächtnis von Ihnen und Ihrer Frau. Es geht darum, dass wir dringend Herrn Matthias Glockner befragen müssen. Er wohnte in den achtziger Jahren als Dauercamper hier auf dem Platz. Kannten Sie den Mann?«

»Ja, klar. Er stand da hinten am Seitenweg.« Er deutete in die Richtung von Parzelle zweihundertelf. »Er ist aber seit Ewigkeiten nicht mehr hier aufgetaucht.«

»Wissen Sie, wo er sich aufhalten könnte?«

»Keine Ahnung, leider. Das letzte Mal, als wir ihm begegnet sind, war er in Begleitung eines kleinen Jungen. Er erzählte Sybille, dass er den Bub zu seiner Mutter bringen und danach aufbrechen wolle. Er sah fertig aus und gestand meiner Frau, dass er froh sei, das Gör loszuwerden. Zumindest sagte sie mir das so, als sie wieder hier ankam. Am besten, ich gehe sie holen. Sie ist am See, aber ich weiß, wo ich sie finde. Sitzt immer auf der einen Bank und schmökert Krimis. Dauert also nur einen Moment, soll ich?«

»Das wäre prima. Herr Glockner könnte ein außerordentlich wichtiger Zeuge in einem lange zurückliegenden Kriminalfall sein. Ich bin für jede Information oder Mutmaßung zu seinem jetzigen Aufenthaltsort sehr dankbar.«

»Verstehe. Ich laufe rasch zu ihr. Nehmen Sie bitte so lange hier Platz.«

Er deutete auf einen der Klappstühle, die am Tisch vor dem Wohnwagen standen. Bereits einige Minuten später saß auch Sybille Schneider Çetin gegenüber.

»Es geht um den Tag, als Sie Herrn Glockner das letzte Mal trafen«, begann dieser sogleich. »Ihr Mann sagte mir, dass er komisch wirkte und sich seltsam verhielt. Können Sie mir bitte noch einmal erläutern, was an jenem Tag passiert ist?«

»Ich begann gerade meine Laufrunde auf dem Campingplatz. Sie müssen wissen, dass ich bereits seit vielen Jahren jeden Tag eine komplette Runde über den Platz laufe. Wegen der Gesundheit, da muss man in meinem hohen Alter ordentlich nachhelfen ... aber egal. Jedenfalls kam ich zur Parzelle von Matthias, als er mit einem Jungen ins Auto steigen wollte. Er sagte mir, er bringe den Bub zu seiner Mutter. Er sei ausgesprochen froh, ihn loszuwerden, weil er sich so anstrengend verhalte. Ich weiß noch, dass ich ihm erklärte, dass der Knabe doch recht friedlich ausschaut. Ein goldiges Kerlchen und in einem sehr interessanten Alter.«

Çetin holte ein Foto von Christopher heraus. »Könnte das dieser Junge gewesen sein?«

Sybille nahm das Bild in die Hand und hielt es dicht vor ihre Brille. »Ja, absolut möglich. Aber ich möchte das nicht mit Bestimmtheit behaupten. Ich leide schon lange an einer Augenerkrankung und meine Sehkraft lässt ordentlich zu wünschen übrig.«

»Hmm.« Der Kommissar nahm das Foto zurück und steckte es ein. »Haben Sie sonst noch über irgendetwas gesprochen?«

»Ich fragte ihn, warum er den Wohnwagen angehängt hat. Er erklärte mir, dass er, nachdem er den Bub zurückgebracht habe, direkt auf Tour gehen wolle. Wohin hat er leider nicht erwähnt, denn das war vermutlich Ihre nächste Frage, nehme ich an?«

Çetin nickte zustimmend. »In der Tat. Schade, dass er keine Information zu seinem Ziel geäußert hat. Kennen Sie jemanden, der etwas darüber wissen könnte, hier auf dem Platz oder aus Unterhaltungen mit Herrn Glockner?«

Frau Schneider dachte einen Augenblick nach, bevor sie ihren Mann fragte: »Wie hießen die beiden Kerle, die öfter zusammen mit Matthias am Wohnwagen saßen? Der eine war Boris, da bin ich mir sicher, aber der andere Typ? So ein Kleiner, mit strahlenden Augen. Hübsches Kerlchen.«

Sie deutete mit dem Arm eine Höhe kurz über ihrem eigenen Kopf an.

»Meinst du den Dünnen, der so bleich aussah, als bekäme er nie einen Strahl Sonne ab?«
»Ja, genau den, aber diese vornehme Blässe machte ihn attraktiv. Boris hat ihn immerzu herumkommandiert und das Jüngelchen ist gesprungen. Ich komme absolut nicht auf seinen Namen.«
Schorsch Schneider zuckte entschuldigend mit den Schultern. »Tut mir leid, ich habe ein bescheidenes Namensgedächtnis. Aber dass es ein kurzer Vorname war, weiß ich mit Sicherheit. Irgendetwas wie Finn, Leo oder so ähnlich.«
»Tom«, rief seine Frau aus. »Er hat Tom geheißen.«
»Irgendeine Idee, wo ich die Burschen finden kann?«
Das Ehepaar schüttelte gleichzeitig den Kopf.
»Leider nein«, erklärte Herr Schneider bedauernd. »Wir haben sie nur ein paar Mal drüben bei ihm gesehen und kaum mit ihnen gesprochen. Ich meine jedoch, mich zu erinnern, dass Matthias sie aus Kindertagen kannte. Vielleicht kann seine Familie etwas über die Kerle sagen?«
Der Kommissar schüttelte den Kopf. »Es gibt keine nahen Verwandten, die uns weiterhelfen können, oder sie sind bereits verstorben.«
»Ziemlich vertrackte Angelegenheit«, stellte Sybille Schneider fest. »Klingt beinahe nach Stoff für einen spannenden Krimi. Der Mann, der keine Spuren hinterlässt.« Sie lachte laut auf. »Dazu die Polizisten, die ihm ums Verrecken nicht auf die Schliche kommen. Ich stelle mir vor ...«
»Weib, lass das«, maßregelte Schorsch seine Frau. »Das hier ist die Realität, also hör bitte auf, Herrn Alkan mit solchen Dummheiten zu konfrontieren, und behalte diese Ideen einfach für dich.« Er funkelte sie böse an.
»Glauben Sie, dass es hier auf dem Campingplatz jemanden gibt, der ebenfalls mit Matthias in Kontakt stand und eventuell mehr weiß?«, versuchte Çetin, das Gespräch zurück in die gewünschte Richtung zu lenken.
»Eher unwahrscheinlich. Der Glocknerjunge lebte zurückgezogen. Zeitweise brach er sich schon einen dabei ab, jemandem ›Guten Morgen‹ zu wünschen. Aber wir haben ihn da nie von der Angel gelassen und ihm ab und an einfach ein Gespräch aufgezwungen.«
Sybille zwinkerte. »Hier ist es besonders in den Wintermonaten so langweilig, dass einem

gar keine andere Wahl bleibt, als Fremde in eine Unterhaltung zu verstricken«, fügte sie munter hinzu. »Oder sich mit jenen Dingen zu beschäftigen, die einem warm ums Herz machen.«

»Sybille! Jetzt reicht es, lass den Mann seiner Arbeit nachgehen und bring ihn nicht in Verlegenheit. Entschuldigen Sie bitte die Direktheit meines Weibes«, sagte Herr Schneider beschämt zum Kommissar, dem man anmerkte, dass er die Unterhaltung liebend gerne beenden wollte.

»Ich bekomme das einfach nie aus ihr heraus. Früher hat mich ihre unverblümte Art sehr angemacht, aber heute ...«

»Alles in Ordnung«, wiegelte Çetin ab. »Doch jetzt muss ich wirklich weiter.«

Er stand auf und verabschiedete sich per Handschlag von den Schneiders.

»Bevor ich gehe, habe ich noch eine persönliche Frage an Sie. Weshalb leben Sie hier auf dem Campingplatz und nicht in einer Wohnung oder einem Haus? Liegt es am Finanziellen?«

»Wo denken Sie hin, Herr Alkan? Wir besitzen eine Villa am Sachsenhäuser Berg.«

»Dann verstehe ich es noch weniger. Entschuldigen Sie, Campen ist keine Leidenschaft von mir. Aber Sie sehen auch nicht wie das typische Campingvolk aus. Jedenfalls nicht so, wie ich mir das vorstelle. Die Wohngegend in Frankfurt ist, soweit ich mich entsinne, wesentlich attraktiver, oder?«

»Völlig richtig. Aber nachdem meine Frau und ich so viel Geld angehäuft hatten, um uns den Luxus am Sachsenhäuser Berg leisten zu können, merkten wir, dass wir keine Lust auf ein Leben in Wohlstand haben. Ständig irgendwelche Einladungen zu Schickimicki-Partys, bei denen es nur darauf ankommt, besser und reicher auszusehen als die anderen Gäste. Nein danke. Im Grunde mögen wir es lieber gemütlich und weniger komfortabel.« Er nickte zufrieden. »Als im See ab 1978 das Baden wegen erhöhter Keimwerte verboten wurde, half ich mit, ein Naherholungsgebiet daraus entstehen zu lassen. Gezielte Anpflanzung von Ufergehölz und so weiter. Falls Sie nachher noch einen Moment Zeit haben, sollten Sie hingehen und mit eigenen Augen sehen, wie herrlich es dort geworden ist.«

»Unsere Söhne verstehen diese Vorliebe überhaupt nicht«, fügte Sybille hinzu. »Ich denke, sie sind der Meinung, dass wir ordentlich einen an der Waffel haben. Sei's drum. Hier auf dem Platz können wir so sein, wie wir sind, und fühlen uns unbeobachtet. Wir haben unseren Kindern das Haus überschrieben, und sie gehen darin auf, der Hautevolee anzugehören. Leider sind ihre Einkünfte deutlich geringer als notwendig. Weshalb sie nicht einen Augenblick davor zurückschrecken, die Rechnungen für Reparaturen und andere Dinge an uns zu schicken. Aber ich schweife ab.«

»Kein Problem«, erwiderte Çetin. »Es hat mich gefreut, Sie kennenzulernen.«

»Kommen Sie uns wieder besuchen, wenn Sie Gelegenheit dazu finden. Ich brenne darauf, Sie ein wenig über Ihren Beruf auszufragen. Ich bin Krimi-Fan, deswegen würde ich gerne mehr aus der Realität der Polizeiarbeit erfahren«, erklärte Sybille Schneider und hob zum Abschied grüßend eine Hand in die Luft.

Der Kommissar bemerkte, dass Herr Schneider seine Frau verlegen anstupste, bevor er erneut auf einem der Campingstühle Platz nahm.

12. März 2014, Polizeipräsidium

Als Herr Glockner den Kommissaren das Foto überreichte und sich wortreich dafür entschuldigte, dass es eine Weile länger gedauert hatte, klingelte Hannahs Smartphone. Sie nahm das Gespräch entgegen, lauschte konzentriert und beendete die Unterhaltung mit einem knappen: »Verstanden, Doc, ich komme gleich zu Ihnen.«
Hardy warf ihr einen fragenden Blick zu.
»Der Mann aus dem Keller«, erklärte sie kurz. »Es scheint, als hätte jemand entscheidend an der Entstehung des Unfalls mitgewirkt. Ich muss los.«
»Klar, ich fahre dann allein zum Zeugen?«
»Auf jeden Fall. Ich komme nach, sobald ich in Frankfurt fertig bin. Herrn Glockner nehme ich mit runter. Du brauchst ihn im Moment nicht mehr, oder?«
»Nein, für den Augenblick ist alles geklärt.« Hardy drehte sich zu Glockner. »Vielen Dank, dass Sie das Bild zu uns gebracht haben. Ich werde Sie nach dem Besuch beim Zeugen erneut kontaktieren, falls es weitere Details zu klären gibt. Sind Sie in den kommenden Stunden noch hier in der Stadt?«
»Ja. Bernie hat mir angeboten, bei ihr zu bleiben, bis alles erledigt ist. Rufen Sie also gerne wieder an.«
»Wenn Sie in der Zwischenzeit eine Liste der Personen anlegen würden, die von Ihrem Cousin Matthias erfahren haben könnten, dass Ihre Ex-Frau umgezogen ist, wäre das ausgesprochen hilfreich für die weiteren Ermittlungen.«
»In Ordnung, das erledigen wir. Aber machen Sie sich diesbezüglich nicht allzu große Hoffnungen«, wandte Herr Glockner ein. Er nickte den Kommissaren zu und verließ das Büro.
Hannah deutete auf Hardys Körpermitte. »Dein Bauchgefühl scheint ab und an doch zu funktionieren. Ich fahre zu Winterherbst und höre mir an, was er entdeckt hat. Bis nachher.«

»Sag ich ja«, erwiderte er grinsend. »Zu viele Zufälle auf einen Haufen machen selbst den alten Hardy stutzig. Ich bin gespannt, was der Doc herausgefunden hat. Hältst du mich auf dem Laufenden?«

»Nee, ich komme einfach zum Pflegeheim oder treffe dich hier wieder. Die Telefoniererei sparen wir uns. Allerdings sollte ich Çetin informieren. Mal sehen, wie weit er auf dem Campingplatz vorangekommen ist. Falls er noch Zeit benötigt, fahre ich ohne ihn zu Winterherbst.«

»Wie du meinst. Aber gib auch Götzi Bescheid, nicht dass er anderswoher Wind davon kriegt und sauer wird.«

»Klar«, entgegnete Hannah und warf ihm beim Hinausgehen eine Kusshand zu.

Die Strecke bis zur Kennedyallee in Frankfurt ließ sich zu ihrer Überraschung erstaunlich rasch zurücklegen. Unterwegs erfuhr sie von Çetin, dass er auf dem Campingplatz nicht sonderlich viel hatte ausrichten können und bereits auf dem Weg zurück ins Präsidium war.

»Soll ich dich begleiten?«, tönte seine Stimme aus der Freisprecheinrichtung ins Wageninnere.

»Scherzkeks, ich bin fast da. Ich dachte mir schon, dass du noch nicht fertig bist, deshalb bin ich losgefahren.«

»Okay, dann fahre ich aufs Präsidium und wir treffen uns später dort.«

»Genau. Ich bin gerne ein wenig allein mit dem Doc. Wusstest du, dass er ein echter Gentleman ist?«

Çetin lachte. »Woher soll ich das wissen? Mir gegenüber zeigt er das nie. Allerdings würde alles andere mich auch eher stutzig machen als beglücken.«

»Da sagst du was«, erwiderte Hannah amüsiert. »Wir sehen uns nachher.« Sie beendete das Gespräch und stellte die Musik ein wenig lauter.

12. März 2014, Pflegeheim

Hardy eilte zielstrebig durch die Eingangshalle des Pflegeheims zum Lift. Eine alte Dame lief ihm mit einem Lächeln auf dem Gesicht entgegen.
»Hallo, junger Mann, wird Zeit, dass Sie kommen.«
»Bin gleich für Sie da«, begrüßte er sie ausweichend. Er ließ sie in der Eingangshalle zurück und nahm die Treppe nach oben.
Herr Reber saß wie bei ihrer ersten Begegnung im Aufenthaltsraum und starrte geradeaus ins Leere. Langsam ging Hardy auf ihn zu und winkte freundlich.
»Hallo, Hartmut, wie geht es dir heute?«
Irritiert sah der Mann in seine Richtung und blieb stumm. Hardy setzte sich ihm gegenüber und versuchte, erneut eine Unterhaltung in Gang zu bringen.
»Ich bin es, Richard, erkennst du mich?«
Er reagierte nicht.
»Es scheint, dass du heute keine Lust auf ein Schwätzchen hast. Ich habe etwas mitgebracht. Sieh mal.«
Er zog das Foto von Matthias Glockner aus der Tasche und legte es auf den Tisch. Mit zittrigen Fingern zog Herr Reber die Fotografie zu sich und sah mit ausdruckslosem Blick auf die abgebildete Person.
»Erkennst du ihn?«, fragte Hardy ungeduldig und erhielt keine Antwort. »Hartmut, ich rede mit dir. Hast du den Mann auf dem Foto schon einmal gesehen?«
Statt etwas zu erwidern, nahm Reber die Aufnahme in die Hand und begann, sie in Streifen zu reißen. Entsetzt griff Hardy über den Tisch und entriss ihm das Bild.
»Wollen wir raus und ein paar Schritte gehen?«, versuchte der Kommissar, ihn abzulenken und das Gespräch in Gang zu halten.
Der alte Mann schüttelte vehement den Kopf. Hardy holte tief Luft und überlegte, wie er den Zeugen zur Mitarbeit überreden konnte. Im Fall seiner verstorbenen Tante, die ebenfalls an schwerer Demenz gelitten hatte, half es meist, sich beim Gespräch in eine

längst zurückliegende Zeit zu begeben. Er dachte an die letzte Unterhaltung mit dem Alten und fragte in ruhigem Ton weiter.

»Weißt du noch, als ich den riesigen Fisch an der Angel hatte? Wir mussten zusammen an der Rute ziehen, damit wir ihn ans Ufer bekamen. Ich bin froh, dass du damals zur Stelle warst. Monsterfisch, oder?«

Wieder keine Reaktion von seinem Gegenüber.

Der Kommissar registrierte zerknirscht, dass Herr Reber eine stumme Phase seines Krankheitsbildes durchlebte und alle weiteren Versuche vermutlich ebenfalls zum Scheitern verurteilt waren. Er stand auf und verabschiedete sich.

»Bis bald, Hartmut. Ich schaue vorbei, sobald ich Zeit finde.«

Er blickte sich in der Station um und hoffte, die Pflegerin vom letzten Besuch zu sehen. Möglicherweise konnte sie helfen, einen Zugang zur Gedankenwelt von Herrn Reber zu finden. Leider schien sie dienstfrei zu haben oder war in einem der Pflegezimmer beschäftigt. Frustriert trat Hardy den Rückweg an.

In der Eingangshalle kam ihm die gesuchte Altenpflegerin entgegen. Erfreut erklärte er ihr, was kurz zuvor passiert war, und bat um Rat.

»Da werden Sie leider nichts ausrichten können. Wenn er fernab ist und wenig auf Fragen reagiert, sollten Sie es für heute vergessen und ein anderes Mal wiederkommen. Falls Sie einverstanden sind, kopieren wir die Fotografie und ich zeige sie ihm später noch einmal. Ich rufe Sie an, wenn er etwas dazu sagt oder mit Ihnen reden möchte.«

»Gute Idee«, gab Hardy zurück und zog die Einzelteile des Bildes heraus. »Zumindest wird es danach wieder eine ganze Aufnahme sein.«

Die Frau am Rollator, die ihm bereits bei seiner Ankunft begegnet war, erschien erneut und kam schimpfend auf ihn zu.

»Wo waren Sie denn so lange? Können wir jetzt endlich mein Waschbecken reparieren?«

»Kommen Sie, Isolde, ich schaue danach. Der Herr hier muss dringend nach Hause«, erklärte die Pflegerin. Sie hakte sich bei der alten Dame unter und lenkte sie in Richtung Station, während Hardy stehen blieb, um ihre Rückkehr abzuwarten.

12. März 2014, Rechtsmedizin, Frankfurt am Main

Hannah stellte den Wagen in der Paul-Ehrlich-Straße ab und lief zu Fuß zum Gebäude der Rechtsmedizin auf der Kennedyallee. Sie trat durch die große Eingangstür und lief den mit dunklem Holz getäfelten Gang entlang, bis sie zur Treppe gelangte.

Im Keller hielt sich außer ihr scheinbar niemand auf. Sie blickte durch das kleine Fenster in der Tür des Sektionssaales und sah Winterherbst neben dem Leichnam des Mannes aus dem Canadian Club stehen. Sie klopfte und wurde mit einem kaum hörbaren »Ja, bitte« zum Eintreten aufgefordert.

»Tach, Kollegin Bindhoffer, kommen Sie rüber.« Winterherbst schien es eilig zu haben, denn er kam ohne weitere Umschweife zum Wesentlichen. »Schauen Sie sich die Schädelverletzung an. Eindeutige Todesursache ist der unglückliche Aufprall auf dem Kellerboden. Er ist so hart aufgeschlagen, dass er eine Fraktur an der Schädelbasis erlitt. Er muss sofort das Bewusstsein verloren haben. Allerdings verstarb er keineswegs am Bruch, sondern an einer epiduralen Blutung. Als ich seinen Schädel öffnete, war das Dilemma kaum zu übersehen. Zwischen der harten Hirnhaut und der Schädeldecke hatte sich eine Menge Blut angesammelt.«

»Heißt das, dass er nicht unmittelbar nach dem Sturz verstorben ist?«

Doktor Winterherbst nickte. »Ich gehe davon aus, dass er zunächst nur in tiefe Bewusstlosigkeit fiel, auch als Folge des harten Aufschlags. Oftmals kommt es noch einmal zu einer kurzzeitigen wachen Phase, bevor dem Betroffenen im wahrsten Sinne des Wortes endgültig die Lichter ausgehen.«

»Großer Gott, dann lag er dort unten und kam vielleicht zu Bewusstsein? Mit der Gewissheit, dass es zu Ende geht und ohne die Chance, Hilfe zu verständigen?«

»Durchaus im Bereich des Möglichen. Garantien dafür gibt es nicht, also machen Sie sich keine Gedanken über Dinge, die passiert sein könnten.«

»Leichter gesagt als getan«, antwortete Hannah, der eine Gänsehaut den Rücken hinunterlief, wenn sie an das hilflose Opfer am Boden dachte.

»Halten Sie sich an erwiesene Fakten, das macht das Leben in vielen Phasen einfacher.«
Sie nickte. »Okay, was haben Sie noch?«
»Das Wichtigste ist das kleine Hämatom hier auf der Wange des Mannes.« Er tippte auf einen bläulichen Fleck, der undeutlich auf dem Jochbein schimmerte. »Jede Wette, dass der Typ kurz vor seinem Sturz einen äußerst präzisen Schlag auf diesen Punkt abbekommen hat.«
»Was bedeutet, dass er nicht allein im Keller war.«
»Absolut richtig, Frau Bindhoffer. Gehen Sie davon aus, dass es sich entweder um Körperverletzung mit Todesfolge oder um Totschlag handelt. Sie werden Ihre Fühler noch einmal ausstrecken müssen. Ich hingegen mache jetzt Feierabend.«
»Was ist das Unwichtige?«, fragte Hannah neugierig.
Zunächst sah der Rechtsmediziner sie ungläubig an, dann erwiderte er: »Ach ja, sollten Sie eine passende Person aus Ihrer Vermisstenkartei fischen, kann ich Ihnen versichern, dass der Zahnstatus des Mannes eher ungewöhnlich ist. Dadurch wird er eindeutig und schnell zu identifizieren sein.«
Die Kommissarin nickte. »Bisher haben wir noch keine passende Vermisstenmeldung erhalten. Ich befürchte, wir müssen den Radius unserer Suchmeldungen erweitern, jetzt wo ich weiß, dass es kein Unfall war.«
»Dann wünsche ich Ihnen viel Erfolg. Tut mir leid, dass ich Sie heute mehr oder weniger hinauskomplimentiere, aber ich gehe echt auf dem Zahnfleisch und will endlich mal hier raus. Wenn ich nicht wüsste, dass Sie jetzt zu tun haben, würde ich Sie einladen, mich zu begleiten.«
Sie sah ihn erstaunt an.
»Überrascht?«
Sie nickte.
»Ich erlaube mir allerdings, Sie für ein anderes Mal bitten zu dürfen. Ich kenne jede Menge gute Restaurants, die ich Ihnen sehr gerne zeigen würde.«
Hannah errötete leicht. »Klingt verlockend. Wir sollten das unbedingt im Kopf behalten.«
Sie dachte an ihr Gespräch mit Çetin, in dem sie mehr scherzend betont hatte, dass der Doktor sie mochte.

»Das freut mich zu hören. Bis es so weit ist, merken Sie sich schon einmal, dass ich Cornelius heiße. Vergessen wir den Doktorkram, oder?«

Er streckte ihr die Hand entgegen. Sie ergriff sie und wandte den Blick scheu nach unten, wobei sie bemerkte, dass er blaue Chucks trug. *Fetter Pluspunkt für ihn*, fuhr es ihr durch den Kopf, bevor sie verlegen antwortete: »Hannah, aber das wissen Sie, äh, das weißt du ja.«

»Klar.« Er zwinkerte ihr kurz zu. »Und jetzt ab mit uns, sonst kriege ich einen Kellerkollaps.«

Nachdem sie sich vor der Tür verabschiedet hatten, ging Hannah zum Wagen. Sie dachte über das überraschende Gespräch mit dem Doktor nach. Seit sie ihn von den gemeinsamen Fällen kannte, hatte er auf sie immer viel älter und reifer gewirkt. Mit dem Haus in Taunusstein und dem erreichten Karrierestatus passte er absolut nicht zu den Kandidaten, die sich normalerweise für sie interessierten. Sie musste feststellen, dass sie keine Ahnung hatte, wie alt Cornelius war. Faktisch kannte sie kaum Einzelheiten aus dem Leben des Rechtsmediziners, sah man von der Tatsache, dass er ein Haus und ein Boot besaß, einmal ab. Dass er seit Jahren geschieden war, wusste sie aus einer Unterhaltung mit Josef Mitheimer, die sie seinerzeit allerdings nur mit halber Aufmerksamkeit verfolgt hatte.

Hannah begann zu kichern und rief laut ins Wageninnere: »Er will nur mit dir essen gehen.«

Sie zwang sich, ihre Gedanken wieder auf den Fall Canadian Club zu fokussieren, der nun ein Kriminalfall geworden war. Sie griff nach ihrem Handy, informierte Çetin und Götzenbrenner über die aktuellen Erkenntnisse und versprach, sofort zurück zum Revier zu kommen.

12. März 2014, Polizeipräsidium

Als Hannah die Eingangstür des Präsidiums aufstieß, kam ihr Sven Götzenbrenner schon entgegen.

»Ah, Frau Bindhoffer, da sind Sie ja. Hervorragend. Ich bin auf dem Weg, um mir rasch etwas zu essen zu besorgen. Danach würde ich Sie und die Kollegen Hartmann und Alkan gerne kurz in meinem Büro sprechen.«

»In Ordnung. Sind die Jungs schon hier?«

»Hartmann sitzt oben. Er bläst Trübsal, weil er mit dem Foto von Herrn Glockner beim Zeugen Reber nichts ausrichten konnte. Sie sollten ihn davon überzeugen, dass er keine Schuld trägt. Der Gesundheitszustand des Mannes macht es eben schwierig, an genaue Informationen zu gelangen.«

Hannah seufzte. »Da haben Sie Recht. Aber falls jemand etwas aus Herrn Reber herausbekommen kann, dann ist es Hardy. Ich gehe nach oben. Rufen Sie kurz durch, wenn Sie wieder da sind?«

Götzenbrenner nickte und trat ins Freie. Hannah fand Hardy hektisch in den alten Akten blätternd vor.

»Götzi sagt, es lief beschissen?«

»So würde ich das nicht beschreiben. Er schwieg die ganze Zeit über. Aber seine Reaktion auf das Foto war ziemlich eindeutig.«

»Inwiefern?«

»Er hat es in Streifen gerissen. Schaute nur kurz darauf und begann dann, es kaputtzumachen. Für mich sah es so aus, als sei es ihm wichtig, diese Verbindung zur Vergangenheit zu kappen. Weil er aber keinen Ton zum Bild gesagt hat, hilft mir das überhaupt nicht weiter. Was nutzt mir mein Bauchgefühl?«

Hannah überlegte kurz, bevor sie antwortete. »Was hast du jetzt vor?«

»Çetin müsste gleich hier sein. Vielleicht hat er etwas zu diesem Matthias Glockner herausbekommen. Außerdem haben wir, also die Pflegekraft und ich, das Foto wieder zusammengesetzt und kopiert. Sie wird es Herrn Reber noch einmal zeigen, wenn er besser drauf ist. Mehr fällt mir im Augenblick nicht ein. Ich hoffe, unser Kollege war erfolgreicher.«

Wie aufs Stichwort trat Çetin ein und nahm neben Hannah Platz.

Hardy rutschte nervös hin und her. »Konntest du etwas in Erfahrung bringen?«

»Ich habe mit einem älteren Ehepaar gesprochen, das seit langem als Dauercamper auf dem Campingplatz lebt. Ihre Parzelle ist nicht weit von der, die Matthias Glockner bewohnte. Herr und Frau Schneider erinnern sich an einen Jungen, den sie bei ihm gesehen haben. Laut ihrer Aussage wollte Glockner ihn zur Mutter bringen und danach auf Tour gehen. Der Zeitpunkt passt vermutlich zum Verschwinden von Christopher. Leider konnten sie mir keine Auskunft darüber geben, wohin er abgereist ist. Die Frau hat eine Augenkrankheit und möchte sich nicht darauf festlegen, dass der Bub Christopher Friedmann war.«

Çetin ergänzte seine Ausführungen über das Gespräch mit Schorsch und Sybille Schneider. Er berichtete außerdem, dass er zusätzlich einige andere Camper befragt habe, aber niemand den Gesuchten kannte.

»So eine Scheiße«, rief Hardy verärgert aus. »Keiner der nahen Angehörigen von Glockner ist noch am Leben. Wie sollen wir da einen Hinweis bekommen, wer die Freunde aus der Schulzeit sind, die die beiden bei ihm auf der Parzelle gesehen haben?«

Hannah schüttelte entgeistert den Kopf. »Jens, wo bleibt deine Kreativität? Zum einen können wir einfach seinen Cousin und Frau Friedmann fragen, und zum anderen gibt es da noch die Schule, auf die er gegangen ist. Sollte nicht die größte Herausforderung darstellen, sie zu ermitteln.«

Hardy nickte zerknirscht. »Sorry, Leute, die ganze Sache nimmt mich mehr mit, als ich dachte. Ich könnte für heute Schluss machen, was meint ihr?«

»Guter Gedanke. Geh ein wenig auf Abstand und ruh dich aus. Vielleicht sieht es morgen bereits anders aus. Die Liste von Glockner kann Aufschluss geben, oder Reber ist voll da und sagt dir, was du hören willst. Denk daran, wie lange der Fall schon bei den Akten lag, da kommt es auf ein paar Stunden mehr nicht an. Çetin und ich müssen uns ohnehin wieder auf den Canadian Club konzentrieren.«

»Was hat Winterherbst gefunden?«

Hannah errötete zum zweiten Mal an diesem Tag, bevor sie wiedergab, was der Mediziner ihr mitgeteilt hatte.

»Götzi will uns gleich im Büro sehen. Dich eigentlich auch, Jens, aber das erkläre ich ihm.«

»Wunderbar, danke dir. Ich bin echt k. o., und der Hunger lässt sich nicht länger ignorieren. Soll ich euch was vorbeibringen, bevor ich nach Hause fahre?«

Obwohl die Kommissarin seit Stunden nichts zu essen bekommen hatte, schüttelte sie den Kopf. »Sieh zu, dass du Land gewinnst. Bis morgen und schönen Abend.«

Kurz nachdem Hardy sich in den Feierabend verabschiedet hatte, rief Sven Götzenbrenner an. Die beiden Kommissare liefen zu seinem Büro und klopften an die Tür. Von drinnen erklang die Stimme ihres Vorgesetzten, der telefonierte.

»Einen Moment noch«, tönte es ihnen aus dem Zimmer entgegen.

Hannah konnte es sich nicht verkneifen, zu versuchen, einige der Gesprächsfetzen zu belauschen. Dabei gelangte sie zu dem Schluss, dass Herr Götzenbrenner mit Josef Mitheimer zu telefonieren schien.

»Bis morgen dann«, hörte sie aus dem Zimmer, bevor sie hineingebeten wurden.

Drinnen wiederholte Hannah zum zweiten Mal die Ergebnisse von Doktor Winterherbsts Untersuchungen. Götzenbrenner hörte aufmerksam zu.

»Sie sollten sich ab jetzt unbedingt auf die uns vorliegenden Vermisstenanzeigen konzentrieren. Da wir es mit einem Verbrechen zu tun haben, reicht es nicht mehr aus, einfach abzuwarten. Falls wir morgen im Laufe des Tages keine Identität des Opfers herausfinden können, schlage ich vor, ein Bild an die Presse zu geben. Möglicherweise bringt uns das auf eine Spur.«

»Guter Gedanke«, antwortete Çetin nickend.

»Übrigens bekam ich heute Rückmeldung wegen des Katalysators. Der zuständige Mann im Opelwerk ist dabei, die Bestände noch einmal akribisch zu prüfen. Er ruft an, wenn er mehr herausfindet. Das Tuch mit den Blutspuren – es handelt sich tatsächlich um menschliches Blut –, wird in den kommenden Stunden einer DNA-Prüfung unterzogen.«

»Hervorragend. Damit haben wir zunächst alles auf den Weg gebracht, oder?«, fragte Hannah hoffnungsvoll. Sie bemerkte, dass aufkommende Müdigkeit ihr zu schaffen machte.

Götzenbrenner nickte. »Ach ja, noch etwas. Josef Mitheimer kommt morgen her. Er wird Hartmann helfen, Christophers Fall aus den Achtzigern zu lösen. Ich glaube, das Reha-Team hat die liebe Not mit ihm, ständig findet er Gründe, um stundenweise zu verschwinden. Er brennt darauf, sich wieder für seinen Job aufreiben zu dürfen.«

»Alles andere hätte mich auch gewundert«, bemerkte Hannah erfreut. Es tat gut zu erfahren, dass diese heimtückische Krankheit ihren Vorgesetzten nicht gänzlich in die Knie gezwungen hatte.

12. März 2014, Hannahs Wohnung

Hannah streifte die Schuhe ab und ließ sich auf die Couch sinken. Müde griff sie nach der Fernbedienung, um den Fernseher einzuschalten, als ihr der blinkende Knopf am Anrufbeantworter ins Auge fiel. Seufzend stand sie auf, ging zum Gerät und drückte die Play-Taste.

»Hallo, meine Kleine, hier ist Mama. Ich hoffe, du hörst das hier früh genug ab, damit du mich heute noch zurückrufen kannst. Es geht um Tante Marga. Sie ist im Krankenhaus und die Feier muss ausfallen. Ruf einfach zurück, okay?«

Die Kommissarin stand einen Augenblick regungslos neben dem Anrufbeantworter. Sie konnte sich nicht entschließen, ihre Eltern sofort anzurufen. Ein Stein der Erleichterung fiel ihr vom Herzen, als sie realisierte, dass das Treffen in der Hansestadt ausfiel. Kein offenes und aufrichtiges Gespräch darüber, warum sie Stefan Wagners unmissverständliche Annäherungen und Grapschereien hatte durchgehen lassen, ohne sie zu melden. Zumindest nicht in den kommenden Tagen.

Hin und wieder wusste sie, dass ihr damaliger Griff zum sichergestellten Marihuana aus reiner Nächstenliebe geschehen war. Emma, ihre beste Freundin aus Schultagen, war an Brustkrebs erkrankt gewesen, den sie zuerst tapfer mit Chemotherapie zu bekämpfen versuchte. Die fast zweijährige Behandlung blieb jedoch ohne nennenswerte Erfolge. Als die beginnende Metastasierung in ihrem Körper ihr täglich mehr Schmerzen verursachte, brach sie die Therapie ab und bemühte sich, den nahenden Tod zu akzeptieren. Hannah hatte nach Dienstschluss oft viele Stunden bei ihr gesessen, ihre Hand gehalten, ihr zugehört oder war einfach nur stumm in ihrer Nähe geblieben. Emma hatte ihr Schicksal tapfer ertragen. Mit dem Gras, das sie zusätzlich zu den verordneten Opiaten rauchte, wann immer die Schmerzen sie quälten, erleichterte sie sich ihren Leidensweg. Eines Nachmittags hatte sie die Kommissarin auf dem Handy angerufen. Sie erzählte ihr aufgewühlt, dass ihr Lieferant auf dem Weg zu ihr von einem Auto angefahren worden sei und sich bereits auf dem Weg in die Klinik befände. Unglücklicherweise kenne sie niemanden, der sie rasch mit Marihuana versorgen könnte. Sie weinte so heftig während des Telefonates, dass Hannah den unseligen Entschluss gefasst hatte, ihrer Freundin kurzfristig aus der Patsche zu helfen. Selbstverständlich wollte sie das Gras nur borgen und ersetzen, sobald sich eine Gelegenheit bot.

Leider machte ihr Stefan Wagner einen Strich durch die Rechnung. Er fing sie an der Tür ab, als sie gerade im Begriff war, das Revier zu verlassen, und erklärte ihr unmissverständlich, dass er keine Sekunde zögern würde, sie ans Messer zu liefern. Bei jedem anderen ihrer damaligen Kollegen hätte sie auf Verständnis gehofft und es vermutlich auch erhalten. Nicht so bei ihrem Ex-Partner Wagner. Dieser Dreckskerl badete förmlich in der Gnade, sie zu verschonen und von einer Meldung abzusehen, wenn sie seine Bedingungen erfüllte. Weshalb er stillhielt, erfuhr Hannah in allen darauffolgenden Situationen und zu jeder Gelegenheit. Wagner malträtierte sie mit Arbeiten, von denen er wusste, dass sie für die Kommissarin zumindest lästig, manchmal unerträglich waren. Er brüllte, sie solle Kaffee holen, überließ ihr nie wieder das Steuer, wenn sie zu einem Einsatz fuhren, und quälte sie mit Anmachen der übelsten Art.

Emma tröstete sie Stunden nach dem unsäglichen Aufeinandertreffen mit Wagner im Revier liebevoll und hielt sie im Arm. Tapfer und unbeeinflusst von ihren eigenen Schmerzen ließ sie es sich an jenem Abend nicht nehmen, die starke Schulter für Hannah zu sein. Dass ihre Freundin von der Einnahme der Opiate ohne den Zusatz von Gras meist in ein tiefes Loch aus Todesangst und Depressionen gezogen wurde, wusste Hannah von vorausgegangenen Krankenbesuchen. Doch Emma biss die Zähne zusammen und beschimpfte Wagner wortreich. Sie versprach, alles aufzuklären, falls dieser sich entscheiden sollte, Hannah ans Messer zu liefern.

Was sie hinterher an Repressalien von ihrem Kollegen erdulden musste, verheimlichte die Kommissarin ihrer ehemaligen Klassenkameradin. Nur sechs Wochen später starb Emma und hinterließ ein riesiges Loch in Hannahs Leben. Auch das Wissen, dass ihre Freundin nun erlöst von allen Leiden Ruhe gefunden hatte, tröstete sie nur wenig.

Man müsse dankbar dafür sein, lange Jahre eine enge Vertraute gehabt zu haben, las sie einige Tage später in einem Artikel zum Thema Trauer. Das mochte eine schöne

Einstellung zum Tod eines geliebten Menschen darstellen, hatte ihr aber kaum geholfen, mit der Vorstellung fertigzuwerden, ihre Zukunft nicht mehr mit Emma teilen zu dürfen.

Das Läuten des Telefons riss Hannah aus ihren Gedanken.
Mist, das ist bestimmt Muddern.
Beschämt darüber, im Selbstmitleid gebadet zu haben, während Tante Marga im Krankenhaus lag und ihre Mutter einen Rückruf erwartete, nahm sie ab.
»Hallo, Mama. Tut mir leid, ich bin eben erst nach Hause gekommen und habe in diesem Moment das Band abgehört«, log sie mit schlechtem Gewissen. »Was ist los mit unserem Tantchen, ist es schlimm?«
Frau Bindhoffer erklärte ihrer Tochter, dass ihre Schwester heute früh mit einem leichten Herzinfarkt in die Klinik gebracht worden war. Ihr Zustand sei bereits wieder stabil, jedoch stünden ergänzende Untersuchungen an und sie müsse noch einige Tage im Krankenhaus bleiben.
»Zum Glück ist es nicht schlimmer gekommen«, erwiderte Hannah erleichtert.
»Vermutlich ist ihr die Planung des Geburtstagsfestes einfach zu viel geworden. Konntest du die Feier canceln, ohne dafür bezahlen zu müssen?«
»Ja, zum Glück zeigten sich alle nachsichtig, als sie vom Grund der Stornierung erfuhren. Kommst du trotzdem her?«
Hannah lief es heiß den Rücken herunter. Einen Augenblick brachte sie kein Wort über die Lippen.
»Wärt ihr sehr böse, wenn ich meinen Besuch noch ein oder zwei Wochen verschiebe? Wir haben vorgestern einen neuen Fall hereinbekommen, der uns ordentlich auf Trab hält. Für Tante Marga hätte ich es möglich gemacht. Aber da die Feier flachfällt, würde ich die Sache hier gerne zuerst abschließen. Danach mache ich mich direkt auf den Weg zu euch, versprochen.«
»Und deine Entscheidung hängt keineswegs damit zusammen, dass du dich vor der Unterhaltung mit uns drücken willst, oder?«
Schon wieder hörte Hannahs Mutter mehr aus ihren Worten heraus, als es ihr lieb war.

»Nein. So ist es nicht. Die Ermittlungen kommen gerade ins Rollen, außerdem bearbeitet mein Kollege Hartmann einen alten Fall, in dem es um einen vermissten Jungen geht. Auch er scheint kurz vor dem Durchbruch zu sein. Du verstehst doch, dass ich ihm dabei zur Seite stehen muss.«
»Ein Kind, sagst du?«
»Na ja, 1982 war er ein kleiner Bub.«
»Ihr kümmert euch um ungeklärte Vermisstenfälle, das finde ich prima. Ich mache dir einen Vorschlag. Du löst den Fall, noch besser beide Fälle, dann packst du deine Sachen und kommst her. Es dürfen ruhig mehr als zwei Tage sein, einverstanden?«
»Du bist einfach die beste Mama der Welt«, rief Hannah erfreut. »So machen wir es. Gib Paps einen Kuss von mir, grüß Tante Marga und richte ihr gute Besserung von mir aus.«

Hannah ließ sich zurück auf die Couch sinken und trank das Glas Cherry Coke, das sie sich eingegossen hatte, in einem Zug aus. Sie überdachte das soeben beendete Gespräch mehrere Male, bevor sie zu dem Schluss gelangte, ihren Eltern so rasch wie möglich reinen Wein einschenken zu müssen. Zudem beschloss sie, sowohl Hardy als auch Çetin über die Vorkommnisse zu informieren. Vielleicht wussten sie eine Lösung, wie sie diese vertrackte Geschichte aus der Welt schaffen konnte.
Noch aufgewühlt, aber schon etwas ruhiger, trank sie auf dem Weg ins Bett den Rest Cola direkt am Kühlschrank aus der Flasche. Wie immer nach solchen Zuckerattacken nahm sie sich vor, in den kommenden Tagen nur Wasser zu trinken und geregeltere Mahlzeiten einzunehmen.
»Hält bestimmt wieder nur von zwölf bis Glockenläuten, mein toller Vorsatz«, murmelte sie belustigt und ging ins Schlafzimmer.
Nachdem sie sich lange hin und her gewälzt hatte, schaltete sie die Nachttischlampe ein und griff zu dem Buch auf ihrem Nachttisch. Sie blätterte zu der Seite, die durch ein Eselsohr markiert war. Ohne dass sie den Sinn der ersten Sätze verstand, wanderten ihre Augen über den Text. Die Geschehnisse der Vergangenheit ließen sie genauso wenig los wie das Gespräch mit Doktor Winterherbst. Sie fragte sich, ob der Rechtsmediziner wirklich Interesse an ihr hatte oder ob er mit allen Polizeibeamtinnen so flirtete. Nach

ihrer unschön beendeten Beziehung aus Hamburger Tagen kam es Hannah seltsam und falsch vor, wieder mit einem Mann auszugehen. Was, wenn der Doktor genauso selbstverliebt war und ebenso oberwichtig handelte wie Jan-Christian?
»Nein«, rief sie laut ins Schlafzimmer und klappte das Buch zu. »Möglich, dass Cornelius Winterherbst anders tickt, aber ich verspüre keine Lust darauf, es herauszufinden.«
Sie löschte das Licht.
Ich werde ihm höflich und bestimmt mitteilen, dass ich momentan nicht an einem Treffen interessiert bin, wenn wir das nächste Mal beruflich aufeinandertreffen. Es gibt genug Baustellen in meinem Leben und vielleicht ist er ja auch in einigen Monaten noch offen für ein Date.
Über diesem Gedanken schlief sie ein.

13. August 1982

Seit Wochen fuhr Matthias mit Christopher kreuz und quer durch Deutschland. Obwohl er sich am liebsten in ein Nachbarland abgesetzt hätte, wagte er es nicht, eine Grenzkontrolle zu riskieren. Die Gefahr, dass der Junge im Wagen entdeckt wurde, erschien ihm zu hoch. Er steuerte mindestens einmal in der Woche eine andere Campinganlage an, um von keinem der Mitcamper genauer in Augenschein genommen zu werden.
Christopher blieb ausschließlich im Wohnwagen. Musste Matthias Besorgungen tätigen oder genoss er einen Spaziergang, fesselte er das Kind und vergaß auch nicht, ihm einen Knebel anzulegen. Aus den Erfahrungen der letzten Wochen hatte er gelernt, jede Gefahr eines Fluchtversuches zu unterbinden. Der Junge konnte beachtliche Kräfte entwickeln, wenn er sich sträubte, eine Runde mit dem Onkel zu kuscheln. Blöder verzogener Bengel, sein Vater musste versäumt haben, dem Knirps beizubringen, dass man gehorchte. Verwundert war er darüber keine Sekunde. Der Cousin hatte niemals männliche Stärke gezeigt und ließ sich von jedem mühelos einwickeln. Einfach nur zum Kotzen, das ganze Gehabe, die Welt verbessern zu wollen. Selbst als Matthias ihm mitteilte, dass er den Jungen hatte, war Robert ihm nur halbherzig gefolgt und hatte ihn angefleht, Christopher nach Hause zu bringen. Es wollte ihm nicht einleuchten, warum Robert keinen Versuch unternommen hatte, ihn zu überwältigen und zu zwingen, das Kind herauszugeben. Obendrein zweifelte er daran, dass der Cousin die Polizei verständigt hatte. Dass irgendetwas in dessen Leben völlig schiefflief, lag auf der Hand. Möglicherweise plante er aber doch, etwas zu unternehmen, und wollte ihn bloß in Sicherheit wiegen?
Erneut grübelte Matthias über die Möglichkeit nach, aus dem Land zu fliehen. Er hatte Angst, doch von Robert gefunden zu werden. Die Chance war größer als das Risiko, von der Polizei aufgegriffen zu werden. Obwohl er seinen Cousin für ein absolutes Weichei hielt, kam er nicht umhin, eine gewisse Furcht zu entwickeln. Eine ungute Vorahnung beschlich ihn jedes Mal, wenn er an die letzte Begegnung zurückdachte.

Du siehst Gespenster, bleib einfach auf dem Teppich und entspann dich. Falls er etwas plant, wäre das längst passiert. Das Treffen mit ihm ist schon eine Weile her, vergiss das nicht.

Matthias versuchte, die Situation positiv zu sehen. Christophers Wille begann bereits zu bröckeln. Er vermutete, dass es nicht mehr lange dauern würde, bis der Junge völlig gefügig war. Seine Gegenwehr nahm täglich ein wenig ab und fiel kläglicher aus. Gestern hatte er kaum versucht, Matthias abzuwehren. Und die Fragen nach der Mutter und der Rückkehr nach Hause waren seit einigen Tagen ganz ausgeblieben.

Zufrieden atmete Matthias aus. Sein Herzschlag verlangsamte sich stetig und er hatte das Gefühl, wieder befreiter Luft holen zu können. Er lockerte den Gürtel am Hosenbund und bog zur Zufahrtsstraße des Campingplatzes Seehäusl in Stöttham ein.

Hoffentlich ergattern wir ein Plätzchen für die kommenden Nächte. Ich habe keine Lust, noch drei andere Orte anzufahren, bevor ich mich dem entspannenden Teil meines Tages widmen kann.

Er grüßte die ihm entgegenkommenden Passanten und erkannte an der Anzahl der vor dem Platz geparkten Fahrzeuge, dass es recht voll zu sein schien. Mürrisch griff er nach der Tasche auf dem Beifahrersitz und begab sich zur Rezeption.

13. März 2014, Polizeipräsidium

Als Hardy an diesem Morgen das Revier betrat und die Stufen nach oben ging, trat ihm Sven Götzenbrenner entgegen und winkte ihn in sein Büro. Drinnen übergab Götzenbrenner ihm ein kleines schwarzes Buch, das wie ein Notizbuch aussah.
»Was ist das?«
»Hat heute Morgen einer der Kollegen vor dem Tor zum Parkplatz gefunden. Es handelt sich um eine Art Tagebuch. Ich habe bereits einen Blick hineingeworfen und bin etwa in der Mitte der Ausführungen auf das Wort Entführung gestoßen. Deshalb habe ich mir auch den Rest genauer angeschaut. Umso mehr überraschte es mich, als ich auch noch das Kürzel C. las. Sicher sind Sie wie ich der Meinung, dass dies ein erstaunlicher Zufall ist, oder?«
Hardy nickte. »Da muss tatsächlich Kommissar Zufall seine Hand im Spiel gehabt haben. Darf ich mal sehen?«
»Sicher.« Götzenbrenner reichte ihm das Buch über den Schreibtisch und Hardy begann, nach den markierten Worten im Text zu blättern.
»Haben Sie nachgeschaut, ob der Überbringer dieses Hinweises auf der Videoüberwachung zu sehen ist?«
»Vor ein paar Minuten beim Kollegen in Auftrag gegeben. Lesen Sie schon mal alles durch, bis Herr Mitheimer aufkreuzt. Sie waren gestern bereits auf dem Nachhauseweg, als ich erzählte, dass er Ihnen heute zur Seite stehen möchte, weil Bindhoffer und Alkan wegen des Falles im Canadian Club zunächst nicht verfügbar sind.«
Hardy atmete erleichtert aus. »Gut zu wissen, dass der Boss einsatzbereit ist und helfen kann. Ganz ohne Unterstützung bin ich bei dieser Art von Untersuchungen noch recht unsicher, ob ich das Richtige unternehme.«
»Mitheimer ist absolut nicht einsatzbereit, aber er lässt sich nicht davon abbringen, herzukommen. Bisher lief doch alles reibungslos bei Ihren Ansätzen. Weshalb die Zweifel an Ihrer Arbeit?«

»Mir geht es zu langsam voran. Ich will zu einem Ergebnis kommen und muss mir immer wieder eingestehen, dass es durchaus möglich ist, niemals etwas herauszufinden. Die Kollegen von damals haben sich schließlich nicht den ganzen Tag die Eier geschaukelt, sondern auch Untersuchungen durchgeführt. Wie hoch ist die Wahrscheinlichkeit, mit den Bemühungen zum Ziel zu gelangen?«

»Herr Hartmann, wenn wir einen Mordfall auf den Tisch bekommen, der erst ein paar Stunden zurückliegt, können wir auch nicht mit Gewissheit sagen, dass wir ihn lückenlos aufklären. Wir geben einfach unser Bestes. In den meisten Fällen reicht das am Ende aus, aber eben nicht bei jedem. Die Cold Cases sind Mitheimers Idee gewesen, und er wird alles dransetzen, um Erfolge damit zu erzielen. Ich vermute außerdem, dass er sich etwas dabei gedacht hat, Sie als ersten Ermittler zu benennen.«

Hardy zuckte mit den Schultern. »Könnte sein, aber weshalb ausgerechnet ich es geworden bin, habe ich bis heute nicht recht begriffen. Einerlei. Ist es in Ordnung, wenn ich mich mit dem Tagebuch in mein Büro verdrücke? Ich möchte es gerne mit voller Aufmerksamkeit lesen.«

»Klar, hauen Sie ab. Ich rufe an, sobald ich Infos zum Lieferanten des Schriftstückes hereinbekomme.«

Hannah ging mit Çetin alle deutschlandweit eingegangenen Vermisstenmeldungen durch, ohne einen Mann zu finden, der in Frage kommen könnte.

»Entweder vermisst ihn niemand, oder er ist gar nicht von hier. Ein Tourist, Zuwanderer oder eben auf einen Sprung hier, um Hehlerware abzuholen.«

»Ich tippe auf Letzteres«, erwiderte Çetin. Er lehnte sich im Stuhl zurück und dachte nach. »Was, wenn da unten im Keller eine Rangelei wegen der Ware stattgefunden hat? Es war vielleicht nicht so viel, wie sie erwartet hatten, und jeder versuchte, seinen Teil zu ergattern. Einer flippt aus und haut dem Typen ins Gesicht. Dieser Punkt am Jochbein sieht mir mehr nach einem gezielten Angriff als einem Zufallstreffer aus.«

Hannah nickte. »Ich werde die Spurensicherung auf jeden Fall noch einmal in den Keller schicken. Irgendetwas wird da doch zu finden sein. Selbst wenn die Kerle ein paar Spuren beseitigt haben, bevor sie geflohen sind, glaube ich nicht, dass alles weg ist. Die müssen, falls du richtig liegst mit deiner Vermutung, zweifelsohne in Panik gehandelt haben. Da übersieht man schon mal was.«

»Die Spurensicherung soll ihr Hauptaugenmerk unbedingt auf die Wände legen. Ich gehe davon aus, dass einer aus der Truppe den Kram da hineingepackt hat und dabei hoffentlich keine Handschuhe trug. Dann stünden die Chancen gut, einen Treffer zu landen. Beim letzten Mal sind die Jungs und Mädels ja von einem Unfall ausgegangen und haben gewiss nicht die gesamte Wand abgepinselt.«

»Ich werde ihnen den Auftrag dazu sofort erteilen. Danach informiere ich Götzi, dass wir keine Übereinstimmung zur Identität des Opfers gefunden haben. Mal sehen, ob er die Presse ins Boot holt.«

Çetin verschränkte die Arme vor der Brust, bevor er weitersprach: »Ich überlege, ob wir noch irgendwo anders ansetzen könnten? Eine Befragung der Mitarbeiter von Opel scheint mir ohne einen konkreten Verdacht ein wenig verfrüht, oder?«

»Genau, damit sollten wir uns zurückhalten. Wenn sie einmal aufgescheucht sind, versuchen die Typen mit Sicherheit, weitere Spuren zu verwischen. Lassen wir sie in dem Glauben, dass wir keine Ahnung von den Machenschaften im Werk haben. Auf dem Rückweg schaue ich kurz bei Hardy rein, in Ordnung? Bis die Zeitungen informiert sind und die Spurensicherung vor Ort ist, können wir ohnehin nichts tun.«

Çetin nickte. »Mach das. Ich lauere weiter hier vor der Datenbank und hoffe auf das kleine Wunder, dass in den nächsten Minuten eine passende Suchmeldung eintrifft.«

Hannah war unterwegs zu Götzenbrenners Büro, als sie Hardy auf dem Gang traf. Er schien ebenfalls zum Chef zu wollen.

»Hallo, Hardy, kommst du voran?«

»Könnte sein. Heute früh ist ein Tagebuch vor der Tür des Reviers abgelegt worden.«

Er trug es bei sich und hob es in die Luft, um es Hannah zu zeigen.

»Es besteht die Möglichkeit, dass der Inhalt mit meinem Fall in Verbindung steht. Jetzt möchte ich checken, ob die Videoüberwachung aufgezeichnet hat, wer das Buch dort hingelegt hat.«

Sie blickte ihn nachdenklich an. »Was hast du in dem Tagebuch entdeckt, das dich annehmen lässt, es könnte mit Christopher zu tun haben?«

»Es wird eine Entführung erwähnt, und immer wieder ist die Frage ›Wo ist C?‹ unter der Datumsangabe vermerkt.«

»Wow, da würde ich aber alles daran setzen, den Überbringer ausfindig zu machen. Kann ich kurz einen Blick reinwerfen?«

»Sicher, schau hier.«

Er klappte das Buch auf und die Kommissarin überflog einige Zeilen.

»Sieht nach einem brauchbaren Anhaltspunkt aus, bleib dran. Ich muss auch zu Götzi, also los.«

Sven Götzenbrenner beendete ein Telefonat, als die beiden Kommissare eintraten.

»Kommen Sie rüber zu mir, Hartmann, ich habe die Aufnahmen hier.«

Er drückte die Play-Taste auf seinem Notebook und ließ den Film ablaufen. Um 01.23 Uhr huschte ein Mann ans Tor des Polizeireviers. Er trug eine Kapuze, was die Identifizierung in tiefschwarzer Nacht schwieriger machte. Doch als er das Buch abgelegt hatte, schob er die Kapuze zu früh herunter. Herr Götzenbrenner pausierte die Aufnahme genau im richtigen Augenblick.

»Da haben wir ihn. Da hat er sich etwas zu sicher gefühlt.« Er grinste breit.

»Kennen Sie ihn?«, fragte Hardy erstaunt.

»Sicher. Das ist Boris Zeman. Aktenkundig wegen zahlreicher Diebstähle und zwei Einbrüchen. Gewalttätig ist er bisher nie gewesen, zumindest in keinem Fall, von dem wir wissen.«

»Wo wohnt er?«

»Ist in der Pommernstraße gemeldet. Ans Telefon geht aber niemand, das habe ich vorhin bereits versucht.«

»Ich fahre trotzdem hin«, erklärte Hardy entschlossen.

»Einen Moment noch bitte. Wenn Sie so freundlich wären, auf Herrn Mitheimer zu warten? Er wird in ein paar Minuten hier sein.«

»Selbstverständlich.« Hardy ließ sich auf einen der Stühle vor Götzenbrenners Schreibtisch fallen und studierte weiter die Seiten des Tagebuchs.

»Und nun zu Ihnen, Frau Bindhoffer. Ich nehme an, dass Sie die Identität des Toten nicht herausbekommen konnten?«

»Leider nein.« Sie schüttelte bedauernd den Kopf.

»Dann bleibt uns keine andere Wahl, als ein Foto vom Opfer an die Presse zu geben. Klären Sie das mit Herrn Doktor Winterherbst? Er soll versuchen, den Mann einigermaßen aussehen zu lassen, wenn Sie wissen, was ich meine.«

Hannah errötete. »Sicher. Aber falls es Ihnen recht ist, würde ich Sie bitten, das Telefonat zu übernehmen. Herr Alkan und ich sind der Meinung, dass es hilfreich ist, die Spurensicherung noch einmal in den Canadian Club zu schicken. Wir würden gerne dabei sein, wenn sie dort anfangen. Ist das in Ordnung?«

Götzenbrenner stöhnte. »Sehe ich so aus, als würde ich den ganzen Tag Däumchen drehen?«

»Nein, absolut nicht.«

»Weil Sie es sind, und weil ich ohnehin hier auf den Kollegen Mitheimer warten möchte. Das nächste Mal lasse ich Ihnen das aber keineswegs durchgehen, verstanden?« Er hob den Zeigefinger und drohte in Hannahs Richtung. Sein Lächeln verriet der Kommissarin jedoch, dass er es nicht allzu ernst meinte.

»Danke schön. Ich melde mich, wenn wir beim Canadian Club fertig sind oder falls wir etwas Brauchbares auftun.« Sie schaute zu Hardy. »Dir viel Erfolg mit diesem Boris und dem Rest der Hinweise. Telefonieren wir später? Vermutlich sehe ich dich hier heute nicht mehr.«

»Ich melde mich, versprochen.« Hardy lächelte ihr freundlich zu, bevor er seine Hand erhob und zur Tür zeigte. »Macht, dass ihr loskommt.«

Während Hannah und Çetin die Polizeiwache verließen, nahm Herr Götzenbrenner das Telefon und sprach mit dem Rechtsmediziner und Josef Mitheimer.

13. März 2014, Canadian Club

Im Keller des ehemaligen Tanzlokals standen die Männer und Frauen der Spurensicherung bereits in den stets entfernt an Astronauten erinnernden weißen Overalls und waren damit beschäftigt, alle Oberflächen gründlich zu untersuchen. Çetin und Hannah blieben ein wenig abseits im Türrahmen stehen und beobachteten die gewissenhafte Arbeit der Kollegen. Pia Müller, zumindest vermutete die Kommissarin, dass es sich um Pia handelte, begann Abschnitte der Mauer mit Luminol zu besprühen. Sie beschränkte sich dabei zunächst auf den Teil der Wand, in dem das Versteck gefunden worden war. Mit angehaltenem Atem warteten alle darauf, ob das Einschalten des Schwarzlichts verborgene Spuren zum Vorschein bringen würde.

Çetin stieß Hannah an. »Mach das Licht aus, Kollegin!«

»Oh, sorry, natürlich.«

Nervös und in der Hoffnung, einen Schritt weiterzukommen, hatte sie vergessen, dass mit eingeschaltetem Deckenlicht mögliche Spuren nur schwer zu entdecken waren. Mit einer raschen Bewegung löschte Hannah das Licht. Einige kleine Punkte begannen, unter dem Schwarzlicht zu fluoreszieren, und leuchteten wie Glühwürmchen am dunklen Nachthimmel. Auf dem von der Chemikalie mit eingenebeltem Fußboden erschienen ausgedehnte Streifen, die durch ihr Schimmern alle Aufmerksamkeit auf sich zogen.

»Heilige Scheiße«, flüsterte Çetin. »Sieht nicht danach aus, als käme das nur von der Kopfverletzung. Oder was denkst du?«

Hannah holte tief Luft und versuchte den Schrecken über das, was sie soeben gesehen hatte, zu verscheuchen. »Ich fürchte, in diesem Keller ist vor dem Unfall noch etwas anderes geschehen, von dem wir bisher nichts geahnt haben. Möglicherweise hat sich nur jemand mit einem Teppichmesser in die Hand geschnitten. Aber für so etwas wie das hier«, Hannah deutete auf die leuchtenden Streifen, »ist der Schnitt tief ausgefallen. Leider kaufe ich mir die Theorie selbst nicht ab. Weshalb ich darum bitte, dass ihr den kompletten Raum genau überprüft, Kollegen.«

»Da wären wir nie drauf gekommen«, sagte einer der Männer der Spurensicherung lachend. »Geht davon aus, dass wir die nächsten Stunden beschäftigt sind. Wenn ich Frau Bindhoffer und Herrn Alkan richtig einschätze, werden wir unser Tätigkeitsfeld auf das gesamte Gebäude ausdehnen, oder?«

»Jepp«, erwiderte Hannah zwinkernd. »Sorry.«

»Dann stelle ich schon jetzt die Frage: Wer holt später die Pizza?«

»Lieferservice«, riefen die Kollegen im Chor und nahmen ihre Arbeit auf.

Die Kommissare beobachteten eine Weile das emsige Suchen, bevor Hannah nachhakte:

»Können wir irgendwie helfen?«

»Geht nach oben und checkt in der Zwischenzeit, wo wir dort ansetzen sollen. Die Treppe, das ist klar, aber vielleicht entdeckt ihr einen Anhaltspunkt, den ihr beim letzten Mal übersehen habt. Schließlich ist die Sachlage jetzt eine andere. Denkt aber bitte daran, euch dementsprechend einkleiden zu lassen«, schlug Pia Müller vor.

»Okay, so machen wir es. Sind Overalls oben?«

»Schaut neben der Eingangstür nach einem großen blauen Koffer.«

Hannah ging, gefolgt von ihrem Kollegen, hinauf. Sie stiegen in die Anzüge, streiften sich Handschuhe über und nahmen die Treppe und das Erdgeschoss genauer in Augenschein.

13. März 2014, Polizeipräsidium

Herr Mitheimer betrat mit seligem Gesichtsausdruck das Büro von Götzenbrenner.
»Riecht ihr das?«
Hardy hob fragend seinen Blick aus dem Tagebuch.
»Der aromatische Duft von sinnvoller Beschäftigung. Unersetzlich, wenn man wochenlang dazu verdonnert wurde, sich aufs Nichtstun zu beschränken. Grüß dich, Sven, und hallo, Herr Hartmann. Entschuldigung, das war ungemein unhöflich, aber ich musste meiner Freude erst einmal Luft machen«, erklärte Mitheimer lächelnd. »Den Fall Christopher Friedmann erneut zu untersuchen, scheint mir eine ausgezeichnete Wahl gewesen zu sein, Herr Kollege. Besonders jetzt, wo das Tagebuch aufgetaucht ist. Wie weit sind Sie damit vorangekommen?«
»Ich gehe das letzte Drittel gerade noch einmal durch. Leider sind immer wieder Passagen des Textes verwaschen, so dass man mitunter nur mutmaßen kann, was dort im Ganzen zu lesen stand. Außerdem vermeidet der Verfasser es tunlichst, einen kompletten Namen zu nennen. Deswegen lässt sich nicht mit Gewissheit sagen, ob die Zeilen etwas mit Christopher zu tun haben.«
»Soll ich es mir ansehen, bevor wir aufbrechen, um diesen Boris in die Zange zu nehmen?«
»Sehr gerne. Im Moment beschleicht mich das Gefühl, dass mein Hirn sich derart daran krallt, etwas entdecken zu müssen, dass es blockiert.«
»Kenne ich nur zu gut. Geben Sie es mir und zeigen Sie mir, ab wo ich einen Blick darauf werfen soll.«
Hardy blätterte zur entsprechenden Seite und hielt sie seinem Chef entgegen.

17. Juli 1982, 22.13 Uhr
Wo ist C?

Wochenlang ließ er mich auflaufen und meldete sich nicht. Heute Vormittag habe ich ihn entdeckt. Er ging mit gesenktem Kopf über den Zebrastreifen beim Supermarkt. Ich stieg auf die Bremse und fuhr an den Straßenrand. Vorsichtig schlich ich ihm hinterher und beobachtete ihn. Zunächst packte er im Markt ein paar Lebensmittel in den Einkaufswagen, bezahlte und verließ den Laden. Ich heftete mich an seine Fersen und sah, wie er, ständig nach rechts und links blickend, zum Wagen ging, der nicht auf dem Parkplatz zum Geschäft stand, sondern etwas verborgener in einer kleinen Seitenstraße. Ich überlegte fieberhaft, ob ich ihn ansprechen oder besser weiter nur beobachten sollte. Wenn er jetzt ins Auto stieg, hatte ich keine Chance, ihn zu verfolgen. Ich beschleunigte meine Schritte und tippte ihm in dem Augenblick auf die Schulter, als er den Wagenschlüssel bereits ins Schloss gesteckt hatte.

Herr Mitheimer sah auf und bemerkte: »Man kann doch alles erkennen, wo ist das Problem?«
»Auf der nächsten Seite wird es schwierig«, erwiderte Hardy und nickte seinem Chef zu. »Lesen Sie weiter.«

Erschrocken fuhr er herum, schaute mich entsetzt an und fragte, wie ich ihn gefunden hätte. Ohne ihm zu antworten, zog ich mein Springmesser aus der Tasche und hielt es ihm an den Hals. Nie zuvor war ich so glücklich darüber, dieses Ding mit mir herumzutragen. Ich machte ihm unmissverständlich klar, dass wir beide nun zu C. fahren würden und er auf keinen Fall versuchen sollte, mich auszutricksen. Er nickte nur und ich sah, dass er wirklich Angst vor mir zu haben schien. Ich ließ ihn einsteigen, ohne ihn dabei auch nur eine Sekunde aus den Augen zu lassen. Er startete den Wagen und wir fuhren Richtung Innenstadt. Auf der ... schaute ... und ... abbog und auf die Straße, die zum ... Fünf Minuten später bremste ...
Was wollte er ... wo ich etliche ... Aber ich wartete geduldig, bis er ...

Mitheimer zog fragend die Augenbrauen hoch. »Hier scheint eine Seite zu fehlen.«

»Ja, bedauerlicherweise. Auf der letzten Seite, die interessant sein könnte, ist wieder kaum etwas zu entziffern. Man kann erahnen, dass der Verfasser mit dem Mann in ein Gebäude gegangen ist. Leider sind die Angaben zum Wo unleserlich. Aber das haben Sie ja bereits gesehen. Danach gibt es nur noch Aufzeichnungen zu Banalitäten, die zu einem viel späteren Zeitpunkt stattgefunden haben. Entweder der Schreiber des Tagebuches hat mit Absicht keine weiteren Einzelheiten aufgeschrieben, oder das Erlebnis war mit diesen Zeilen für ihn erledigt.«

Hardy nahm seinem Vorgesetzten das Buch aus der Hand und blätterte um.

»Sehen Sie hier.«

Er zeigte auf eine verwaschene Stelle im Text, die mit einem großgeschriebenen B begann.

B... habe ich selbstverständlich nicht ...

»Ich überlege, ob das B. für Bernie stehen könnte, denn damit passen schon zwei Initialen der Familie in den alten Fall.«

»Hm, interessanter Aspekt.« Mitheimer überflog den Rest des Textes, der mit Abstand am schwersten zu entziffern war. »Am besten, wir holen uns zunächst diesen Boris her. Ich hoffe, er kann uns helfen herauszubekommen, wem das Buch gehörte.«

Hardy nickte.

»Sven, konntest du den Mann in der Zwischenzeit erreichen?«

»Leider nicht, aber wir sind dabei, seine Familie abzuklappern. Ich habe zwei Beamten losgeschickt und außerdem angeordnet, dass jemand zu den Typen geht, die früher mit Boris in krumme Dinger verwickelt waren.«

»Wunderbar, dann hoffen wir, dass sich recht bald etwas tut. Hat Winterherbst schon das Foto des Opfers geschickt?«

Herr Götzenbrenner wechselte in den E-Mail-Account des Rechners und lächelte. »Du scheinst Hellseher zu sein. Ist vor nicht einmal einer Minute eingetroffen.«

»Perfekt, dann sollten wir, bis wir wissen, wo Boris Zeman sich aufhält, damit beginnen, das Bild an die entsprechenden Pressekanäle weiterzuleiten. Wer übernimmt wen?«

Rasch sprachen sie ihre Vorgehensweise ab und begannen, bei Zeitungen und Lokalredaktionen des Fernsehens anzurufen.

Zwanzig Minuten später, als die ersten Pressekontakte bereits mit dem Bildmaterial versorgt waren, klingelte das Telefon auf dem Schreibtisch von Sven Götzenbrenner. Dieser hatte das Gespräch schnell beendet.
»Hervorragend, wir sind schon unterwegs. Vielen Dank.« Er wandte sich an seine Kollegen. »Boris ist bei seinem Bruder untergekrochen. Der Bruder wollte zuerst nicht raus mit der Sprache. Aber als seine Lebensgefährtin die Treppe nach oben kam und lautstark brüllte, ob der Penner noch immer ihre Bude verpesten würde, blieb ihm keine andere Wahl, als es den Beamten gegenüber zuzugeben.«
»Manchmal sind keifende Weibsbilder doch zu etwas nutze«, stellte Mitheimer belustigt fest. »Bleiben die Kollegen dort, bis wir kommen?«
»Natürlich.«
»Dann sollten wir aufbrechen. Bereit, Herr Hartmann?«
»Klar, aber weshalb holen wir ihn nicht einfach hierher aufs Revier? Im Verhörraum ist er sicher eher geneigt, uns zu helfen.«
»Er hat uns nur das Buch vor die Tür gelegt. Klingt kaum nach einem Verbrechen, für das wir ihn ins Präsidium bitten können, oder? Dass es für uns um mehr geht, spielt dabei keine Rolle.«
»Stimmt auch wieder«, gab Hardy zu.
Es fiel ihm immer schwerer, seinen Tatendrang und den Wunsch nach raschen Fahndungserfolgen im Zaum zu halten. Während sie zum Wagen eilte, um zu der Wohnung des Bruders zu fahren, hielt Mitheimer auf halber Strecke inne und holte tief Luft.
»Alles in Ordnung, Boss?«, fragte Hardy besorgt.
»Bestens, ich bin aufgeregt wie ein kleines Kind vor der Bescherung, endlich wieder ein Einsatz. Auch wenn es nichts Aufregendes werden wird, schlägt mein Herz wie verrückt.«

»Na dann, rein mit Ihnen«, erwiderte Hardy erfreut und öffnete seinem Vorgesetzten die Beifahrertür.

13. März 2014, Wilhelm-Sturmfels-Straße, Rüsselsheim

Sie parkten den Wagen direkt vor dem Mehrfamilienhaus und liefen raschen Schrittes zum Eingang. Der Türsummer ertönte fast augenblicklich, als Mitheimer den Klingelknopf mit der Aufschrift Zeman energisch lange drückte.

»Erster Stock«, rief eine tiefe Männerstimme ins Treppenhaus.

Die beiden Kommissare gingen nach oben und hielten dem freundlich wirkenden Mann in der Wohnungstür ihre Ausweise entgegen. Dieser nickte und wies in den Flur.

»Geradeaus durch. Ihre Kollegen sitzen im Wohnzimmer und warten auf Sie.«

»Vielen Dank«, erwiderte Hardy und betrat die Wohnung. Die Wände, in hellen Orangetönen gestrichen, wirkten ausgesprochen einladend. Passende Möbel aus dunklem Holz ließen auf einen guten Geschmack und ein Händchen für Wohndekor schließen. *Passt überhaupt nicht zu meiner Vorstellung von der Freundin. Nach ihrem Spruch hätte ich auf ein buntes Sammelsurium von Pressspanmöbeln getippt. Komplett daneben*, dachte Hardy und ermahnte sich, vorschnelles Kategorisieren einer ihm unbekannten Person zu unterlassen. *Schubladendenken darf ich mir nicht leisten.*

»Wunderschöne Wohnung«, holte Mitheimer ihn aus seinen Grübeleien.

»Wo ist Ihr Bruder?«, ergänzte Hardy, nachdem er einen suchenden Blick in die Wohnstube geworfen hatte.

»Er wollte duschen, bevor Sie kommen.«

Erschrocken sah Hardy die Kollegen an, die entspannt auf der Couch saßen.

»Keine Angst, wir haben ihn eingeschlossen und das Fenster ist zu klein, um einem Erwachsenen die Flucht zu ermöglichen.«

Hardy blies hörbar die Luft aus und deutete den Beamten auf dem Sofa mit einer Geste an, aufzustehen.

»Ich denke, Sie können jetzt losfahren. Danke fürs Aufpassen, den Rest erledigen wir.«

»Kein Problem. Wir sind hier ausgesprochen gut bewirtet worden.« Er zeigte auf die Gläser und Teller auf dem Wohnzimmertisch. »Abgesehen davon, dass Boris Zeman nicht gerade Luftsprünge gemacht hat, als wir reinkamen, fühlten wir uns absolut willkommen.«

Er nickte dem Bruder und dessen Lebensgefährtin lächelnd zu und stand auf.

»Komm, Peter, Feierabend. Wir sind für heute durch.«

Etwa eine Viertelstunde später betrat Boris Zeman mit gesenktem Kopf und nassem Haar das Wohnzimmer. Er nahm auf einem Sessel gegenüber den Beamten Platz und schwieg erwartungsvoll.

»Danke, dass Sie sich für eine kurze Befragung zur Verfügung stellen«, eröffnete Mitheimer das Gespräch.

»Bleibt mir eine Wahl?«

»Brauchen Sie eine?«, konterte Hardy sofort. Er klang angriffslustig.

Zeman schüttelte resigniert den Kopf. »Schon in Ordnung.«

»Wir haben Sie aufgesucht, weil wir durch die Aufzeichnungen der Überwachungskamera erkannt haben, dass Sie dieses Tagebuch vor das Tor am Revier gelegt haben.« Mitheimer zeigte auf das Notizbuch in Hardys Schoß. »Das ist nicht strafbar, wie Sie vermutlich wissen. Der Inhalt des Buches könnte für uns von beträchtlichem Wert sein. Wir vermuten, dass es Hinweise auf einen Fall aus der Vergangenheit enthält. Deshalb ist es ausgesprochen wichtig zu erfahren, wie es in Ihren Besitz gelangt ist.«

Boris Zeman sah ihn für einen Moment überrascht an. Er erweckte den Eindruck, als überlegte er fieberhaft, ob der Kommissar ihm eine Falle stellen wollte. Schließlich antwortete er leise: »Gefunden.«

»Wo?«, hakte Mitheimer nach.

Wieder ließ Zeman sich Zeit mit der Antwort und kramte ein Päckchen Kaugummi aus seiner Trainingsjacke. »Weiß nicht mehr genau. Ich glaube, neben einem Müllkorb am Bahnhof.«

Hardy trommelte ungeduldig mit den Fingern auf der Lehne des Sofas, während Mitheimer in entschlossenerem Ton nachfragte: »Sie wissen es also nicht mit

Bestimmtheit? Und das wollen Sie uns weismachen? Ich kaufe Ihnen kein Wort davon ab, und ahnen Sie auch, warum?«

Zeman schüttelte den Kopf so verhalten, dass man die Bewegung nur erahnen konnte.

»Weil Sie darin gelesen haben und den Inhalt für bedeutend genug hielten, dass Sie uns das Buch in einer Nacht- und Nebelaktion vor die Tür gelegt haben. Weiter vermute ich, dass es noch nicht lange in Ihrem Besitz ist und Sie es so rasch wie möglich loswerden wollten. Was ich nicht begreife, ist, warum Sie uns verschweigen, woher es stammt. Ich werde Ihnen keinen Strick daraus drehen, wenn ich erfahre, dass Sie es jemandem gestohlen haben. Das ist mir ehrlich gesagt völlig schnuppe, und vermutlich wissen Sie auch das. Was also hindert Sie daran, mir meine Frage zu beantworten?«

Boris' Bruder Jaris trat hinter den Befragten und legte ihm eine Hand auf die Schulter. Zeman drehte sich zu ihm um und zischte: »Was willst du?«

»Sag Ihnen, was sie wissen müssen, dann kommt alles in Ordnung. Warum weichst du aus?«, versuchte er, den Beamten zu helfen und trotzdem seinem Bruder zur Seite zu stehen.

»Du hast keine Ahnung, also halt besser die Klappe«, gab Boris mit zornesrotem Gesicht zurück.

»Gut möglich. Aber ich habe dich untergebracht und null Fragen gestellt, als du Montagnacht hier aufgetaucht bist und mich wegen einer Bleibe angebettelt hast, oder?«

Die Beamten ließen die Brüder miteinander diskutieren, ohne sie zu unterbrechen. Betreten schaute Boris zu Boden und nickte.

»Stimmt«, erwiderte er in versöhnlichem Tonfall. »Und dafür bin ich dir dankbar. Trotzdem solltest du es in dem Fall einfach lassen, dich einzumischen. Es steht einiges auf dem Spiel für mich.«

Mit blassem Gesicht fragte der Bruder kaum vernehmlich: »Steckst du wieder in Schwierigkeiten?«

»Ich gehe davon aus«, antwortete Boris betreten. Die beiden schienen die Anwesenheit der Polizeibeamten nicht mehr wahrzunehmen.

»Oh, lieber Himmel, nein. Was hast du angestellt?« Nun ergriff die Lebensgefährtin von Jaris das Wort. »Ich hab dir doch gesagt, dass der da«, sie deutete mit ausgestrecktem

Zeigefinger auf Boris, »nix in der Birne hat und früher oder später wieder im Bau landet. Aber du wusstest es ja besser. Nö, der hat sich geändert, er ist jetzt ein anständiger Kerl, der mit beiden Beinen im Leben steht und nichts Unrechtes tut«, äffte sie die Worte ihres Partners nach. Man sah ihr ohne Mühe die Freude darüber an, dass sie mit ihren Vermutungen Recht behalten hatte. »Haha, ich lach mich tot. Und jetzt hör dir genau an, in was für eine Scheiße er wieder geraten ist. Ich wusste es!«

Doch keine Fehleinschätzung, dachte Hardy zufrieden. Die Frau stellte für Hardy das Sinnbild eines keifenden Weibes schlechthin dar. *Manchmal passen Schubladen eben sehr wohl.*

Mitheimer räusperte sich vernehmlich. Alle Anwesenden verstummten und sahen ihn an. »Herr Zeman, Sie erzählen uns jetzt bitte genau, wie Sie an das Tagebuch kamen. Aus dem Gespräch mit Ihrem Bruder habe ich entnommen, dass das Buch in irgendeiner Form mit einer kriminellen Handlung in Zusammenhang steht. Wenn ich in Sachen Strafminderung etwas für Sie unternehmen kann, werde ich mein Möglichstes tun. Aber bitte, versuchen Sie nicht länger, uns zu veralbern, und geben Sie mir gefälligst exakte Auskünfte.«

Einen Augenblick herrschte absolutes Schweigen im Raum, dann ließ sich Boris Zeman tief in den Sessel sinken und sagte: »Also schön, im Candy. Genauer gesagt hat Tim es irgendwo da unten im Keller gefunden. Ich habe ihm verboten, es mitzunehmen«, ergänzte er. Er atmete hörbar aus und schwieg.

Mitheimer wartete für einen Moment, um sicherzugehen, dass Zeman den Faden nicht wiederaufnehmen würde, bevor er fragte: »Was haben Sie beide dort gesucht?«

»Zeug abgeholt. Geklaute Ware, um es genau zu sagen.«

»Scheiße«, warf Jaris ärgerlich ein.

Hardy hob die Hand, um ihm zu bedeuten, zu schweigen. »Um was handelte es sich?«

»Autoteile. Wir holen sie ab und verkaufen sie im Osten auf Automärkten und an die Händler vor Ort. Aus manchen Teilen kann man ordentlich Profit schlagen.«

»Wie muss ich mir das vorstellen? Ich meine, wie lief das ab?«, fragte Mitheimer. Hardy sah ihm an, dass er, genau wie er selbst, bereits Rückschlüsse zu dem Fall zog, an dem Hannah und Çetin gerade arbeiteten.

»Ein paar Mitarbeiter vom Autowerk lassen Airbags und andere Zubehörteile mitgehen. Sie deponieren alles im Canadian Club, und wir sind für den Verkauf zuständig.«

»Verstehe. Ich nehme an, dass Sie keine Ahnung haben, wer da im Werk lange Finger macht?«

»Nein, das hält unser Auftraggeber geheim. Ich bekomme nur den Zeitpunkt mitgeteilt, wann wir das Zeug abholen sollen.«

»Dachte ich mir. Wer die Person ist, die hinter diesem ausgeklügelten System steckt, können Sie mir sicher auch nicht beantworten?«

Boris hob beide Arme in die Luft. »Ehrlich, Mann. Kein Plan. Er ruft über Handy an und gibt uns den Zeitpunkt durch. Das ist alles.«

»Womit wir zumindest eine Telefonnummer haben.«

Zeman schüttelte den Kopf. »Die wird Ihnen kaum etwas nutzen. Er wechselt sie ständig. Einmal wollte ich eine zusätzliche Auskunft und rief die Nummer zurück, über die ich eben erst mit ihm gesprochen hatte. Sie war nicht mehr erreichbar. Ich versuchte es später noch einige Male, wenn ich einen Anruf von ihm erhielt. Direkt danach, weil ich rauskriegen wollte, ob er das immer so handhabt. Und das ist der Fall. Keine der Nummern in meinem Handy wird Sie zu ihm führen.«

»Das überlassen wir am besten unseren Technikern. Aber ...«

Er schwieg einen Augenblick, um die Wichtigkeit der folgenden Worte deutlich zu machen. »Kann es sein, dass bei Ihrer letzten Aktion im Canadian Club etwas aus dem Ruder gelaufen ist?«

Boris' Gesichtsausdruck blieb starr. Man sah ihm jedoch die Mühe an, keinerlei Regung zu zeigen.

»Was meinen Sie?«, fragte er mit brüchiger Stimme.

»Die Kollegen haben im Keller des Tanzklubs einen toten Mann gefunden. Bisher wissen wir nicht, um wen es sich handelt. Allerdings kann ich Ihnen sagen, dass er noch leben könnte, wenn jemand sich die Mühe gemacht hätte, einen Krankenwagen zu rufen. Leider ist diese Maßnahme von niemandem ergriffen worden.«

Zeman schlug die Hände vors Gesicht und erzitterte. »Oh nein. Tim war gar nicht tot?«

»Exakt. Er lag in tiefer Bewusstlosigkeit, die ein Laie als solche nie erkannt hätte. Deshalb werde ich Ihnen das nicht anlasten«, erwiderte Mitheimer ernst. »Allerdings möchte ich erfahren, was sich genau abgespielt hat, bevor Tim so hart mit dem Kopf auf dem Boden aufschlug, dass er eine Schädelfraktur davongetragen hat.«

Boris erzählte den Beamten in knappen Worten vom Streit mit Tim und wie er ihm ins Gesicht geschlagen hatte. Er versicherte mehrmals, dass es keinesfalls in seiner Absicht gelegen hatte, dem Mann ernsthaften Schaden zuzufügen. Josef Mitheimer klärte ihn darüber auf, dass er zu diesen Ereignissen von den ermittelnden Beamten noch weiter befragt werden musste. Er versprach abermals, sich für ihn einzusetzen, weil er einsah, dass der Schlag nicht in Tötungsabsicht ausgeführt worden war.

»Wenn Sie bitte einen Moment Geduld haben? Ich informiere die Kollegen rasch über meine Erkenntnisse. Dazu bräuchte ich den Nachnamen von Tim, damit seine Angehörigen informiert werden können.«

»Lewalter, Tim Lewalter.«

»Ich gebe Frau Bindhoffer und Herrn Alkan die Informationen weiter.«

»Denken Sie auch daran, die Presse zurückzupfeifen, Boss. Das Foto des Opfers kann ja nun unter Verschluss bleiben«, erinnerte ihn Hardy.

»Stimmt, das trage ich Sven auf. Hoffentlich sind die Meldungen noch nicht raus.«

Josef Mitheimer ging zum Telefonieren in den angrenzenden Flur. Er hatte Hannah bereits nach dem dritten Klingeln am Apparat.

13. März 2014, Canadian Club

Hannah hörte ihrem Vorgesetzten zu, verwundert darüber, wie leicht sich manche Probleme wie von selbst zu lösen schienen.

»Danke, Boss, bitte senden Sie mir das Foto von ihm aufs Handy. Wir sehen uns später auf dem Revier.« Der Antwort des Chefs lauschend, lehnte sie am Geländer im Flur.

»Klar. Ich wusste nicht, dass Sie heute Abend noch zurück in die Klinik gehen. Sorry. Wann können wir mit einem weiteren Besuch von Ihnen rechnen?« Sie lachte. »So bald, das ist wunderbar. Dann bis Freitag.«

Die Kommissarin suchte Çetin, den sie im oberen Stockwerk entdeckte. Er war damit beschäftigt, die Überreste des Tresens genauer zu begutachten. Rasch erzählte sie ihm, was Mitheimer herausgefunden hatte. Ein zufriedenes Lächeln erhellte Çetins Gesicht für einen winzigen Augenblick, bevor er die Stirn runzelte.

»Erklärt allerdings überhaupt nicht, warum wir da unten noch so viel weiteres Blut gefunden haben.«

»Da hast du Recht. Deshalb muss die Spurensicherung eben Überstunden schieben und zumindest den Keller komplett untersuchen. Da können die Jungs und Mädels so viel schimpfen, wie sie wollen ... Und wir nehmen uns Zeman vor. Kann sein, dass er weiß, wie es dorthin gekommen ist. Allerdings sollten wir als Erstes bei der Familie von Tim Lewalter vorbeifahren und sie informieren. Mitheimer bringt Boris später zum Revier, bevor er zurück in die Rehaklinik fährt. Er will ihm gemeinsam mit Hardy noch wegen des Tagebuches auf den Zahn fühlen. Dauert mindestens eine Stunde, also können wir zuerst zur Familie des Opfers.«

»Genauso gut könnten wir uns Zeit lassen.«

»Weshalb?«

»Na, besonders zu vermissen scheinen sie ihren Tim nicht, sonst läge eine Vermisstenanzeige vor.«

»Behalte deine Vermutungen für dich, solange das Gespräch mit den Angehörigen aussteht. Es könnte Gründe dafür geben, dass sie sein Verschwinden bisher als harmlos betrachtet und sich keine Sorgen gemacht haben.«

»Schon gut.« Çetin hob abwehrend die Hände. »Du hast Recht. Ich sag den Leuten von der Spurensicherung Bescheid, dass wir uns zurückziehen.« Hannah streifte den Overall ab, erleichtert darüber, nicht länger in der lästigen zweiten Haut gefangen zu sein.

Çetin hielt ihr die Hand entgegen und deutete mit einem Zucken der Finger eine Gib-her-Geste an.

»Was?«, fragte sie irritiert.

»Einen Zwanziger für den Pizzadienst, den rufe ich jetzt an, damit die Kollegen motiviert bleiben.«

Sie lachte. »Überredet, das haben sie sich redlich verdient.«

Sie griff nach ihrem Portemonnaie und zog einen Zwanzigeuroschein heraus. »Du aber auch«, verlangte sie grinsend von ihrem Kollegen.

»Ehrensache«, erwiderte er und zog seine Börse aus der hinteren Hosentasche.

Während Çetin noch einmal die Kellertreppen hinunterging, wartete die Kommissarin im Flur und überdachte, was die gefundenen Blutspuren bedeuten konnten. Ein weiteres Verbrechen, das nie entdeckt und zur Anzeige gebracht wurde? Oder nur ein Zwischenfall, dessen Spuren aufgewischt worden waren und der für ihren Fall ohne Relevanz blieb? Mit Mutmaßungen kam sie keinen Schritt voran. Sie musste die Ergebnisse der Laboruntersuchungen abwarten.

»Die Kollegen bedanken sich höflich, dass ihre lange Nacht im Keller durch unsere Pizzaspende aufgewertet wurde. Wenigstens können wir davon ausgehen, dass sie nicht wegen drohenden Verhungerns aufgeben und wichtige Details übersehen. Das ist doch schon mal was, oder?«, erklärte Çetin grinsend.

»Auf jeden Fall. Aber nun lass uns fahren. Die Familie Lewalter hat ein Recht darauf zu erfahren, was mit Tim passiert ist.«

Ihr Kollege nickte zustimmend und stieg nun ebenfalls aus dem Overall.

13. März 2014, Wilhelm-Sturmfels-Straße

Als Josef Mitheimer zurück ins Wohnzimmer kam, saß Hardy vor einer Tasse dampfenden Kaffees.
»Möchten Sie auch einen?«, fragte die Freundin des Bruders und hob die Thermoskanne, die sie noch in den Händen hielt.
»Nein, vielen Dank. Aber wenn Sie mir bitte ein Wasser bringen könnten?«
»Klar«, erwiderte sie und verschwand in die Küche.
»Die Kollegen, die mit der Leiche im Canadian Club betraut sind, erwarten Sie nachher auf dem Revier. Bevor ich Sie dorthin begleite, möchte ich nochmals auf den Inhalt des Tagebuches zurückkommen, Herr Zeman. Versuchen Sie bis dahin bitte, nicht an Tim Lewalter zu denken. Das besprechen wir später. Ich weiß, dass es schwer ist. Trotzdem muss ich noch einmal auf unseren eigentlichen Grund kommen, Sie sprechen zu wollen.«
Mitheimer zeigte auf Hardy, der gerade versuchte, einen Schluck Kaffee zu trinken, ohne sich den Mund zu verbrühen.
»Es geht wie gesagt um das Tagebuch, dass Sie vorm Revier abgelegt haben. Woher genau stammt es? Haben Sie beobachtet, wo Tim es entdeckt hat?«
»Nein. Als ich in eintrat, steckte er es bereits in die Jackentasche. Ich vermute allerdings, dass er es irgendwo da unten gefunden hat.«
»In Ordnung. Ich gehe davon aus, dass Sie in den Eintragungen gelesen haben?«
Boris nickte. »Klar, sonst wäre es ohne Umwege im Mülleimer gelandet. Doch als ich auf die Entführung stieß, wusste ich, dass ich ein echt heißes Eisen in den Händen halte. Zuerst wollte ich es einfach verbrennen, mich gänzlich aus der Sache raushalten. Allerdings regte sich dabei mein schlechtes Gewissen und ich ließ es bleiben.«
»Unser Glück«, wandte Josef Mitheimer ein.
»Ich erkannte die Möglichkeit, etwas Unrechtes mit einer guten Tat ein wenig abzumildern. Ob mir das später was bringt, wage ich nicht zu beurteilen.« Er wies nach

oben in Richtung Zimmerdecke. »Aber einen Versuch war es allemal wert.« Er bekreuzigte sich mit geschlossenen Augen und atmete einige Male tief durch.

»Darüber kann und will ich kein Urteil abgeben, Herr Zeman«, erklärte Mitheimer und versuchte, seine Überraschung über das Verhalten des Befragten zu verbergen. »Mich interessiert, ob Sie aus dem Text Rückschlüsse auf den Verfasser ziehen konnten. Kam Ihnen etwas bekannt vor, zum Beispiel die Namenskürzel?«

»Nein. Zum Glück, möchte ich sagen. Ich habe jede Menge Freunde, die schlimme Dinge anstellen, mich selbst eingeschlossen. Aber Entführung gehört nicht dazu.«

Hardy erbebte. *Was bildet der Kerl sich ein? Schlägt einen Mann nieder und lässt ihn achtlos liegen, ohne die Rettung zu rufen. Und dann macht der Typ einen auf So-etwas-tue-ich-niemals? Einfach nur zum Kotzen.* Ihm war jedoch klar, dass er die Beherrschung nicht verlieren durfte, wenn er an mehr Informationen von Boris Zeman gelangen wollte. Weshalb er einen weiteren Schluck Kaffee trank und Josef Mitheimer das Gespräch überließ.

»Keine Idee, wer das verfasst haben könnte?«

»Wie gesagt, von meiner Truppe kommt da niemand in Frage. Können Sie da nichts mit der Schrift machen? Graphologische Untersuchungen, so was in der Art?«

»Das läge im Bereich des Möglichen. Leider nutzt es uns wenig, wenn wir kein Schriftstück zur Gegenprobe haben.«

Boris nickte zustimmend. »Leuchtet ein.«

»Woher wissen Sie von diesem Verfahren?«, fragte Hardy dazwischen.

»Ich schaue mir gern Kriminaldokumentationen an. Da machen die öfter solche Sachen.«

»Verstehe. Falls Sie sonst nichts mehr zum Inhalt des Tagebuches und dem Verfasser wissen, wird mein Kollege Sie zum Präsidium fahren«, erklärte Mitheimer und stand auf. »Oder haben Sie doch eine Vermutung?«

Zeman hob die rechte Hand zum Schwur. »So wahr mir Gott helfe, dahingehend kann ich Ihnen keinen Millimeter weiterhelfen.«

13. März 2014, Familie Lewalter, Rüsselsheim

Hannah und Çetin standen auf dem Bürgersteig vor dem Haus der Eltern von Tim Lewalter. Die Kommissarin straffte den Rücken.
»Ich übernehme das, wenn es in Ordnung ist?«
»Liebend gerne. Ich habe jetzt schon einen Kloß im Hals.«
»Geht mir ebenso, aber leider gehört dieser Teil unserer Arbeit eben auch dazu. Gib mir noch eine Minute, ich muss meine Worte sortieren.«
Sie atmete tief ein und aus, zog ihr Smartphone aus der Tasche und ließ das Foto, das für die Presse geschossen worden war, auf dem Display erscheinen.
»Okay«, sagte sie mehr zu sich selbst und drückte den Klingelknopf.
Ein Summer ertönte und sie öffnete das Tor. Eine Frau mit grauem Lockenkopf trat ihnen im Hof entgegen. Sie war schlank, erschien sportlich und lächelte freundlich. Eine Gänsehaut lief über den gesamten Körper der Kommissarin.
Verdammt, sie hat keine Ahnung, warum wir hier sind, und ich werde ihr gleich das Herz brechen.
Hannah räusperte sich mehrmals im Versuch, ihrer Stimme einen festen Klang zu geben.
»Frau Lewalter?«, fragte sie und zeigte ihren Dienstausweis.
»Ja«, erwiderte die Mutter, während ihre Gesichtsfarbe aschfahl wurde.
»Mein Name ist Hannah Bindhoffer und das ist Çetin Alkan. Können wir hineingehen?«
Frau Lewalter nickte und lief zurück zum Haus. In der Küche saß ein Mann am Esstisch und sah überrascht auf, als seine Frau mit den Beamten eintrat.
»Sie kommen von der Polizei«, presste die Frau mit brüchiger Stimme heraus. »Nehmen Sie bitte Platz.«
»Es geht um Ihren Sohn Tim«, erklärte Hannah und setzte sich.
»Hat er was ausgefressen?«, fragte der Vater misstrauisch.

Çetin schüttelte den Kopf und wartete darauf, dass seine Kollegin das Wort ergriff. Einen langen Moment herrschte Schweigen, bevor Hannah traurig erklärte, warum sie gekommen waren.

Frau Lewalter presste die Hände vors Gesicht und begann laut zu schluchzen. Der Vater wirkte wie versteinert.

»Sind Sie sicher?«, fragte er. »Tim ist doch gar nicht in der Stadt gewesen. Er wollte nach Dienstschluss mit ein paar Kumpels eine Kurzreise unternehmen und sich Belgien ansehen. Da muss eine Verwechslung vorliegen.«

Die Kommissarin zeigte ihm das Foto auf dem Display ihres Handys. »Ist er das?«

Herr Lewalters Augen weiteten sich, als er erkannte, was und wen er auf dem Bild sah. Taumelnd sprang er vom Stuhl auf und lief aus dem Zimmer.

»Herr Lewalter«, rief Çetin und folgte ihm.

»Lassen Sie ihm einen Moment«, bat die Mutter leise und wischte mit dem Handrücken die Tränen aus ihrem Gesicht. »Er kommt gleich zurück. Würden Sie es mir auch zeigen?«

Die Kommissarin sah sie fest an. »Sind Sie sicher?«

Sie nickte. »Ich muss Gewissheit haben.«

Als sie auf das Foto des Sohnes blickte, spiegelte ihr Gesicht Trauer, Entsetzen, Ungläubigkeit und tiefste Liebe zu ihrem Kind wider. Hannahs Schutzmechanismen, die sie sich für solche Situationen mühsam aufgebaut hatte, drohten beim Anblick der Mutter zu versagen. Sie schluckte beklommen.

»Frau Lewalter, fühlen Sie sich in der Lage, mir ein paar kurze Fragen zu beantworten?«

»Ich will es versuchen«, erwiderte sie tonlos und zog ein Taschentuch aus einer Box auf dem Tisch.

»Tim wollte verreisen? Wie lange plante er, unterwegs zu sein?«

»Die gesamte Woche. Die Jungs hatten verabredet, sich nach dem Spätdienst ins Auto zu setzen und loszufahren. Als Sie geklingelt haben, dachte ich, sie hätten einen Unfall gehabt und mein Tim läge im Krankenhaus. Nun wünschte ich, dass es so wäre und alles in Ordnung kommt.« Sie weinte tonlos, während sie sprach. »Was ist mit dem Rest der Truppe? Geht es ihnen gut?«

Die Kommissarin zuckte die Schultern. »Wir wissen nicht, was mit den jungen Männern ist, mit denen Ihr Sohn verreisen wollte.«

»Ich muss Robins Mutter anrufen.« Sie sprang auf und lief zum Telefon.

»Warten Sie damit bitte noch einen Augenblick? Frau Lewalter, Tim hat die Stadt vermutlich nicht verlassen. Wir fanden ihn im Keller des alten Tanzklubs.«

»Im Candy?«

Hannah nickte mitfühlend. »Ich könnte mir vorstellen, dass er Ihnen nur erzählt hat, dass er verreist.«

»Nein. Weshalb sollte er das tun?«

»Vielleicht hat er jemanden kennengelernt und wollte sich unten im Keller mit dieser Person treffen?«

Hannah unterließ es zunächst, die Mutter des Verstorbenen darüber in Kenntnis zu setzen, dass Tim Lewalter in eine kriminelle Aktion involviert gewesen war und einer seiner Kumpane die Tat gestanden hatte. Dafür blieb noch genügend Zeit, wenn die Mutter ein wenig Abstand zur Nachricht vom Tod ihres Sohnes erlangt hatte.

»Ich würde mich gerne im Zimmer von Tim umsehen und eine DNA-Probe für den endgültigen Abgleich mitnehmen.«

»Gleich hier.« Frau Lewalter zeigte auf eine geschlossene Zimmertür. »Aber das können Sie sich sparen. Ich bin sicher, dass es Tim ist.«

»Die Dienstverordnung sieht das als notwendig an«, erklärte Hannah. »Lebte Tim immer bei Ihnen?«, fragte sie und blieb stehen. Bevor sie das Zimmer des Opfers betrat, wollte sie über weitere Informationen zur Person verfügen.

»Nein«, antwortete Frau Lewalter. »Über viele Jahre lebte er mit seiner Verlobten zusammen. Als die Beziehung in die Brüche ging, kam er in sein altes Zimmer hier zurück. Das muss etwa zwei Jahre her sein. Für August hatte er eine große Party zu seinem siebenundvierzigsten Geburtstag geplant. Dachten Sie wirklich, er wohnt schon so lange in seinem Elternhaus?«

»Na ja, so etwas gibt es durchaus.«

»Sie sehen sicher so einiges, aber mein Sohn war kein Muttersöhnchen.«

Die Kommissarin zeigte auf die Zimmertür. »Darf ich?«

»Nur zu«, antwortete Frau Lewalter und tippte eine Nummer im Telefon ein. »Ich komme gleich nach. Ich möchte erfahren, ob Robin zu Hause ist oder doch in Belgien.«

Hannah betrat das Zimmer, nahm einen Kamm, die auf dem Nachttisch neben dem Bett lag, und steckte sie in einen Beweismittelbeutel. Dann ließ sie einen kurzen Blick durch den Raum gleiten. Ein Schlafzimmer ohne viel Schnickschnack, praktisch und nahezu schmucklos. Lediglich ein Konzertposter der Gruppe OneRepublic zierte eine der Wände. Sie hörte, dass Çetin und Herr Lewalter zurück in die Küche kamen. Nachdem sie in den Kleiderschrank und die Schubladen des Schreibtisches geschaut hatte, verließ sie den Raum.

»Wann können wir Tim sehen?«, fragte der Vater Çetin gerade.

»Die Untersuchungen sind nahezu abgeschlossen. Der Rechtsmediziner wird den Leichnam Ihres Sohnes nun für die Abholung durch ein Bestattungsinstitut freigeben. Wenn Sie möchten, rufe ich dort an und sage ihm, welches Unternehmen Sie bevorzugen.«

»Oh Gott«, schluchzte Herr Lewalter auf. »Wir sollen jemanden beauftragen, die Leiche unseres Kindes abzuholen und in einen Sarg zu stecken? Das ist unmenschlich. Wir wissen seit einer halben Stunde, dass wir Tim nie wieder in den Arm nehmen werden. Ich kann nicht klar denken, verstehen Sie?«

Hannah nickte. »Falls es Ihnen recht ist, überlassen Sie die Entscheidung einfach dem Rechtsmediziner. Ich weiß, dass das für Sie im Augenblick keine Rolle spielt. Für ihn gehört das leider zum Alltag, und er weiß, auf wen man sich verlassen kann. Wenn es für Sie in Ordnung ist, komme ich später zurück und fahre Sie zu Doktor Winterherbst ins Institut. Bis dahin haben Sie beide noch eine Weile für sich und können gemeinsam besprechen, was Sie für Tim möchten.«

»Danke«, erwiderte Frau Lewalter, die ihr tränennasses Gesicht erneut mit einem Taschentuch trocknete.

Hannah konnte nicht gegen ihr Bedürfnis ankämpfen, die Mutter des Opfers für einen kurzen Augenblick in die Arme zu schließen. Erst als Çetin ein rasches, aber deutlich vernehmliches Räuspern verlauten ließ, trat sie zurück.

»Wir melden uns bei Ihnen«, erklärte der Kommissar mit belegter Stimme und streckte Herrn Lewalter die Hand entgegen. »Es tut mir leid.«
Der Vater nickte und begleitete die Beamten zur Tür.

»Sie sind völlig am Boden«, stellte Hannah traurig fest, als sie wieder vor der Eingangstür standen. »Auch wenn ich keine Kinder habe, wirft es mich jedes Mal um, Eltern so etwas mitteilen zu müssen. Es ist einfach nur grauenvoll. Vermutlich kann ich mir nicht einmal ein winziges Stück des Schmerzes ausmalen, und trotzdem fühle ich mit. Diese Augen der Betroffenen, die in dem Moment glanzlos und müde werden, wenn sie die Mitteilung erhalten. Weißt du, was ich meine, Çetin? Man bekommt den Eindruck, als würde das Leben aus dem Körper der Eltern herausfließen.« Sie nickte zurück in Richtung Haus. »Die beiden wären bereit, das eigene Todesurteil zu unterzeichnen, wenn sie dadurch das Weiterleben ihres Sohnes ermöglichen könnten.«
»Klar, die meisten Väter und Mütter täten das.«
»Der Moment, wenn sie begreifen, dass sie für immer voneinander getrennt sind und sich nie wiedersehen. Alle reagieren da völlig unterschiedlich«, sprach Hannah nachdenklich weiter. »Ehrlich gesagt sind mir diejenigen am liebsten, die ihre Trauer in Wut ummünzen und auf uns losgehen. Damit kann ich umgehen und versuchen, sie zu beruhigen. Tims Mutter hingegen, der man ansah, dass ihr Leben von der einen zur anderen Sekunde nutzlos geworden war, stehe ich ziemlich hilflos gegenüber. Man möchte trösten, aber es gibt nichts, was hilfreich ist.«
»Schlimme Sache, da hast du absolut Recht«, entgegnete Çetin. »Sein Vater leidet genauso. Er konnte auf dem Hof kein Wort sagen und weinte so sehr, dass ich Mühe hatte, ihn zu beruhigen. Leider werden dich solche Situationen noch dein ganzes Dienstleben über begleiten.«
»Ich weiß, und das macht es nicht besser. Ab und an zweifle ich an meiner Fähigkeit, eine gute Polizistin zu sein. Und falls du jetzt etwas zu der Umarmung von eben sagen musst, nur zu. Allerdings möchte ich bemerken, dass mir völlig klar ist, dass ich irrational gehandelt habe. Aber wenn mir danach ist, nehme ich diese Menschen einfach mal in den Arm.«

»Mir liegt es fern, dir eine Standpauke zu halten. Im Gegenteil, ich finde, ein bisschen Mitgefühl und Menschlichkeit gehört zu unserem Job. Schließlich holen wir aus solchen tragischen Ereignissen die Energie, den Fall voranzutreiben und zu lösen. Das ist die einzige Möglichkeit, um den Hinterbliebenen ein wenig Trost zu spenden.«
Hannah wischte sich mit ihrem Handrücken über die Augen, die in Tränen schwammen, und bedankte sich bei ihrem Kollegen für sein Verständnis.
»Wir sind Menschen«, antwortete dieser mit besorgtem Gesichtsausdruck. »Versprich mir, dass du dir nicht abgewöhnst, so zu reagieren. Das ist richtig und auf keinen Fall ein Fehler. Bedenke doch einmal, wie schäbig ich mich verhalten habe. Unterstelle den Eltern, dass sie lieblos sind und sich keine Sorgen um ihr Kind machen. Du hattest Recht, ich sollte meine Klappe halten, bis ich die Fakten kenne.«
»Ach, Çetin, denk nicht mehr daran. Sicher stimmt das, was du sagst, aber wie hast du vor einer Minute noch festgestellt? Wir sind alle nur Menschen.«
»Zum Glück, und alle mit Ecken und Kanten. Lass uns aufs Revier fahren. Ich vermute, dass Hardy schon zurück ist, und bin froh, dass wir von diesem traurigen Ort abhauen können.« Hannah nickte zustimmend.

13. März 2014, Polizeipräsidium

Die Bürotür im Präsidium öffnete sich und Hardy trat gemeinsam mit Boris Zeman ein. Er stellte den Mann seinen Kollegen vor, und bat ihn Platz zu nehmen.
»Darf ich dabei bleiben?«, fragte er, den Blick in Hannahs Richtung gewandt. Die Kommissarin nickte zustimmend.
»Herr Zeman«, eröffnete sie die Befragung, »ich muss Sie darüber aufklären, dass Sie im Verdacht stehen, für den Tod von Tim Lewalter verantwortlich zu sein. Mein Vorgesetzter hat mir bereits mitgeteilt, dass Sie keineswegs vorsätzlich gehandelt haben. Trotzdem steht die von Ihnen begangene Körperverletzung im Zusammenhang mit der tödlichen Schädelfraktur Ihres Freundes. Auch die unterlassene Hilfeleistung kann und will ich nicht außer Acht lassen.«
Boris senkte den Kopf und murmelte verlegen: »Ich weiß, dass ich schuldig bin, und werde versuchen, Ihnen alles lückenlos zu erzählen.«
»Das macht es erheblich leichter für uns. Sind Sie einverstanden, wenn ich die Befragung aufzeichne?«
Zeman nickte zustimmend und Hannah begann, Datum und Uhrzeit sowie den Namen des Befragten auf das Band zu sprechen.
»Ich bitte Sie, den Ablauf des Abends vom 10. März nochmals genau zu beschreiben. Lassen Sie nichts aus und versuchen Sie, sich an alles zu erinnern.«
Boris Zeman berichtete, wie er mit seinen Kumpanen in den Canadian Club gegangen war, um die Hehlerware abzuholen. Dass es zu einer kleineren Auseinandersetzung wegen der Menge des Diebesgutes gekommen war und wie er Tim dabei beobachtet hatte, als dieser das Tagebuch heimlich einstecken wollte.
»Ich dachte zuerst, dass er etwas mehr einsteckt, als ihm zusteht. Doch dann sah ich, dass es nur dieses Buch war. Keine Ahnung, warum ich derart heftig reagierte, als er sich weigerte, es dort zu lassen. Wahrscheinlich sind mir die Gäule durchgegangen, weil die Stimmung eh mies war.«
Hannah nickte. »Okay, so weit ist alles klar. Sie stritten also und Tim muckte gegen Ihren Befehl auf, das Buch zurückzulassen?«

»Genau. Ich wollte ihm zeigen, wer das Sagen hat, und verhindern, dass an diesem Abend alles aus dem Ruder läuft. Hab einfach ausgeholt und zugeschlagen.« Er hielt einen Moment inne und schaute nach unten. »Als er mit dem Kopf aufschlug, ahnte ich, dass etwas Furchtbares passiert war. Ich konnte seinen Puls nirgends fühlen und war davon überzeugt, dass er tot ist. Sonst hätte ich doch ...«

Das Telefon auf Hannahs Schreibtisch klingelte. Sie stoppte die Bandaufnahme und nahm das Gespräch entgegen.

»Danke für die Info. Ich sehe nach und gebe es gleich weiter«, erklärte sie, nachdem sie eine Weile gelauscht hatte. Sie legte auf, kramte ihr Smartphone aus der Tasche, drückte einige Male und scrollte dann über den Bildschirm.

»Was gibt es?«, wollte Çetin wissen.

»Die Pressemitteilung ist doch bereits rausgegangen, zumindest online, und brachte interessante Hinweise. Mehrere Anrufer gaben an, das Opfer zu kennen, und identifizierten ihn als Tim Lewalter. Eine Frau schickte uns zur Bekräftigung ihrer Aussage ein altes Foto.« Sie hielt ihr Handydisplay in Richtung der Kollegen. »Das Mädchen auf der Aufnahme ist vermutlich die Anruferin, aber werft mal einen Blick auf den Mann daneben.«

Die Kommissare standen auf und gingen näher an das Bild heran.

»Das ist doch Matthias Glockner, oder?«, rief Çetin verwundert aus und pfiff durch die Zähne.

»Hundertprozentig. Und wenn ich mir das Foto ansehe, schaut es so aus, als sei es zu einem späteren Zeitraum aufgenommen worden als das Bild von seinem Cousin. Am besten, du machst dich auf dem Weg zu der Frau und überprüfst, wie gut sie Glockner kannte und ob sie eine Ahnung hat, wo er sich aufhält.«

»Sie suchen nach Matthias?«, fragte Boris Zeman in die Erläuterungen von Hannah hinein.

»Ja, warum?«, riefen alle anwesenden Beamten aus. »Kennen Sie ihn?«

»Er ging früher mit mir zur Schule, allerdings drei Jahrgänge über mir. Komischer Typ, war immerzu damit beschäftigt, gut auszusehen und mit Kohle um sich zu werfen. Warum, das steht in den Sternen, ich habe es nie begriffen. Den Mädels wollte er nämlich nicht imponieren. Zumindest weiß ich von keiner Freundin in all den Jahren. Ich vermute, der steht auf ganz andere Dinge.«

Die Kommissarin blickte ihre Kollegen an und wusste, dass sie das Gleiche dachten.

»Wissen Sie, wo er jetzt ist?«

»Nein. Ich habe ihn vor Ewigkeiten das letzte Mal gesehen, als er uns in seinen Camper am Hegbachsee eingeladen hat. Tim war damals auch mit dort und wollte recht bald nach Hause, weil Matthias sich absolut komisch verhielt.«

»Inwiefern?«

»Na ja. Glockner grapschte gerne. Tims Hintern hatte es ihm besonders angetan.«

Er verstummte. Hardy vermutete, dass ihm wieder bewusst geworden war, dass Tim nicht mehr lebte. Der Kommissar zeigte Zeman das Bild auf dem Handy. Dieser nickte und für einen kurzen Augenblick lächelte er.

»Das muss im Sommer vorm Candy sein. Anette stieß zu jener Zeit zu unserer Clique, weil sie die neue Freundin von Tim war. Nettes Mädel, leider hielt die Freundschaft zwischen den beiden nicht besonders lange.«

»Wann war das circa?«, wollte Hannah wissen.

»Anfang der Achtziger.« Zeman deutete auf das Foto. »Die Schulterpolster sprechen Bände. Tim, unser Küken, muss etwa fünfzehn gewesen sein.«

»Meinen Sie, dass diese Anette weiß, wo Matthias Glockner sich heute aufhält?«, hakte Hardy nach.

»Gut möglich, dass die beiden noch in Kontakt standen, nachdem die Beziehung zu Tim in die Brüche ging. Aber mit Sicherheit kann ich Ihnen das nicht sagen. Wie ich schon sagte, Mädels waren kein Steckenpferd von Glockner.«

»Ich fahre zu ihr«, antwortete Hardy. »Kennen Sie den Nachnamen der Frau?«

»Falls sie unverheiratet ist, heißt sie Müller.«

Hardy atmete stöhnend aus. »Exklusiver geht's kaum. Wissen Sie, wo sie wohnt?«

»Damals noch in der Innenstadt, in der Nähe vom Rex-Kino.«

»Also Waldstraße?«

Zeman nickte zustimmend.

»Alles weist auf diesen Matthias hin, und ich will endlich mit ihm sprechen. Das kann doch kein Zufall mehr sein. Hoffentlich hat der Beamte am Telefon ihre Daten aufgenommen und ich muss nicht sämtliche Müllers der Stadt abklappern«, sagte Hardy.

»Mensch, Hardy, trau deinen Kollegen ein bisschen mehr zu«, forderte Hannah ihn auf. »Fast niemand hier im Revier hat diesen liebenswerten Hang zum Vergessen und Übersehen von zentralen Informationen.« Sie lächelte schelmisch. »Spontan fällt mir sogar nur ein Einziger ein.«

»Soll ich dich begleiten?«, wollte Çetin wissen.

»Nein, nicht nötig. Wenn ich dort fertig bin, mache ich Feierabend und ihr beide solltet auch langsam mal daran denken. Bis morgen.« Jens Hartmann winkte kurz und verließ eilig das Büro.

»Viel Erfolg«, rief Hannah ihm hinterher. Sie schaute zu Boris Zeman. »Kommen wir zurück zu Ihrem Fall. Was unternahmen Sie und Ihre Kumpane, nachdem Sie den Canadian Club verlassen hatten?«

»Und noch wesentlicher, wer sind die Kerle, die mit Ihnen die Autoteile abgeholt haben?«, fragte Çetin und bedeutete Hannah mit einer Kopfbewegung, den Rekorder wieder einzuschalten.

»Ich kann keine Namen nennen, ehrlich, Mann. Mit dem Tod von Tim hat niemand meiner Kumpels etwas zu schaffen. Lassen Sie sie aus dem Spiel, bitte!«

»Das können wir nicht«, erklärte Hannah mit kühler Stimme. »Genau wie Sie selbst haben sie sich wegen Hehlerei und auch im Zusammenhang mit der unterlassenen Hilfeleistung der Justiz zu stellen. Mir ist klar, dass Sie hier ungern das Vöglein mimen und etwas ausplaudern wollen. Wer verpfeift schon gerne seine Kameraden? Bedenken Sie dabei aber bitte, wie Ihre Kollegen handeln würden, wenn sie in Ihrer Haut steckten. Ob die Herren ebenfalls alles auf sich nähmen, um Ihren Arsch aus der Schusslinie zu retten? Ehrlich gesagt halte ich das für ausgeschlossen.«

Boris Zeman schwieg und sah Hannah mit schockiertem Gesichtsausdruck an.

»Was ist los? Haben Sie gedacht, einer Polizistin kommen die Worte Arsch und Scheiße nicht über die Lippen? Tja, da muss ich Sie enttäuschen. Wenn die Kacke am Dampfen ist, nehme ich mir das Recht heraus, das mit entsprechenden Ausdrücken beim Namen zu nennen. Und Sie stecken ordentlich in Schwierigkeiten. Man kann den Dreck, aus dem Sie sich momentan herausreden wollen, deutlich riechen. Warum soll man da nicht mal laut Scheiße sagen dürfen?«

Çetin hob erstaunt die Brauen, während Zeman zustimmend nickte.

»Das Band läuft mit, Hannah«, erinnerte ihr Kollege sie.

»Egal, wir können es ja nachher schneiden lassen, falls es vor Gericht von Belang sein sollte. Unsere Techniker erledigen das gern für mich.« Sie grinste entschuldigend. »Zurück zu Ihnen, Herr Zeman. Mein Boss erklärte mir vorhin, dass er den Tod von Tim Lewalter eher in die Kategorie Totschlag ohne Vorsatz einordnet. Falls Sie bereit sind, uns mit den Namen der Mittäter zu helfen, könnte das bei der Urteilsfindung einen weiteren Pluspunkt für Sie darstellen. Wie sieht es aus?«

Der Befragte stellte beide Ellenbogen auf den Schreibtisch, stützte seinen Kopf auf die geballten Fäuste und schwieg eine lange Weile.

»Nein«, rief er entschlossen, als Hannah bereits überlegte, ob sie die Frage wiederholen sollte. »Ich kann das nicht machen. Lochen Sie mich für das ein, was passiert ist. Ich bekomme mein Leben ohnehin nicht mehr in den Griff. Was macht es da für einen Unterschied, ob ich im Knast bin oder in Freiheit? Ich bereue zutiefst, was mit Tim geschehen ist, und werde dafür geradestehen. Für das bisschen Hehlerware und die Personen, die damit in Verbindung stehen, müssen Ihre Kollegen nur die Fühler in die richtige Richtung ausstrecken. Ich glaube nicht, dass die Jungs mit diesem lohnenden Geschäft aufhören, nur weil einer ihrer Kumpels erwischt worden ist. Lassen Sie den Club und das Opelwerk beobachten. Befragen Sie Personen, deren Anstellung es ermöglicht, das Zeug aus dem Werk zu schaffen. Ich wette, es dauert keinen Monat, bis Sie alle involvierten Typen ausfindig gemacht haben. Nur der Kerl hinter der Logistik wird ein harter Brocken sein.«

Er griff in die Jackentasche und legte sein Handy auf den Schreibtisch.

»Hier, das gebe ich Ihnen schon einmal. In den nächsten Tagen werde ich es kaum benötigen. Ich möchte gerne in meine Zelle, wenn Sie keine weiteren Fragen an mich haben. Ruhe, um Zeit zum Nachdenken und Beten zu haben, ist alles, was ich mir im Augenblick wünsche.«

Hannah drückte die Stopptaste am Aufnahmegerät und lächelte Herrn Zeman aufmunternd zu. »Es tut gut zu erfahren, dass Sie mit Ihrem Handeln hadern und Reue zeigen. Das erleben wir hier nicht allzu oft. Zumindest fast nie so, dass wir den Worten Glauben schenken könnten. Ich informiere die Kollegen, dass sie Sie in Untersuchungshaft nehmen sollen. Tun Sie mir den Gefallen und denken Sie noch einmal in Ruhe darüber nach, was ich Ihnen vorhin ans Herz gelegt habe. Insbesondere deshalb, weil Sie selbst der Meinung sind, dass wir Ihre Mittäter ohnehin, und auch ohne Ihre Informationen, fassen werden. Eine Mitarbeit brächte auf jeden Fall Haftmilderung für Sie, und so rundheraus schlecht, wie Sie sich beschreiben, sind Sie nicht.«

»Da könnten Sie irren«, erwiderte Boris Zeman mit tränenfeuchten Augen. »Ich nehme mir immerzu vor, dass ich ab jetzt keine furchtbaren Dinge mehr anstelle. Glaube in dem Augenblick fest daran und merke bereits Stunden später, dass ich meine guten Vorsätze wieder einmal über Bord geworfen habe.«

»Dieses Verhalten teilen Sie mit mehr als der Hälfte der Menschheit. Nicht unbedingt, was die kriminellen Aktionen betrifft, aber sonst kommt mir das alles äußerst bekannt vor. Etwas im Leben zu ändern, ist leichter gesagt als getan. Denken Sie einfach noch einmal über Ihre Entscheidung nach«, bat die Kommissarin. Sie griff zum Hörer, um einem Kollegen die Überbringung von Boris Zeman in Untersuchungshaft in Auftrag zu geben.

Als die beiden Kommissare allein im Büro waren, schüttelte Hannah resigniert den Kopf. »Schade um ihn. Ich denke, im Grunde ist er kein übler Kerl.«

»Ganz deiner Meinung. Aber niemand kann verhindern, dass auch gute Menschen miese Entscheidungen treffen. Vielleicht findet er in Haft einen Ansprechpartner, der ihm ...« Die Tür öffnete sich und Hardy kam zurück ins Büro. »Die Frau auf dem Foto kommt gleich her. Ich wusste nicht, dass der Kollege sie hierher beordert hat.«

»Prima, so hast du einen Weg gespart. Ich bin todmüde und streiche die Segel für heute. Wie sieht es mit dir aus, Çetin?«

»Sehr gerne. Mir tut alles weh und eine heiße Dusche wäre ein Traum.«

28. August 1985, Alina

Sie ging auf dem Gehweg Richtung Mainufer, als das Auto mit dem Wohnwagenanhänger an ihr vorbeifuhr und den Parkplatz ansteuerte. Zunächst glaubte sie, Gespenster zu sehen, und wischte sich über die Augen. Christopher? Kein Zweifel. Sie lief hinterher und versuchte, unsichtbar zu bleiben. Dicht an die Hauswand gepresst, lugte sie um die Ecke und überschaute das Gelände. Weiter hinten stand der Wohnwagen, den sie nun zweifelsfrei erkannte.
Matthias kam direkt auf sie zu. Der Schirm einer Baseballkappe, die er tief hinuntergezogen hatte, verdeckte sein Gesicht. Sie ging in die Hocke und tat so, als müsste sie ihre Schnürsenkel binden, bis er an ihr vorbeigegangen war. Er schien sie nicht bemerkt zu haben und eilte rasch vorüber. Sie hastete zum Parkplatz und schaute ins Auto. Leer. Niemand saß auf dem Beifahrersitz. Weiterhin an ihrem Verstand zweifelnd, huschte sie zum angehängten Wohnwagen und klopfte an die Tür.
»Christopher?«
Keine Antwort. Auf Zehenspitzen sah sie durch ein kleines Fenster an der Seite des Fahrzeuges und schrie entsetzt auf. Das völlig abgemagerte Gesicht ihres Bruders starrte sie teilnahmslos an. Sie ruderte mit den Armen und bedeutete ihm, die Tür zu öffnen. Der Junge blieb regungslos sitzen und schien mit stumpfen Augen durch sie hindurchzublicken.
»Lass mich rein«, rief sie und hämmerte an die Seitenwand des Wohnwagens. Keine Reaktion.
»Dieses elende Schwein. Warte hier und rühr dich nicht von der Stelle. Ich werde ihn schnappen. Bleib einfach hier, Christopher, okay?«
Ihr Bruder starrte weiter aus dem Fenster auf sie hinunter. Sie rüttelte verzweifelt an der verschlossenen Tür und schlug mehrmals hintereinander zornig gegen die Wand des Wohnwagens. In ihrem Kopf wirbelten die Gedanken durcheinander, und sie kam kurz in die Versuchung, einfach zu verschwinden, um ihre Mutter zu Hilfe zu holen.

Ich darf keine Zeit verlieren, feuerte sie sich an und kämpfte gegen das überwältigende Gefühl von Angst und Entsetzen. *Warum macht er das? Was, wenn er mich auch überwältigt und mitnimmt? Mama würde nie davon erfahren.*
Christophers Gesicht erschien im Fenster des Wohnwagens. Sein leerer Blick, der sie übersah oder ihre Anwesenheit einfach ignorierte, brachte Alina die nötige Kraft, um zu handeln. Sie rannte zurück in die Richtung, aus der sie gekommen war.

14. März 2014, Hannahs Wohnung

In eine Decke eingewickelt saß die Kommissarin auf ihrem Sofa und ließ die Ereignisse des Tages Revue passieren, während sie eine Tiefkühlpizza hinunterschlang. Hardy hatte völlig Recht, der Name Matthias Glockner tauchte im Zuge ihrer Ermittlungen zu oft auf, um Zufall sein zu können.
Ärgerlich, dass Herr Reber bisher nicht auf die Fotografie des Mannes reagiert.
Sie überlegte, wie sie und ihr Kollege einen zweiten Versuch mit dem Zeugen gestalten konnten, um Ergebnisse zu erzielen. Doch selbst wenn Hartmut Reber Glockner als Täter erkannte und das auch aussprach, blieb die Frage nach Glockners jetzigem Aufenthaltsort offen. Seit Christophers Verschwinden hatte ihn niemand gesprochen oder gesehen. Diese Tatsache bestärkte Hannah in der Annahme, dass er mit dem Fall zu tun haben musste. Sie hoffte, dass Hardy beim Gespräch mit Frau Müller mehr erfuhr.
Ansonsten sollten wir Glockner per Presseaufruf suchen lassen. Sie lächelte bei dem Gedanken, dass die Redakteure die Hände über dem Kopf zusammenschlagen und ihre Kompetenz in Frage stellen würden, wenn sie morgen erneut eine Mitteilung der Polizei in ihrem E-Mail-Eingang entdeckten.
Das Klingeln des Smartphones riss sie aus ihren Überlegungen. Nach einem Blick auf das Display wusste sie, dass Doktor Winterherbst versuchte, sie zu erreichen. Mit klopfendem Herzen wartete sie darauf, dass der Rufton verstummte. Dabei schalt sie sich selbst für ihre Feigheit, das Gespräch entgegenzunehmen. Was, wenn er nur anrief, weil er neue Ergebnisse für sie hatte, und nicht, um sie einzuladen?
Sie kontrollierte, ob er eine Nachricht auf der Mailbox hinterlassen hatte. Fehlanzeige. Nach kurzem Ringen mit sich selbst drückte sie auf die Rückruftaste. Der Doktor war sofort in der Leitung.
»Hallo, Hannah, wie schön, dass du zurückrufst.«
»Klar. Sorry, dass ich nicht gleich rangegangen bin, ich war am Kochen.«
Himmel, warum schwindelte sie ihn an?

»Prima, was gibt's zu essen?«

»Nur eine Pasta«, antwortete sie und war überrascht, dass ihre Stimme völlig normal klang. »Weshalb rufst du an?«

»Kein besonderer Grund. Ich wollte wissen, ob ihr mit den Ermittlungen vorankommt?«

Interessierte er sich tatsächlich für ihre Arbeit? Und falls ja, musste sie ihre Entscheidung über eine Verabredung noch einmal überdenken?

»Ja, es sieht so aus, als sei Tim Lewalter bei einer körperlichen Auseinandersetzung so unglücklich gestürzt, dass er eine Schädelfraktur erlitt. Den Mann, der dafür verantwortlich ist, konnten wir heute ausfindig machen.«

»Etwas in dieser Richtung hatte ich mir bereits gedacht. Gut gemacht.«

»Danke, du aber auch«, erwiderte sie ein wenig verlegen.

»Wenn du mit der Ermittlung fertig bist, sollten wir morgen miteinander zu Abend essen, oder was meinst du?«

Einen Moment lang blieb die Kommissarin stumm und überlegte, wie sie Doktor Winterherbst klarmachen konnte, dass sie noch nicht bereit für ein Treffen war, ohne ihn komplett aus ihrem Privatleben zu verbannen.

»Sorry, Cornelius, dazu muss ich dir etwas gestehen. Im Augenblick möchte ich keine näheren Bekanntschaften zu Männern aufbauen. Bitte versteh mich richtig. Das liegt nicht an dir, und ich finde es prima, dass du Interesse an einem Treffen mit mir hast. Ach Mensch ...« Sie ballte die Hände und schluckte. »Ich sag es jetzt einfach so, wie es ist. Ich bin beim letzten Mal so tierisch auf die Schnauze gefallen, dass ich Schiss habe, wieder so einen Mist durchzumachen.«

Einige Sekunden kam keine Antwort vom Rechtsmediziner, dann begann er laut zu lachen. »Okay«, rief er amüsiert aus, »noch ein Grund mehr, uns zu treffen. Du glaubst nie, wie lange ich mit mir gehadert habe, ob ich dich überhaupt ansprechen soll. Und zwar genau wegen den Gründen, die du mir gerade genannt hast. Keine Ahnung, ob ich wieder dazu bereit bin, eine Beziehung mit jemandem einzugehen. Aber wir haben nichts zu verlieren, denn ein Freund, der weiß, wie man sich fühlt, ist mindestens genauso wertvoll wie eine Partnerschaft, oder?«

Hannah atmete erleichtert aus. »Echte Freundschaften sind Gold wert. Und die Vorstellung, mit dir befreundet zu sein, gefällt mir. Wie wäre es, wenn wir morgen zusammen zum Griechen gehen? Magst du griechisches Essen?«

»Ich liebe es«, antwortete er fröhlich.

»Wunderbar. Denn einen Freund, der kein Tsatsiki mag, kann ich nicht gebrauchen.«

»Dann bis morgen. Ich drücke die Daumen, dass unsere schwierigen Arbeitszeiten ein Treffen zulassen.«

15. März 2014, Polizeipräsidium

Das gleichmäßige Klappern der Computertastatur drang aus Hardys Büro, als Hannah den Flur im ersten Stock betrat. Sie schaute auf die Uhr und stellte fest, dass Hardy ausgesprochen früh zum Samstagsdienst angetreten sein musste
»Moin, was machst du denn schon hier?« Sie betrat das Zimmer und ließ sich ihm gegenüber auf den Stuhl fallen.
»Konnte nicht mehr schlafen. Das Gespräch mit Frau Schmidt.« Er grinste belustigt. »Ja, sie hat von Müller zu Schmidt gewechselt. Jedenfalls brachte das Gespräch keine brauchbaren Hinweise. Auch sie weiß von dem Wohnwagen am Hegbachsee und dass Glockner zeitweise für einen Copyshop in der Innenstadt gearbeitet hat. Allerdings ist das über dreißig Jahre her und der Laden längst pleite, von daher: Fehlanzeige. Heute wollte das Labor die Ergebnisse der DNA-Profile fertig haben, und ich überlege, ob ich noch einmal mein Glück bei Herrn Reber versuchen soll.«
»Daran dachte ich gestern Abend auch. Und wir sollten die Presse bitten, mit uns nach Glockner zu suchen.«
»Die werden sich bedanken und uns höflich fragen, ob wir noch alle Tassen im Schrank haben und dieses Mal sicher sind, dass der Artikel erscheinen soll.«
»Die Wahrscheinlichkeit, dass wir den Kerl vor der Suchanzeige finden, halte ich in diesem Fall für so gering, dass eine Wiederholung der Peinlichkeit ausgeschlossen ist. Außerdem sollten die Zeitungen dankbar sein, überhaupt etwas von uns zu kriegen. Da die Ganoven der Stadt sich weiterhin still verhalten, gibt es keine anderen Berichte, die sie veröffentlichen können. Ist ja im Moment fast wie ein Sommerloch in Sachen Kriminalität. Und jetzt denk nicht, dass ich mich darüber ärgere, wenig zu tun zu haben. Allerdings bezweifle ich, dass Götzenbrenner damit einverstanden ist.«
»Hmm, muss ich den fragen? Schließlich arbeitet Mitheimer mit mir an dem Fall. Er wollte sich ohnehin heute melden und vielleicht sogar herkommen. ›Unternehmen Sie

alles, was nötig ist, um voranzukommen‹, hat er mir empfohlen, bevor er zurück in die Klinik aufgebrochen ist. Von daher erwarte ich grünes Licht.«
»Deine Entscheidung, aber ich würde Götzi mit ins Boot holen. Mach, wie du denkst. Du musst die Idee ja auch nicht umsetzen. Kaffee?«
»Doch, werde ich. Und furchtbar gern, wenn du ihn holst«, erklärte Hardy mit zufriedenem Gesichtsausdruck.

Das dampfende Getränk in den Händen ging Hannah zurück in Hardys Büro und beobachtete ihren Kollegen dabei, wie er ungläubig auf den Bildschirm vor sich starrte.
»Was hast du?«
Er deutete mit dem Zeigefinger auf die Anzeige. »Die Ergebnisse aus dem Labor sind da. Wenn ich dir jetzt sage, dass die Blutspuren auf dem Boden vom Canadian Club identisch mit denen auf dem T-Shirt von Christopher sind, fällt dir dann etwas dazu ein?«
»Wie bitte?« Hannah stellte die Kaffeebecher ab und trat neben Hardy. Er nickte und deutete erneut auf den Bildschirm.
»Schau es dir an.«
Entgeistert überflog sie den Befund aus dem DNA-Labor. »Abgesehen davon, dass die Mitarbeiter so was von Gas gegeben haben müssen, denn die alte Blutspur haben sie erst gestern bekommen, bin ich sprachlos.«
»Dann lies zuerst alles, was gekommen ist. Die Proben vom Boden enthalten zwei unterschiedliche Spuren. Da hat nicht nur ein Mensch auf dem Kellerboden geblutet. Es sind abweichende, ineinander vermischte Hinweise. Höchst interessant.«
Hannah blickte ihren Kollegen verwirrt an. »Was genau willst du mir damit sagen?«
»Wir haben ja außer dem T-Shirt, dem Blut vom Boden und dem Taschentuch auch die DNA-Profile von Christophers Familie.«
»Ja, ich weiß, und weiter?«
»In den letzten Zeilen stehen Bemerkungen zum untersuchten Material.« Wieder deutete Hardy auf das Display des Rechners.
Die Kommissarin folgte seinem Finger und las, dass eine der gefundenen DNA-Spuren vom Fußboden mit der T-Shirt-Probe identisch war. Die Spuren am Taschentuch

hingegen stammten von einem Menschen, dessen genetischer Abdruck den Proben von Christophers Familie ähnelte.

»Die Ergebnisse der DNA-Struktur sind eindeutig, denn die Deckungsgleichheit einiger Marker ist so unmissverständlich, dass es keine andere Beurteilung geben kann. Der Träger der DNA-Spur vom Taschentuch muss ein Familienangehöriger sein, und zwar ...«

»Der Vater, richtig?«

»Lies nach, was sie noch herausgefunden haben.«

Hastig huschte Hannahs Blick über die Zeilen, bis sie zu den untersuchten Proben der Familie Friedmann gelangte.

»Das Taschentuch gehört zweifelsfrei Robert Glockner, der Schal zur Gegenprobe hat es bewiesen.«

»Noch weiter unten, Hannah.«

»Die Haarbürste der verstorbenen Schwester enthält die gleichen Merkmale wie die zweite Blutspur auf dem Boden?«

»Bingo. Die Halbschwester hielt sich damals ebenfalls im Canadian Club auf und erlitt eine Verletzung, aus der sie blutete. Gleichzeitig ist klar, dass der Cousin etwas mit dem Verschwinden Christophers zu tun haben muss. Wenn es nicht noch weitere Verwandte gibt, kommt nur er infrage. Denn das Labor bestätigt zudem, dass die Spur auf dem Shirt familiäre Übereinstimmungen zum abgegebenen Taschentuch aufweist. Matthias Glockner griff an das T-Shirt des Jungen, und das bestimmt nicht, um ihm beim Umziehen zu helfen. Darauf verwette ich meinen Allerwertesten. Schließlich ist der Mann ja auch wie vom Erdboden verschluckt«, fasste Hardy zusammen.

»Ich vermute ebenfalls, dass wir nach Matthias Glockner suchen müssen. Aber warum ist Alina Friedmann in dem Keller gewesen und was ist dort passiert?«, fragte Hannah mit nachdenklichem Blick. »Das ergibt für mich einfach keinen logischen Sinn.«

»Sie waren gemeinsam dort. Unmöglich, dass die beiden unabhängig voneinander auf diesen einen Fleck am Boden geblutet haben. Sie haben sich da unten einen Kampf geliefert. Worum es dabei ging, können wir leider nicht mehr von ihr erfahren. Trotzdem fahre ich zu ihrer Mutter und höre mir an, ob sie eine Erklärung dafür hat. Sie muss doch etwas bemerkt haben, als ihre Tochter verletzt nach Hause gekommen ist. Kommst du mit?«

Hannah nickte. »Götzenbrenner ist noch nicht da, also begleite ich dich. Er hat ja meine Nummer, falls was Dringendes hereinkommt.«

»Super, danke. Ich rufe rasch an und höre, ob jemand zu Hause ist.«

15. März 2014, Familie Friedmann

Nachdem Hardy ihren Besuch telefonisch angekündigt hatte, fuhren die Kommissare zur Wohnung der Friedmanns. Die Mutter öffnete ihnen die Tür mit einem Ausdruck von gespannter Hoffnung im Gesicht.
»Haben Sie etwas herausbekommen?«
»Leider nichts Konkretes, aber ich muss Ihnen noch einige Fragen stellen. Dürfen wir hereinkommen?«
»Sicher.« Sie winkte die Beamten hinein. »Worum geht es?«
»Im Zuge der Ermittlungen in einem anderen Fall sind wir auf eine Spur gestoßen. Besser gesagt auf eine Blutspur, und die gehört zweifelsohne zu Ihrer Tochter Alina.«
Bernie Friedmann sah Hardy entgeistert an. »Wie kann das sein? Sie ist seit Ewigkeiten tot.«
Hannah versuchte, die Mutter sachte an die Tatsachen heranzuführen. »Die DNA, von der die Rede ist, kam vor etlichen Jahren auf den Fußboden des Canadian Clubs. Uns interessiert in diesem Zusammenhang, ob Sie eine Verletzung an Alina bemerkt haben, die sie sich nach dem Verschwinden ihres Bruders zugezogen hat. Ich kann nur vermuten, wann das genau war, aber ich würde denken, kurz vor ihrem Suizid .«
Frau Friedmann legte die Stirn in Falten und sah nachdenklich zur Tür. Endlich schüttelte sie den Kopf.
»Es tut mir leid, aber ich erinnere mich nicht, dass sie mir etwas gezeigt hat. Sie müssen bedenken, dass wir in dieser Zeit relativ wenig über andere Dinge als Christophers Verschwinden gesprochen haben. Vielleicht hat sie es mir auch gesagt, und ich ignorierte es, weil es mir unwichtig vorkam. Vermutlich ist es genau so gewesen.« Sie rang kurz nach Atem, bevor sie weitersprach. »Heute weiß ich, dass meine Tochter mir mit Sicherheit einige deutliche Zeichen gegeben hat, dass sie am Ende ihrer Kraft angelangt war. Ich war so überwältigt vom Schmerz, von der Angst und der Ungewissheit wegen Christopher, dass ich vergaß, dass ich noch zwei Kinder hatte, die mich brauchten. Mehr

brauchten als jemals zuvor in ihrem Leben.« Sie schlug die Hände vors Gesicht und begann zu weinen.

»Das konnten Sie nicht wissen. Viele Menschen, die ihren Suizid planen, lassen die Außenwelt völlig außen vor und verdecken alle Absichten hinter einer Fassade aus Alltäglichkeiten. Bitte entschuldigen Sie, dass wir Sie mit unseren Fragen erneut in Aufruhr bringen. Es gab eine zweite Spur auf dem Boden des Kellers, die mit hoher Wahrscheinlichkeit zu Matthias Glockner gehört. Können Sie sich vorstellen, warum Ihre Tochter ihn dort getroffen haben könnte?«

Sie schüttelte kraftlos den Kopf. »Seit dem Verschwinden meines Sohnes ist Matthias nie wieder aufgetaucht. Das hat Robert doch ebenfalls ausgesagt, richtig?«

»Das stimmt. Allerdings kann es sein, dass er trotzdem in der Gegend war und aus irgendeinem Grund mit Ihrer Tochter zusammentraf«, wandte Hardy sanft ein.

»Ich halte das für ausgeschlossen«, gab sie stumpf zurück. »Meine Mädchen waren sich darin einig, dass sie Matthias unausstehlich fanden. Einzig Christopher mochte ihn, zumindest am Anfang. Da tobte er immer mit dem Kleinen herum, bis beide völlig außer Atem waren und durchgeschwitzt aufgaben. Er brachte Geschenke für ihn mit, wenn er herkam, allzu oft war das übrigens nicht. Möglich, dass die Mädchen wegen der Mitbringsel neidisch auf ihren Bruder waren und Matthias deshalb nie leiden mochten. Egal. Als er sich noch bemühte und charmant verhielt, genoss ich die Besuche, weil der Junge so viel Spaß mit dem Onkel hatte.« Sie lachte missbilligend auf. »Matthias zeigte zu der Zeit niemals sein wahres Gesicht. Dass er begann, mich immer mehr zu verachten, und versuchte, uns auseinanderzubringen, wurde mir erst später klar, als Robert mir von Begegnungen der beiden erzählte, bei denen ich zu Hause blieb. Dabei ließ Matthias wohl kein gutes Haar an mir und schimpfte hinterrücks wie ein Rohrspatz. Ich wäre ein widerliches Frauenzimmer mit finsteren Plänen und nur auf Geld aus. Außerdem sei ich auf der Suche nach einem Kerl, der meine Blagen aushält, ohne das Sagen zu haben. Aber so war es nicht!«

Sie wies auf ein Familienfoto, auf dem alle in die Kamera lächelten. »Sieht so eine unglückliche Familie aus?«

»Darf ich mir die Aufnahme genauer ansehen?«, bat die Kommissarin und trat ans Regal. Frau Friedmann nickte stumm.

»Die Halskette Ihrer Tochter, kann ich die sehen?«, fragte Hannah und deute auf die Fotografie. »Vor vielen Jahren besaß ich eine, die dieser verdammt ähnlich sah. Ich liebte sie und trug sie ständig. Leider ist sie beim Schwimmen am See verloren gegangen. Wissen Sie noch, wo Sie das Schmuckstück gekauft haben?«

»Nein, tut mir leid, daran erinnere ich mich nicht mehr. Ich müsste nachsehen, wo Alina die Kette aufbewahrt hat.«

»Tun Sie mir den Gefallen. Außerdem möchte ich Sie um ein Glas Wasser bitten.«

»Selbstverständlich. Sie auch?«, fragte Bernie Friedmann in Hardys Richtung.

»Ja, vielen Dank.« Hardy wartete, bis sie den Raum verlassen hatte, bevor er raunte: »Was war das denn für eine seltsame Nummer?«

»Eine fadenscheinige Ausrede, um sie aus dem Zimmer zu bugsieren. Ich denke, es wird Zeit, dass wir Matthias Glockner in die Fahndung bringen. Die Verletzung der Tochter lassen wir zunächst einfach außer Acht. Keine zusätzlichen Beweise notwendig, jedenfalls nicht, um dem Kerl ordentlich auf den Zahn zu fühlen, falls wir ihn finden. Selbst wenn Staatsanwalt Miesepeter Schmitz heute im Dienst ist, werden wir kaum auf Widerstand stoßen. Glockner ist unser Mann, da bringt mich keiner mehr von ab.«

Hardy nickte zustimmend.

»Ich schlage weiterhin vor, dass du nach unten gehst und das weitere Vorgehen mit Mitheimer absprichst, Hardy. Ich versuche in der Zwischenzeit, noch ein paar zusätzliche Informationen aus der Mutter herauszubekommen. Es ist nicht verkehrt, auch den Rest der Familie nochmals zu befragen.«

»Das stimmt. Soll ich sie bitten, Mann und Tochter anzurufen und herzubestellen?«

Die Kommissarin schüttelte den Kopf. »Nein. Solange wir keine hundertprozentigen Beweise haben, dass Matthias Glockner der Entführer ihres Sohnes ist, möchte ich sie in Ruhe lassen. Ich finde es ratsamer, du rufst Christophers Vater selbst an und verabredest dich anderswo mit ihm. Das gesamte Ausmaß der Tragödie trifft sie noch schnell genug, falls wir nicht völlig falsch liegen. Ich informiere die Familie erst, wenn dieser Matthias Glockner vor mir sitzt und seine Schuld gesteht.«

Hardy ließ ein kurzes Räuspern vernehmen. »Du meinst, bis ich den Mann vor mir sitzen habe, oder?«

Einen Moment lang blieb sie stumm und schien nicht zu verstehen, was er meinte. Dann lächelte sie beschämt.

»Okay, kapiert, sorry. Ich weiß, dein Fall, deine Festnahme, dein Verhör. Entschuldige. Diese Geschichte nimmt mich einfach mit, und darüber habe ich vergessen, dass du unser Mann für die Cold Cases bist.«

»Ich finde es prima, dass sowohl du als auch Mitheimer mir mit Rat, Tat und Feuereifer zur Seite stehen. Çetin hat mir ebenfalls unheimlich weitergeholfen. Ohne euch drei wäre ich vermutlich noch weit vom Durchbruch entfernt.«

Bernie Friedmann betrat den Raum und Hardy verstummte abrupt. Er nahm das Glas Wasser entgegen und trank es in einem Zug aus.

»Vielen Dank. Ich muss leider los, dringende Angelegenheit auf dem Revier. Frau Bindhoffer bleibt noch und wird Ihnen einige zusätzliche Fragen stellen, wenn das für Sie in Ordnung ist?«

»Natürlich. Ich konnte die Halskette in Alinas Zimmer nicht finden. Aber es ist denkbar, dass sie in einem ihrer vielen Geheimverstecke deponiert ist.« Sie lachte laut auf. »Ich vermute, ich kenne bis heute nur wenige. Dieses Mädchen machte aus allem ein großes Geheimnis.« Tränen traten in ihre Augen. »Leider auch aus ihren Selbstmordgedanken, wenn ich Ihren Anmerkungen Glauben schenken darf. Es ist leichter, davon auszugehen, dass sie ihr Vorhaben verheimlicht hat, als sich täglich mit Selbstvorwürfen zu quälen.«

Hannah, die bei der Erwähnung von Verstecken im Kinderzimmer hellhörig wurde, nahm ihre Hand.

»Manchmal kann selbst die Mama oder der engste Freund nicht erkennen, in welchem seelischen Leid eine Person steckt. Machen Sie sich diesbezüglich bitte keine Vorwürfe mehr. So wie ich Sie bisher kennenlernen durfte, sind Sie eine gute und aufmerksame Mutter, der eine Verhaltensänderung aufgefallen wäre. Wollen wir gemeinsam nachsehen, ob wir die Kette finden, während mein Kollege zum Revier fährt?«

Die Kommissarin sah in Hardys Richtung und machte ihm durch ein angedeutetes Kopfnicken verständlich, dass er sofort verschwinden sollte.

»Auf Wiedersehen«, sagte Hardy prompt. Er lief im Flur an Hannah vorüber und schüttelte Bernie Friedmann zum Abschied die Hand. »Ich hoffe, Ihnen bald etwas mehr zu Christopher sagen zu können.«

»Das wäre wunderbar«, antwortete Bernie und versuchte, tapfer und zuversichtlich zu klingen.

Als er die Haustür hinter sich zugezogen hatte, griff Hardy nach dem Smartphone in der Jackentasche und tippte auf die Kurzwahl von Herrn Mitheimer. Der Boss nahm augenblicklich ab.

»Gedankenübertragung, Hartmann. Ich wollte mich in diesem Moment auch bei Ihnen melden. Bin eben hier angekommen und alle scheinen ausgeflogen zu sein. Sogar das Büro von Sven Götzenbrenner ist verwaist. Ist irgendetwas passiert?«

»Keine Ahnung, Chef. Ich bin mit Hannah bei Frau Friedmann, weil wir mehr zur Blutspur ihrer Tochter in Erfahrung bringen wollten. Bisher ohne Erfolg, leider. Genau in dieser Angelegenheit würde ich gerne etwas mit Ihnen besprechen. Können wir das gleich erledigen?«

»Sicher. Aber von welcher Spur sprechen Sie?«, fragte Mitheimer interessiert.

»Gehen Sie rüber in mein Büro, ich habe die E-Mail ausgedruckt und auf den Schreibtisch gelegt. Bis ich bei Ihnen bin, sind Sie im Bilde. Sagen Sie, ist Herr Alkan auch nicht im Präsidium?«

»Nein«, gab Mitheimer in einem Tonfall zurück, der Hardy ahnen ließ, dass er alles andere als erfreut war. »Ich sagte doch, keine Menschenseele ist hier oben zu finden. Geben Sie mir bitte die Kollegin Bindhoffer, damit sie mich informieren kann, warum sie nicht mit ihrem Partner unterwegs ist und wo er steckt.«

»Tut mir leid. Sie ist noch in der Wohnung von Bernie Friedmann und spricht mit ihr.«

»Verdammt. Was läuft hier eigentlich? Sven glänzt mit Abwesenheit und lässt meine Anrufe unbeantwortet. Alkan ist verschollen, und Frau Bindhoffer hilft bei einem Fall, für den sie überhaupt nicht zuständig ist. Es wird höchste Zeit, dass ich die Reha abbreche und hier wieder für geordnete Verhältnisse sorge.«

Hardy schluckte. Die letzten Worte des Bosses erinnerten ihn sofort an die Monate vor der medizinischen Behandlung und daran, wie unbeherrscht und cholerisch Mitheimer mitunter gehandelt hatte. Er hoffte, dass sein Vorgesetzter keinen Rückfall hatte.
»Soll ich hinaufgehen und sie ans Telefon holen?«, fragte er in beschwichtigendem Tonfall.
»Quatsch. Sie wird wissen, was sie tut. Falls nicht, muss sie eben mit den Konsequenzen leben. Jetzt sehen Sie zu, dass Sie herkommen. Ich lese in der Zwischenzeit nach, worum es überhaupt geht. Ach, da kommt ja auch der Kollege Götzenbrenner. Na, ausgeschlafen?«, hörte Hardy noch, bevor er die Verbindung unterbrach.
Scheiße, wie ist der denn drauf? Hoffentlich nur ein kurzes Aufbrausen seines Gemüts und nicht das, was ich befürchte.
Er durchsuchte die letzten Anrufe in der Telefonliste und fand die Nummer von Robert Glockner fast augenblicklich. Das Handy klingelte zehn Mal durch, bevor sich die Mailbox einschaltete und eine Stimme höflich darum bat, eine Nachricht zu hinterlassen. Hardy erklärte, dass er noch einige Fragen stellen müsse, und äußerte die Bitte um Rückruf.
Als er auf den Wagen zuging, fiel ihm ein, dass Hannah und er in einem Auto hergekommen waren.
»Verflucht«, rief er, ging zurück zum Hauseingang und klingelte. Frau Friedmann brauchte einen Moment, bevor sie sich an der Gegensprechanlage meldete.
»Kommissar Hartmann«, gab Hardy Bescheid. »Ich komme noch einmal kurz nach oben.«
Der Türsummer brummte und Hardy rannte in großen Schritten die Treppe hinauf.
»Haben Sie was vergessen?«
»Ja, Entschuldigung. Ich muss der Kollegin etwas mitteilen«, antworte er und ging an ihr vorbei ins Wohnzimmer. »Hannah, sorry, dass ich nochmal hereinplatze, aber wir sind mit einem Wagen da und ich will dringend aufs Revier.«
»Okay«, antwortete sie kühl. Sie schien verärgert über die Unterbrechung des Gespräches mit Frau Friedmann. »Warum hast du nicht angerufen oder bist einfach gefahren? Ich hätte mich gemeldet, wenn ich festsitze und abgeholt werden will.«

»Bleib bitte ruhig. Ich dachte nur, ich gebe dir Bescheid, bevor du runterkommst und entdeckst, dass ich abgehauen bin. Das Getöse wollte ich vermeiden, und jetzt flippst du auch so aus.«

»Tut mir leid.« Hannah schaute in den Flur, um sicherzugehen, dass sie einige persönliche Worte an den Kollegen richten konnte, ohne gehört zu werden. »Mann, Hardy, sie war gerade dabei, mir gegenüber offener zu sprechen, auch was die Beziehung zu ihrem Ex angeht. Ich bezweifle, dass ich sie wieder an diesen Punkt bringen kann. Außerdem wollten wir gemeinsam im Zimmer des Mädchens nach dem Schmuck suchen. Ein guter Vorwand, um überall genauer nachsehen zu können. Himmel, das hast du total verbockt.«

Er hob die Arme und schaute bedauernd. »Entschuldigung, das konnte ich ja nicht ahnen. Am besten, ich fahre jetzt los und du meldest dich, wenn du hier fertig bist?«

Sie nickte.

»Wo ist Çetin eigentlich abgeblieben? Mitheimer tobt, weil niemand von uns im Revier anzutreffen ist.«

Hannah zuckte die Schultern. »Heute früh habe ich noch nicht mit ihm gesprochen. Ich denke, dass er ins Opelwerk gefahren ist, um wegen der Hehlersache mit jemandem zu sprechen.«

»Ich nahm an, dass das die Kollegen vom Raub übernommen haben.«

»Klar, aber er wird mitgegangen sein, um zu helfen und den Fall abzuschließen. Oder er sitzt bereits einem unserer IT-Spezialisten im Nacken, damit der herausbekommt, wer hinter den Handynummern des Auftraggebers steckt. Auch möglich, dass er zu Zeman gefahren ist, um noch einmal mit ihm zu reden. Komisch ist aber, dass er mich uninformiert lässt. Hoffentlich geht es ihm gut und er liegt nicht mit einem dieser fiesen grippalen Infekte im Bett.«

»Bei den Temperaturunterschieden an Morgen und Mittag und all den hustenden Menschen wäre das echt keine Überraschung.«

»Komm, hör auf, das können wir überhaupt nicht brauchen. Er wird sich schon melden, wenn etwas ist. Womöglich hat er schlicht und ergreifend verpennt. Ich check das nachher, aber falls du ihn vorher triffst, gib mir bitte Bescheid. Richte außerdem

Mitheimer aus, dass ich ihm mein Fehlen am Arbeitsplatz erkläre, sobald ich hier fertig bin.«

»Lass dir dazu gleich sagen, dass er heute ein wenig launisch ist, um es nett auszudrücken. Ich hoffe, das bedeutet nicht, dass er einen Rückschlag erlitten hat und wieder etwas vor sich geht.«

»Unsinn! Es ist ein Hinweis darauf, dass er auf dem Weg ist, komplett der Alte zu werden. An alles andere möchte ich keinen Gedanken verschwenden, verstanden? Und nun sieh zu, dass du Land gewinnst, bevor er dich auf den Schirm nimmt und ausschimpft, wenn du dort ankommst.«

Während Hardy sich auf den Weg machte, blickte Hannah auf ihre Armbanduhr und stellte entsetzt fest, dass es auf zwölf Uhr zuging. Sie dachte kurz an ihre Verabredung mit dem Doc, die sie bereits jetzt abhakte. Es gab zu viel zu erledigen, bis sie in den Feierabend gehen konnte. Am sinnvollsten erschien es ihr, ihm gleich Bescheid zu geben, um die Zusammenkunft zu verschieben.

Sie griff nach ihrem Mobiltelefon und öffnete das Telefonverzeichnis. Als die Rufnummer von Doktor Winterherbst auf dem Display erschien, schalt sie sich selbst und klappte das Telefon entschlossen wieder zu.

Das wolltest du doch heute früh schon, dich vor dem Treffen drücken. Und nun die erstbeste Gelegenheit beim Schopfe packen und direkt den Schwanz einziehen? Vergiss es, Hannah Bindhoffer. Noch besteht die Chance auf einen netten Abend, den du als Abwechslung gut gebrauchen könntest. Ruf Çetin an, der muss eben im Notfall ran, wenn es länger dauern sollte. Du hast eine Verabredung. Hak diese Ängste und vorschnellen Entscheidungen wenigstens für ein paar Stunden ab!

Erstaunt nahm Hannah zur Kenntnis, dass sie froh über ihre eigene Standpauke war. Irgendwann musste sie sich schließlich damit befassen, ihr Leben wieder in normale Bahnen zu lenken. Den Sprung ins kalte Wasser konnte man zwar hinauszögern, aber nicht auf ewig verweigern.

Bevor sie zu Frau Friedmann ins Kinderzimmer ging, versuchte sie, Çetin zu erreichen, landete jedoch nur auf dessen Mailbox. Sie bat um Rückruf, klopfte zaghaft an die nur angelehnte Zimmertür und trat ein.

28. August 1985, Alina

Mit pochendem Herzen lief sie die Straße hinab, auf der sie ihn zuletzt gesehen hatte. Einen Blick in sämtliche Grundstücke und Gärten werfend, versuchte sie, ihn aufzuspüren. Das Tor eines großen Gebäudes stand einen Spaltbreit offen. Vorsichtig spähte sie hinein und erkannte, dass auch die Eingangstür nur angelehnt schien. Mit zittrigen Händen öffnete sie die Gartenpforte und schlich zur Tür. Von drinnen vernahm sie ein deutliches Klopfen, das so klang, als hämmere jemand auf Stein. Zögerlich drückte sie gegen die hohe Holztür und hoffte, dass diese keine Geräusche verursachen würde. Langsam und geräuschlos schwang die schwere Tür auf. Sie huschte hinein und hielt einen Augenblick lang den Atem an.
Soll ich lieber zuerst die Polizei informieren?, fragte sie sich unschlüssig. Doch dann besann sie sich darauf, dass sie auf die Spur von Christopher gekommen war, während die Beamten weiterhin keinerlei Anhaltspunkte vorweisen konnten. *Nein, das muss ich selbst in die Hand nehmen.* Entschlossen zwang sie sich weiterzugehen.
Das Klopfgeräusch drang ohne Pause an ihre Ohren. Ihr Herz schlug heftig, während sie sich einige Schritte ins Innere des Clubs wagte. Dass die Geräusche aus dem Keller zu ihr hinaufklangen, bemerkte sie, als sie erneut einen Moment lauschend innehielt. Was trieb er da unten? Sollte sie es wagen, die Stufen hinabzusteigen? Ängstlich sah sie sich nach einem Gegenstand um, der ihr im Falle einer Konfrontation nützlich sein konnte. Ein Schild mit der Aufschrift Küche wies ihr den Weg.
Auf Zehenspitzen schlich sie zur Tür und glitt hinein. Auf der Spüle lagen ein paar Messer, die sie an das Ausbeinmesser ihrer Mutter erinnerten. Entschlossen griff sie zu und verließ leise den Raum. Mit der erhobenen Klinge fiel es ihr wesentlich leichter, den Weg in den Keller anzutreten. Stufe um Stufe lief sie hinab und achtete bei jedem Schritt darauf, ob das gleichmäßige Geräusch aus dem Keller verstummte. Auf der vorletzten Treppenstufe registrierte sie zu spät, dass er ihr Kommen bemerkt hatte und sie fassungslos anstarrte.

»Was willst du hier?«, knurrte er und kam bedrohlich auf sie zu. Sie versteckte ihre Waffe hinter dem Rücken und hoffte, dass das Dämmerlicht ihn das Messer nicht erkennen ließ. Sie bemühte sich, ihm mit fester Stimme zu antworten.
»Das könnte ich dich fragen. Du fährst meinen Bruder durch die Gegend, stimmt's?«
Sofort wurde ihr klar, dass sie einen Fehler begangen hatte.
»Du hast ihn also gesehen, deinen Stiefbruder? Hm, damit gehörst du jetzt zum Kreis der Mitwisser. Leider kann ich niemanden gebrauchen, der mich ans Messer liefert. Entweder du kommst mit uns, oder aber, und das scheint mir die bessere Alternative, ich drehe dir den Hals um und lass dich hier liegen.«
Sie sprang die letzte Stufe herunter, riss das Messer hoch und stach mit aller Kraft blindlings auf ihn ein. Völlig überrumpelt strauchelte er einen Schritt zurück, bevor er nach ihrem Messerarm griff und sie festhielt.
»Was für ein Wildkätzchen du bist. Respekt! Ich sollte darüber nachdenken, meine Sammlung zu erweitern. Ich nehme an, man könnte eine Menge Spaß mit dir haben, falls man auf kleine Mädchen steht.«
Er drehte ihr Handgelenk nach unten und drückte den ausgestreckten Arm mit rüder Kraft in Richtung Oberschenkel. Ein jäher Schmerz durchzuckte sie, als die Klinge durch ihre Jeans drang und die Oberhaut durchtrennte. Dass es sich um keine lebensbedrohliche Verletzung handelte, spürte sie sofort. Sie konnte ihr Bein bewegen, und das Stechen nahm bereits wieder ab, als das Küchenmesser mit einem metallischen Klirren zu Boden fiel.
Matthias stand regungslos vor ihr und schaute auf ihren Oberschenkel, aus dem durch das aufgeschlitzte Hosenbein Blut auf den Fußboden tropfte. Als sie ihn ansah, entdeckte sie befriedigt, dass auch er eine Wunde davongetragen hatte. Seitlich oberhalb des Beckenkamms breitete sich ein roter Fleck auf dem Pullover aus. Er schien nichts zu spüren, weshalb sie Stillschweigen darüber bewahrte und hoffte, dass die Verletzung tief genug war, um ihn außer Gefecht zu setzen.
»Hat er dich geschickt?«, fragte er und fixierte sie mit glimmenden Augen.
»Wer?«, wollte sie wissen und suchte nach dem fallengelassenen Messer.

Er durchschaute augenblicklich, was sie plante. Er trat das Küchenmesser außerhalb ihrer Reichweite, packte sie barsch am Knöchel, riss sie von den Füßen und schleifte sie einige Meter über den kalten Kellerboden.

»Denkst du, ich bin bescheuert?«, brüllte er in den Raum und zog sie zur Außenwand des Gebäudes. »Erst taucht er auf und nimmt mich in die Mangel, und ein paar Wochen später kommst du. Das kann doch kein Zufall sein! Spuck es aus, was willst du?«

Sie rieb sich den Kopf, der hart auf dem Kellerboden aufgeschlagen war, und überlegte, was Matthias Glockner meinte. Die Wunde im Oberschenkel begann nach dem derben Schleifen über den Boden heftig zu pochen. Ein Blick hinunter machte sie schwindelig. Das ehemals kleine Rinnsal wuchs auf dem Stoff der Jeans zu einem Fleck an, der bereits die Größe eines Tennisballs erreichte. Die Ohnmacht, die sich durch ein kurzes Flimmern vor den Augen und ein lautes Dröhnen in den Ohren bemerkbar machte, kam rasch und gnädig, und ließ ihr keine Gelegenheit für weitere Fragen.

Als sie nach geraumer Zeit eines der noch immer schweren Augenlider anhob, war der Kellerraum verlassen. Unter Schmerzen rappelte sie sich hoch, verlagerte ihr gesamtes Gewicht auf das unverletzte Bein und sprang los. Ein Blick auf ein Loch in der Wand ließ sie innehalten. Hier mussten die Klopfgeräusche von vorhin ihren Ursprung gehabt haben. Sie hüpfte näher heran und langte in die kleine Vertiefung der Kellerwand, in der einer der Backsteine fehlte. Zunächst ertastete sie ein Taschentuch und zog es heraus. Außer einem eingetrockneten Fleck, der wie altes Blut aussah, wies es keine Besonderheiten auf. Bei einem gründlicheren Umhertasten in der Aushöhlung spürte sie eine Kante. Beherzt griff sie zu und förderte ein Notizbuch zutage.

Als sie den Einband aufklappte und auf die ersten Zeilen sah, glaubte sie zunächst, sich zu täuschen. Der zweite Blick bestätigte ihren Eindruck jedoch, und ihr Herz begann wild zu klopfen.

Konnte das wahr sein? Bestand die Möglichkeit, dass er die ganze Zeit über Bescheid gewusst und nichts unternommen hatte, um Christopher zu retten?

Den zunehmend klopfenden Schmerz im Bein ignorierend erhob sie sich. Sie biss die Zähne fest aufeinander und rannte die Stufen hinauf. Draußen stieß sie so derb an das Tor, dass einer der Flügel an die Hauswand krachte.
Keuchend erreichte sie den Parkplatz, von dem das Auto mit dem Wohnwagen verschwunden war. Hechelnd und nach Sauerstoff ringend sank sie in die Knie. Dabei bemerkte sie, dass ihre linke Hand das Tagebuch noch immer krampfhaft umfasst hielt.

15. März 2014, Polizeipräsidium

Josef Mitheimer sah mit wenig freundlicher Miene hoch, als Hardy das Büro betrat.
»Wird ja auch Zeit, dass jemand auftaucht. Herr Alkan ist nicht erreichbar, was mir Sorgen macht, denn normalerweise meldet er sich vor beziehungsweise während sämtlicher seiner Aktionen. Konnten Sie von Frau Bindhoffer erfahren, was er heute Vormittag geplant hat?«
»Sie meint, er sei vermutlich mit zum Opelwerk gefahren, um die Kollegen zu unterstützen. Oder aber zu Herrn Zeman, um bei dem erneuten Verhör dabei zu sein und den Fall ordentlich abzuschließen.«
»Nein, das habe ich beides bereits geprüft. Dort ist er definitiv nicht, und Herr Götzenbrenner hat ebenfalls keine Ahnung, was er treibt.«
»Dann ist er entweder krank oder er sitzt bei den IT-Spezialisten und versucht mehr über die Telefonnummern vom Drahtzieher der Hehlerbande herauszubekommen.«
»Aber doch nicht, ohne seine Partnerin zu informieren?«
Hardy kratzte sich am Kopf. »Sie haben Recht, es passt kaum zu der korrekten Diensteinstellung, die er sonst an den Tag legt. Hannah ist ebenfalls verwundert und bat mich darum, sie auf dem Laufenden zu halten. Wann haben Sie zuletzt versucht, ihn zu erreichen?«
»Keine fünf Minuten her. Ich möchte das schnellstens geklärt wissen. Sobald wir Ihr Anliegen im Fall Christopher besprochen haben, fahren Sie zu ihm und sehen nach, was los ist, verstanden?«
»Gerne, Boss. Ich kann sofort losfahren, wenn es pressiert. So langsam bekomme ich nämlich auch ein mulmiges Gefühl bei der Sache.«
Mitheimer winkte ab. »So dringend wird es hoffentlich nicht sein. Außerdem darf ich heute nur für kurze Zeit hierbleiben. Am Nachmittag stehen wichtige Reha-Behandlungen und die ersten Schlussbesprechungen an. Das möchte ich keinesfalls versäumen oder zu spät kommen.«

»Wirklich?« Hardy strahlte. »Klingt nach einem baldigen Wiedereinstieg in den Polizeidienst.«

»Wenn es denn so ist. Ich will mir keine voreilige Hoffnung machen. Keine Ahnung, was die Herren und Damen in den weißen Kitteln bei den unzähligen Untersuchungen der letzten Wochen noch so alles entdeckt haben.«

»Warum so pessimistisch? Eine positive Einstellung hilft immer ein kleines Stück weiter. Aber kommen wir zu dem mir etwas peinlichen Wunsch. Ich gehe davon aus, dass Sie die Laborbefunde in der Zwischenzeit studiert und die gleichen Rückschlüsse daraus gezogen haben?«

»Matthias Glockner ist fast sicher der Mann aus der Familie, dessen DNA sich auf dem Shirt des Jungen befindet.«

Hardy nickte grimmig. » Hannah überprüft zwar bei der Ex-Partnerin des Vaters, ob weitere lebende Verwandte in Frage kommen könnten, aber ich bin mir sicher, dass er es ist. Die Flucht nach dem Vorfall ist für mich aussagekräftig genug. Außerdem versuche ich, Robert Glockner zu erreichen und noch einmal herzubitten. Bisher lande ich jedes Mal auf seiner Mailbox.«

Mitheimer schob mit gespreizten Fingern eine Haarsträhne hinters Ohr und grinste. »Ich muss einen Friseurtermin ausmachen, das nur am Rande. Kommen wir zu Ihrer Bitte.«

»Dass wir die Presse zurückpfeifen mussten, weil wir Herrn Lewalter identifiziert hatten, bevor die Artikel erschienen, ist Ihnen bekannt?« Er wartete das Nicken seines Bosses ab, und fuhr fort. »Einige der Zeitungsheinis waren alles andere als begeistert und meckerten herum, weil sie das komplette Layout kurz vor Erscheinen noch einmal ändern mussten.«

»Tja.« Mitheimer schnalzte mit der Zunge. »Das Leben ist hart und ungerecht. Was geht uns das an?«

»Wir sollten sie beruhigen und versöhnlich stimmen«, schlug Hardy vor. Ich erwähnte bereits, dass es mir unangenehm ist, aber es muss eine Fahndung raus. Ich fürchte, es reicht nicht aus, das Bild nur an unsere Polizeizentrale weiterzugeben. Dafür liegt das letzte Lebenszeichen von Glockner einfach zu lange zurück. Kein Mensch weiß, wo er sich herumtreibt, und egal wen man befragt, alle zucken nur die Schultern. Da kommen wir nur mit Unterstützung der Medien weiter.«

»Hm, verstehe«, grunzte Mitheimer und klopfte mit dem Zeigefinger einen Rhythmus auf die Schreibtischplatte. »Ich sollte nach Herrn Alkan sehen und Sie die Presse informieren lassen. Wäre in jedem Fall stressfreier für mich. Andererseits ist es ein ausgezeichneter Test, ob ich den Anforderungen des Polizeidienstes noch gewachsen bin, auch wenn es unangenehm wird. Glauben Sie, wir müssen Glockner auch im Fernsehen zeigen?«

Hardy nickte. »Ich denke, das ist absolut notwendig. Es gibt zwar eine Menge Leute, die man durch Zeitungen erreicht, aber das Gros informiert sich über die Glotze oder das Internet. Bestimmt ist auch ein Bild auf Facebook hilfreich.«

»Bäh«, raunzte Mitheimer und streckte die Zunge schräg aus dem Mund. »Das Quatschmedium, auf dem jeder zeigt, was er isst und bei wem und wo er seinen Urlaub verbracht hat? Ist das nötig?«

»Wenn ich Sie kurz darüber informieren darf, dass dieses Medium seit Anfang des Jahres 2014 bereits eine geschätzte Zahl von knapp achtundzwanzig Millionen Nutzern verzeichnet, ändert das eventuell Ihre Meinung. Das ist wohlgemerkt nur die Zahl für Deutschland.«

»Die Reichweite ist beträchtlich.« Mitheimer pfiff anerkennend durch die Zähne. »Aber glauben Sie wirklich, dass die Kids, die Facebook ansteuern, einen Schimmer haben, wo Glockner sich aufhält?«

»Dieses soziale Netzwerk wird nicht nur von Kindern und Jugendlichen genutzt, im Gegenteil. Sie würden sich wundern, wer dort alles einen Account besitzt und nutzt. Ich denke, dass es durchaus einen Versuch wert ist.«

»Sind Sie da angemeldet?«

Hardy nickte.

»Dann nehmen Sie das mit dem Foto dort in die Hand. Bei dem Unsinn bin ich raus.«

»Auch auf die Gefahr hin, dass Sie sich als altes Eisen abgestempelt fühlen, nutze ich den Account der Polizei Hessen dafür. Wir sind dort nämlich sozusagen allesamt angemeldet.«

»Meinetwegen. Weshalb bin ich darüber nicht in Kenntnis gesetzt worden?«

»Ich vermute, weil Sie die E-Mail, die allen zugestellt wurde, als uninteressant eingestuft und in den Papierkorb verschoben haben.«

»Liegt im Bereich des Möglichen. Einerlei, was kann ich sonst noch wegen Christopher für Sie unternehmen?«

»Weiter versuchen, Robert Glockner an die Strippe zu bekommen. Falls Ihnen das gelingt, möchte ich, dass er ein zweites Mal hier herkommt. Ach ja, und wenn Sie Zeit finden, würde mich interessieren, ob die Pflegerin inzwischen eine Reaktion vom Zeugen Reber erhalten hat.«

»Schreiben Sie mir die Telefonnummern bitte hier auf meinen Zettel, und dann hauen Sie ab.«

Hardy notierte die entsprechenden Rufnummern, überprüfte sie ein zweites Mal und tippte sich an einen imaginären Hut.

»Ich bin weg. Wir telefonieren nachher, in Ordnung?«

»Einverstanden.«

28. August 1985, Matthias

Er rannte zum Auto zurück und warf einen Blick in den Wohnwagen, um sich zu überzeugen, dass der Junge noch darin saß. Mit zittrigen Fingern steckte er den Autoschlüssel ins Schloss.
Die verdammte Göre hat meinen gesamten Plan über den Haufen geworfen. Und jetzt muss ich einen Weg finden, um unentdeckt ärztliche Versorgung zu erhalten.
Eine Weile saß er regungslos auf dem Fahrersitz, eine Hand schützend auf der Wunde, und überlegte, wem er trauen konnte, wenn er seine Stichverletzung behandeln ließ. Als ihm auch nach längerem Grübeln keine passende Person einfallen wollte, knurrte er verärgert und startete das Auto.
Erst einmal weg von hier, dachte er und trat das Gaspedal durch. Bevor diese Ziege sich aufrappelte und losrannte, um ihn anzuzeigen. Dabei schien noch heute früh das Ziel, für immer unentdeckt zu bleiben, in greifbarer Nähe. Erschrocken tastete er die Jackentaschen ab. Das Buch! Er musste vergessen haben, es einzustecken, als er Hals über Kopf aus dem Club gestürmt war.
So eine verdammte Scheiße! Hoffentlich steckt es noch in der Wand. Dort wird die Göre es nie entdecken.
Er hatte keine Ahnung, wie tief Alinas Stichverletzung war und ob das Mädchen rasch das Bewusstsein wiedererlangen würde. Es lag dennoch auf der Hand, dass er so schnell es ging von hier verschwinden oder die Angelegenheit mit ihr endgültig regeln musste. Er umfuhr wiederholt die Blocks nahe des Clubs, konnte sich jedoch nicht dazu durchringen, noch einmal in den Keller zu steigen, um das Problem für immer zu beseitigen.
Nein, es muss so funktionieren. Ich nehme den Jungen und versuche, mit ihm über die Grenze zu kommen. Irgendwo anders weiß niemand, wer ich bin. Sie werden ihn für meinen Sohn halten, wenn ich es geschickt anstelle. Ein Vater, der mit seinem Sprössling durch die Lande zieht. So schaffe ich mir alles vom Hals.

Entschlossen, ihrem Leben einen neuen Rahmen zu schaffen, steuerte er Richtung Autobahnauffahrt. Er fühlte sich befreit, weil er keine Zeit mehr an das Hadern und Überdenken verschwenden würde. Das einzige Problem bestand darin, dass der Junge eines Tages mit jemandem sprechen und erzählen könnte, was in Wahrheit geschehen war. Doch das würde er am Zielort überdenken. Es kam schließlich öfter vor, dass Kinder nicht redeten. Sei es aus körperlichen oder seelischen Ursachen. *Da muss man doch was drehen können, damit auch Christopher verstummt. Ich weiß sogar, wen ich diesbezüglich nach Tipps fragen kann.*
Er spitzte die Lippen und begann zu pfeifen.

15. März 2014, Familie Friedmann

Das Zimmer mit der weißen Raufasertapete, die an den meisten Stellen von Postern überdeckt wurde, wirkte so, als sei nie etwas verändert worden. Als könnte Bernie Friedmann Hannahs Gedanken lesen, erklärte sie mit beschämtem Gesichtsausdruck: »Ist alles noch so wie damals.«
»Wundert mich nicht. Ich hätte in Ihrem Fall sicher genauso gehandelt. Wie viele Zimmer gibt es in der Wohnung? Ich meine, teilten die Mädchen diesen Raum miteinander?«
»Ja«, sagte sie nickend. »Als Christopher verschwand und Alina starb, schliefen Lisa und ich gemeinsam im Elternschlafzimmer. Keine von uns beiden wollte, dass etwas in den Zimmern verändert wird. Einschlafen konnten wir ohnehin nur, wenn wir nebeneinanderlagen. Irgendwann war meine Tochter so weit, ihr Leben selbst in die Hand zu nehmen. Dazu brauchte sie ein eigenes Reich. Ich zog ins Wohnzimmer um, und sie richtete sich im Schlafzimmer ein. Als sie vor ein paar Jahren auszog, hatte ich nichts Eiligeres zu tun, als die Schlafcouch auf den Sperrmüll zu schleppen und die Schlafstube zurückzuerobern. Doch es half wenig. Die gemeinsamen Erinnerungen und das Gefühl, dass ein Stück ihrer Seelen noch immer anwesend ist, machen mir das Herz so schwer. An den meisten Tagen gelingt es mir, zu funktionieren und meine Arbeit zu erledigen, aber manchmal ...«
Hannah sah sie an und spürte, dass die Frau von einer Welle der Verzweiflung umspült wurde. *Wie hat sie es überhaupt geschafft, wieder im normalen Alltag Fuß zu fassen? Zwei Kinder, eines verschwunden, das andere durch Suizid verloren. Eine unvorstellbare Strafe des Schicksals.*
Um Frau Friedmann abzulenken, begann Hannah, über die Buchrücken auf einem der Regale zu streichen.
»Sie mochte Michael Ende?«
»Ja, besonders *Die unendliche Geschichte*. Ständig dachte sie sich Abenteuer aus, in denen Fuchur, Atréju und natürlich auch Bastian fremde Welten entdeckten. Stundenlang

saß sie mit Christopher auf dem Bett und erfand eine Story nach der anderen. Dabei spielte es für sie keine Rolle, dass der Junge nicht einmal die Hälfte des Inhaltes verstand. Zumindest zu Anfang nicht. Etwas später wurde auch er ein großer Fan von Atréju.« Während sie vom innigen Verhältnis ihrer Kinder zueinander erzählte, liefen dicke Tränen über ihre Wangen. »Alina hat Christopher so geliebt.«
Hannah ging zu Frau Friedmann und legte tröstend eine Hand auf ihre Schulter. Völlig unerwartet öffnete diese die Arme und zog die Kommissarin an sich. Unbeholfen hielt Hannah die weinende und von Schluchzern geschüttelte Mutter fest, bis diese nach einigen Minuten einen Schritt zurücktrat.
»Entschuldigen Sie. Aber in dem Zimmer ist alles noch so greifbar, ich kann die beiden fast körperlich spüren.«
»Absolut in Ordnung. Ich verstehe, dass das unheimlich schwer für Sie sein muss.«
»Und ich dachte, es ginge mir irgendwann besser.« Bernie Friedmann zog ein Taschentuch aus der Hosentasche und schnäuzte kräftig hinein.
»Hat Robert Geschwister?«
»Nein. Typischer Fall von Einzelkind. Die Eltern haben ihn in den Himmel gehoben und ihm jeden Wunsch von den Augen abgelesen. Matthias übrigens ebenfalls. Ich meine, der hatte auch keine Brüder und Schwestern.«
»Verstehe«, antwortete Hannah, während sich in ihrem Bauch ein warmes Gefühl der Bestätigung ausbreitete. Sie lag richtig mit ihrer Vermutung. »Zeigen Sie mir bitte eines der typischen Geheimverstecke Ihrer Tochter?«
»Klar«, erwiderte Frau Friedmann. Sie trat ein paar Schritte zur Seite und zog die zwiebelförmige Spitze eines Bettpfostens hoch. »Der Bettpfosten«, erklärte sie. »Hohl, und früher vollgestopft mit Süßigkeiten. Meistens Bonbons, weil die gut hineinpassten.«
Hannah zog an der gegenüberliegenden Bettpfostenspitze und blickte hinein – nichts. Die Mutter lachte auf. »Nein, so leicht hat sie es uns nie gemacht. Es funktioniert nur bei diesem einen.«
Cleveres Mädchen, dachte die Kommissarin, während ihr Blick auf die Pinnwand über dem Bett glitt. Ein kleiner Notizzettel in Grün, auf dem ein Herz und die Zeilen *Ich hab dich lieb* zu lesen waren, erweckte ihre Aufmerksamkeit.

»Wer hat das geschrieben?«

»Was?«

Hannah beugte sich nach vorne und tippte mit dem Zeigefinger auf den Zettel.

»Ach, das ist von Robert. Er schrieb den Mädels gerne Botschaften. Besonders dann, wenn wir wieder einmal wegen seines Verhaltens ihnen gegenüber gestritten hatten.«

»Darf ich den mitnehmen?«, erkundigte sich die Kommissarin mit klopfendem Herzen. Frau Friedmann zuckte die Schultern. »Warum nicht?«

»Danke. Ansonsten habe ich zunächst keine weiteren Fragen. Wären Sie so freundlich, mir die Nummer vom Arbeitgeber Ihres Mannes zur Verfügung zu stellen? Wir müssen noch einmal mit ihm sprechen, aber auf dem Handy ist er nie erreichbar.«

»Nichts Neues«, erwiderte Christophers Mutter. Sie verließ das Zimmer und winkte Hannah, ihr zu folgen. In der Küche blieb sie an einer weiteren Pinnwand stehen und löste eine Visitenkarte aus dem Kork.

»Dürfen Sie mitnehmen. Ich hab die Nummer im Telefon gespeichert.«

Hastig nahm die Kommissarin die Karte entgegen und verabschiedete sich mit raschem Händedruck von Bernie Friedmann.

15. März 2014, Polizeipräsidium

Auf dem Parkplatz vorm Revier stieß Hannah fast mit Hardy zusammen, der aus der Tür trat, um zu Çetins Wohnung zu fahren.
»Komm mit rauf, das musst du dir ansehen«, rief sie und zog an seinem Jackenärmel.
»Wohin willst du überhaupt?«
»Deinen Kollegen suchen. Wir konnten ihn immer noch nicht erreichen und so langsam machen wir uns ernsthaft Gedanken.«
»Quatsch, der wird wieder auftauchen. Ich wette, er hat sich unter der warmen Steppdecke verkrochen, weil ihn einer dieser Infekte erwischt hat. Vermutlich pennt er und das Handy steht auf lautlos. Geh jetzt wieder mit rauf, das hier kann nicht warten.« Sie deutete auf ihre Tasche. »Wir müssen schnellstens handeln.«
Hardy folgte ihr ohne weitere Fragen hinauf in die erste Etage. Die Kommissarin riss die Tür zu Mitheimers Büro auf, ging hinein und ließ sich mit einem lauten Seufzer auf einen der Stühle fallen. Den ungläubigen Blick des Vorgesetzten ignorierend, begann sie in ihrer Handtasche zu kramen.
»Was zum Teufel ist hier los?«, herrschte der Boss sie an, und seine Augen sprühten Funken vor Wut. »Und Sie, Herr Hartmann, waren Sie nicht auf dem Weg zum Kollegen Alkan? Was machen Sie noch hier?«
Hannah räusperte sich vernehmlich. »Wenn ich die Sache aufklären dürfte?« Sie fixierte Mitheimer, ohne eine Miene zu verziehen. »Bitte?«
»Also dann«, erwiderte er knurrend.
»Ich komme von Frau Friedmann. Wir hielten uns gemeinsam im Zimmer ihrer Tochter auf. Dem Mädchen, das vor vielen Jahren den Freitod wählte, um sich ...«
»Wissen wir«, fiel der Chef ihr ins Wort. »Und weiter?«
»Ich fand das hier an der Pinnwand.« Sie legte den grünen Notizzettel auf den Tisch.
»Was ist das?«, fragte der Vorgesetzte, während Hannah am Gesicht von Hardy ablas, dass dieser bereits begriffen hatte, warum sie es so eilig hatte.

»Eine Botschaft von Robert Glockner an seine Stieftochter.«

Mitheimer sah sie an, als ob sie ihm eine gemeinsame Mondlandung vorschlug. »Und weiter? Verstehe ich noch immer nicht.«

»Konzentrieren Sie sich auf die Schrift und lassen Sie den Text dabei völlig außer Acht, er ist unwichtig.« An Hardy gewandt ergänzte sie: »Gib mir bitte mal das Buch rüber.«

Das brachte auch Mitheimer auf die richtige Spur.

»Die Handschriften ...« Er deutete auf den kleinen Zettel. »Sie sind identisch!«

»Absolut, und um das festzustellen, brauchen wir keinen Graphologen«, stellte Hannah fest und schaute mit finsterem Gesichtsausdruck abwechselnd ihre Kollegen an.

»Der Vater von Christopher weiß viel mehr, als er uns bisher sagen wollte. Es wird Zeit, dass wir ihn und diesen Cousin auftreiben. Besser jetzt als gleich, wenn Sie mich fragen«, ergänzte sie entschlossen und sah Mitheimer fragend an.

»Das ist einfach unfassbar«, stieß dieser hervor. Er hob den Arm und ließ seine Faust auf die Tischplatte krachen. »Teilen wir uns mit den Suchmeldungen auf. Die Presse soll das am besten auf die Titelblätter bringen. Und Sie«, er deutete auf Hardy, »fahren noch einmal zu Frau Friedmann. Ich will sofort wissen, wo ihr feiner Ex-Partner im Augenblick unterwegs ist. Orten Sie sein Handy, lassen Sie sich etwas anderes einfallen, aber bringen Sie ihn zu mir!«

Hardy nickte und stand auf.

»Warte, ich komme mit«, sagte Hannah.

»Nein«, stieß Mitheimer wütend aus. »Sie bleiben hier und helfen mir mit den Telefonaten und dem Bild auf Facebook. Schließlich kann es sein, dass dort jemand auf die Suchanfragen der Polizei reagiert, und ich habe nicht die geringste Ahnung, wie man dieses Medium bedient. Außerdem möchte ich wissen, was mit Herrn Alkan los ist. Da Sie beide ab jetzt anderen Beschäftigungen nachgehen müssen, geben Sie einer Streife Bescheid. Die sollen bei ihm zu Hause vorbeifahren und nachsehen, ob er dort ist. Himmel, ich verpasse meine Termine in der Rehaklinik, aber das ist mir, zum Teufel nochmal, augenblicklich scheißegal.«

Die beiden Kommissare betrachteten ihren Vorgesetzten ohne ein Wort der Erwiderung. Hannah ahnte, dass ihr Kollege genauso darauf wartete, ob Mitheimer zu fluchen beginnen würde, wie sie selbst. Ob diese Unart, die ihm bis vor seiner Erkrankung fremd gewesen war, erneut einsetzte, oder ob er nur Luft ablassen musste.

»Wen könnten wir zu Çetin Alkan schicken? Ist Seidel im Haus?«, fragte Mitheimer eine Minute später freundlich, als ob nichts geschehen wäre.

Hannah zuckte die Schultern. »Keine Ahnung, aber das lässt sich rasch in Erfahrung bringen. Ich lauf eben rüber.«

»Tun Sie das, und falls er dienstfrei hat, suchen Sie jemand anderen aus, Neumann käme auch in Frage. Bitte«, ergänzte er beschämt lächelnd. »Entschuldigen Sie, ich muss mich vermutlich erst wieder an diese stressigen Situationen gewöhnen. In der Klinik haben die mir in der Tat gefehlt, aber jetzt ...«

»Sie machen das hervorragend, Boss«, antwortete die Kommissarin und verließ das Büro.

28. August 1985, Alina

Sie stoppte bei einer Schulfreundin, die um die Ecke wohnte, und von der sie wusste, dass ihre Eltern um diese Zeit arbeiteten. Mit wenigen Worten bat sie um Hilfe und zeigte ihr die Verletzung. Die Freundin wollte mehr erfahren und zögerte zunächst, in eine Sache verwickelt zu werden, über die sie nichts wusste. Alina versprach, am nächsten Schultag alles aufzuklären, und schaute so flehend, dass ihre Schulkameradin schließlich nachgab. Nachdem sie einen notdürftigen Verband um den Oberschenkel gewickelt hatte, zog Alina eine Hose der Kameradin an und ging zur Tür.
»Ich muss weiter. Verzeih mir, okay? Ich vertraue dir alles an, wenn ich fertig mit dem bin, was ich vorhabe. Bis dahin versprich mir bitte hoch und heilig, dass du niemandem erzählst, dass ich hier gewesen bin. Egal, was passiert. Kannst du mir dein Ehrenwort geben?«
Das verunsicherte Mädchen nickte und flüsterte: »Ist es etwas Gefährliches?«
Alina winkte ab und versuchte gelassen auszusehen. »Ach was, mehr eine Mutprobe. Teil der Aufgabe ist es, niemandem etwas zu verraten. Also sei so lieb, ja?«
»Okay, aber pass auf dich auf!«, rief ihre Schulfreundin ihr hinterher, als sie bereits durch das Gartentor zurück auf die Straße trat.
Alina blickte auf die Armbanduhr und ging, ein Bein weiterhin schonend, zur Bushaltestelle, die keine zweihundert Meter entfernt am Marktplatz lag. Sie studierte die Fahrpläne und erkannte, dass der nächste Bus, der in der Nähe von Roberts Arbeitsstätte anhielt, bereits in drei Minuten abfuhr. Wütend ballte sie die Fäuste.
»Ich bin gespannt, welches Märchen du mir auftischst, du mein *uns Kinder so liebender Stiefvater.*«
Die Angst vor dem bevorstehenden Gespräch, die sie direkt nach ihrer Entdeckung noch gelähmt hatte, wich allmählich einer unbändigen Wut, die fast körperlich schmerzte. Sie wollte vor ihm stehen, seine Lügen hören und ihm danach die Augen auskratzen und ihn quälen. Sie wollte ... dass es eine plausible Erklärung für das Geschehene gab und ihr

Verdacht gegen Robert sich von einer Sekunde zur nächsten in Luft auflöste. Gemeinsam mit ihm zur Polizei gehen und ihnen von Onkel Matthias erzählen. Tief im Inneren ahnte sie jedoch, dass es eine solche Erklärung nicht geben konnte. Mit noch immer geballten Fäusten und schmerzenden Schritten nahm sie den Bus, der in diesem Moment anhielt.

Minuten später drückte sie den Halt-Knopf und stieg unweit von Roberts Firma aus. Sie humpelte über die Straße und lief stöhnend um die Ecke. Ihr Bein schmerzte höllisch und fühlte sich an, als stieße jemand bei jedem ihrer Schritte eine Nadel tief in ihren Oberschenkel. Doch Alina biss die Zähne zusammen. Sie wollte und musste Klarheit gewinnen und handeln.
Als sie die Umrisse des Unternehmens sah, blieb sie stehen, um nach Luft zu schnappen.
»Komm jetzt, die drei Minuten hältst du auch noch durch«, feuerte sie sich flüsternd an.
Sie atmete erneut tief ein und aus und humpelte weiter.
Am Empfang fragte sie lächelnd, ob sie mit Robert sprechen konnte.
»Lauf hinauf, Alina, er sitzt im Büro.«
»Danke, Frau Schmitz«, erwiderte sie höflich und versuchte so zu gehen, dass die Dame ihre Verletzung nicht bemerkte.
Im Flur der zweiten Etage hörte sie ihren Stiefvater aufgeregt mit jemandem sprechen. Entschlossen beeilte sie sich, zu seiner Tür zu gelangen, und legte ein Ohr an daran.

15. März 2014, Polizeipräsidium

Ohne Unterlass wählten Hannah und Josef Mitheimer die Telefonnummern von Zeitungs- und Fernsehredaktionen, fügten Fotos in E-Mails ein und versendeten sie landesweit. Nachdem sie den Pressetext verfasst und allen Kollegen die Fahndungsbilder zugeschickt hatten, schrieb der Chef einige entschuldigende Worte wegen der abgeblasenen Aktion vom Vortag. Diese zusätzliche Ergänzung ging an die gestern betroffenen Zeitungen.
»Das wird ihnen hoffentlich den Wind aus den Segeln nehmen und sie wieder auf unsere Seite bringen«, erklärte er murrend. »Und falls nicht, können die mich mal, und zwar kreuzweise.«
Nach etwa zwei Stunden stand fest, dass mehr als die Hälfte der Blätter bereits in der Abendausgabe oder am kommenden Morgen die Fotos mit der Suchmeldung abdrucken würde. Auch die Fernsehredaktionen versprachen, das Bild auszustrahlen. Zufrieden saß Mitheimer im bequemen Bürostuhl und blickte zur Kommissarin.
»Und, Frau Bindhoffer, wie haben Sie sich in der Zwischenzeit im schönen Rüsselsheim eingelebt?«
Einen Moment lang war sie versucht, ihm einzureden, dass alles in bester Ordnung sei. Sie ahnte jedoch, dass sie damit nicht weit käme.
»Ach, wissen Sie, Chef, so weit bin ich zufrieden mit der Anstellung hier. Ich mag die Kollegen, sie sind absolut umgänglich und freundlich. Mein Vorgesetzter ist von Zeit zu Zeit verträglich.« Sie zwinkerte kokett. »Und auf bestem Wege, gesund zu werden. Was das Wichtigste ist.«
»Aber?«, warf er ein und sah sie abwartend an. »Irgendetwas beschäftigt Sie, und das nicht erst seit gestern. Wollen Sie es jetzt endlich loswerden?«
Sie nickte trübsinnig. »Sie haben Recht. Ich wollte es Hardy und Çetin erzählen, doch ich fürchte, dass sie mir hinterher weniger Respekt entgegenbringen könnten. Die Sache in Hamburg war eine solche Dummheit und absolut unverzeihlich. So etwas darf einer guten Polizistin nicht passieren. Wenn ich Ihnen anvertraue, was geschehen ist, laufe ich

Gefahr, meinen Job zu verlieren oder zumindest nach einer Untersuchung strafversetzt zu werden.«

»So schlimm?«, erwiderte Mitheimer in sanftem Tonfall.

Erneut nickte sie, blieb für einen Augenblick stumm und rang mit sich, ob sie die Chance, endlich alles loszuwerden, ergreifen wollte. Schließlich sah sie ihren Vorgesetzten mit festem Blick an. Sie würde es ihm anvertrauen. Sollte er doch entscheiden, ob sie weitermachen konnte oder Streife fuhr. Sie fragte leise: »Wie viel von dem aus Hamburg wissen Sie? Offiziell und inoffiziell, meine ich?«

»Nur wenig. Dass Sie, nachdem Ihnen Stefan Wagner als Partner zugeteilt wurde, Probleme hatten, mit ihm zusammenzuarbeiten. Dass Ihr Ex-Kollege als recht arrogant und problematisch galt und es schwierig war, überhaupt jemanden mit ihm in ein Team zu stecken. Außerdem erzählte mir Ihr früherer Vorgesetzter, dass etwas Gravierendes geschehen sein musste, denn irgendwann seien sie beide wie Hund und Katz gewesen. Um was es sich dabei handelte, konnte er mir allerdings nicht mitteilen.«

»Dann hole ich das jetzt nach«, erwiderte Hannah und atmete tief ein. »Sie werden vermutlich hinterher absolut stinkig sein, aber das riskiere ich einfach.«

Die Kommissarin erzählte Herrn Mitheimer von ihrer krebskranken Freundin, dem Anruf und der Bitte, ihr aus der Klemme zu helfen. Sie berichtete vom Verhalten des Kollegen, nachdem er sie ertappt hatte, und ihrem Versuch, die Dinge wieder ins Lot zu bringen. »Er genoss es, praktisch alles von mir verlangen zu können. Er ließ mich alleine zu Tatorten fahren und saß in der Zwischenzeit in der Sauna oder beim Italiener. Natürlich erschien er im Bericht als anwesend. Doch das waren eher Kleinigkeiten, denn er konnte sich noch ganz anders verhalten.« Mit bebender Stimme fuhr sie mit der Begebenheit fort, die sie nie mehr losgelassen hatte. »Zum Glück gelang es mir, ihn abzuwehren. Ich bin davongerannt, ließ mich krankschreiben und blieb tagelang in meiner Wohnung. Zwei Tage lang rang ich mit mir und überlegte hin und her, ob ich ihn anzeigen konnte. Die Angst vor der Bestrafung wegen meines Vergehens behielt die Oberhand. Ich verbot mir, mit der Wahrheit herauszurücken, und bin wieder zum Dienst gegangen. Seine Anspielungen und Blicke wurden zum Alptraum. Ich erfand einen fadenscheinigen Grund, ging zum Chef und bat darum, mit jemand anderem arbeiten zu dürfen. Als er meine Bitte ablehnte, begann ich nach Stellen außerhalb von Hamburg Ausschau zu halten. In der Zeit verstarb dann auch Emma. Ein Auslöser mehr, die Segel zu streichen. Heute bin ich froh, diesen Schritt getan zu haben, aber die Sache nagt an mir und ich möchte sie irgendwann als erledigt ansehen dürfen.«

Josef Mitheimer saß schweigend vor ihr. Seine Miene verriet der Kommissarin nichts darüber, was er dachte. Nervös rutschte sie auf dem Stuhl hin und her und rieb ihre Finger aneinander.

»Harter Tobak«, erklärte er nach Minuten der Stille. »Ich verstehe kaum, warum Sie sich so verhalten haben. Dass Sie eine riesige Eselei begangen haben, steht natürlich völlig außer Frage. Zumindest aber standen dabei keine Profitgier oder andere niedere Beweggründe im Vordergrund. Ich bin überzeugt, dass Ihr Boss Sie verstanden und nicht allzu hart mit Ihnen ins Gericht gegangen wäre. Dieses, ich nenne es mal Kavaliersdelikt, zum Anlass zu nehmen, ein solches Arschloch wie Wagner laufen zu lassen, ist vollkommen falsch. Ich dachte, dass Sie mutiger und vor allem konsequenter sind. Es enttäuscht mich, dass Sie damals den Schwanz eingezogen haben.« Er hob abmildernd die Hände in die Luft. »Bitte keine Angst, ich kann Ihr Verhalten ein Stück weit nachvollziehen. Genau bis zu der Stelle, als dieser Schmierlappen Ihnen zu nah kam. Was ist eine disziplinarische Strafe gegen das, was Sie mit einer Anzeige erreichen könnten? Solchen Typen muss man das Handwerk legen. Das wissen Sie so gut wie ich.«

Hannah nickte. »Ich weiß«, erwiderte sie kleinlaut. »Aber ich hatte solche Angst, die Dinge beim Namen zu nennen, dass ich schwieg. Zuerst fürchtete ich, dass sie Emma befragen, wenn ich meine Dummheit gestand. Sie hatte wahrhaftig andere Probleme. Ich musste sie, genauso wie mich selbst, schützen. Zudem war ich unfassbar froh, endlich in einer interessanten Abteilung zu arbeiten, und wollte nicht riskieren, wieder bei null anfangen zu müssen. Keine Ahnung, was damals sonst noch alles in meinem Kopf herumging. Tausend Dinge sprachen dafür, die Klappe zu halten und die Repressalien von Wagner auszuhalten.«

»Tun Sie mir einen Gefallen?«

»Ja?«, antwortete Hannah knapp.

»Sehen Sie zu, dass Sie die Sache endlich aus der Welt schaffen.«

»Ich nehme das in die Hand, sobald wir mit diesem Fall durch sind, versprochen. Meine Eltern wissen bereits, dass ich in den nächsten Tagen nach Hamburg komme, und ich werde die Gelegenheit nutzen, um endlich reinen Tisch zu machen.«

»Wunderbar«, entgegnete Mitheimer erfreut. »Dann muss ich nur noch erfahren, ob Sie möchten, dass ich Ihnen dabei helfe und Ihren früheren Vorgesetzten kontaktiere?«

»Ich weiß das Angebot zu schätzen. Aber nein, das will ich allein erledigen. Falls Sie mich hinterher in irgendeiner Form unterstützen können, werde ich es Sie gerne wissen lassen.«

»Darf ich nach Ihrer Beichte den Kollegen zumindest darum bitten, gnädig zu entscheiden und Ihre Straflektion in die hiesige Region zu verlegen?«

»Das wäre großartig«, antwortete Hannah. Eine Träne der Erleichterung rollte über ihre Wange. Sie erkannte die Befreiung, die sie durch ihr Geständnis empfand, als echte Wohltat. Am liebsten wäre sie sofort nach Hamburg aufgebrochen, um ein für alle Mal reinen Tisch zu machen.

»Was schlagen Sie vor zu unternehmen, bis wir Rückmeldung von Hartmann bekommen?«, fragte ihr Chef freundlich. Sie wusste, dass er versuchte, sie aus ihren Gedanken zurück ins jetzige Geschehen zu holen.

»Wie wäre es, wenn Sie in der Rehaklinik Bescheid geben, dass Sie noch eine Weile hier sind und ich in der Zwischenzeit Kaffee besorge?«

»Ausgezeichneter Plan, Frau Bindhoffer.« Er zwinkerte ihr aufmunternd zu, als sie aufstand, um das Büro zu verlassen.

15. März 2014, Çetin Alkans Wohnung, Rüsselsheim

Axel Neumann stieg aus dem Wagen und lief zum Wohnblock, in dem Çetin Alkan ein Apartment bewohnte. Er klingelte zunächst nur kurz, dann, nachdem kein Summer ertönte, lange und anhaltend. Nichts rührte sich. Er zog das Handy aus der Tasche und versuchte noch einmal, den Kollegen an die Strippe zu bekommen. Nach einigen Freizeichen sprang die Mailbox an. Als er an der Haustür rüttelte und sie verschlossen vorfand, presste er die flache Hand auf eine komplette Reihe Klingelknöpfe.

Die knarzende Stimme eines Mannes ertönte: »Wer ist da?«

»Hier ist Axel Neumann, und ich würde gerne zu meinem Kollegen, Herrn Alkan. Leider macht er nicht auf und ich fürchte, dass er krank sein könnte.«

»Der Polizist?«, klang es aus der Wand.

»Ja, richtig. Kennen Sie ihn?«

»Klar, netter Typ. Er ist vor etwa zwei Stunden aus dem Haus gegangen und weggefahren. Zumindest nehme ich es an, weil ich sein Auto nicht mehr sehe. Heute Nacht hatte ich es direkt im Visier. Stand gegenüber.«

»Verstehe. Ich vermute, dass Sie keine Ahnung haben, wohin er gefahren ist?«

»Nö. Woher denn? Hab ihm nur einen guten Morgen gewünscht, als er an meiner Tür vorbeikam. Um die Uhrzeit kann ich noch nicht viel quatschen.«

»Herzlichen Dank, Herr …?«

»Tillmann«, kam es etwas verrauscht aus der Anlage.

»Dann werde ich anderswo nach dem Kollegen Ausschau halten. Falls er in der Zwischenzeit wieder auftaucht und Sie ihn sehen, richten Sie bitte aus, dass er sich im Revier melden soll.«

»Gerne. Er hat doch nichts ausgefressen, oder?«

»Nein. Wir möchten nur mit ihm sprechen. Danke, Herr Tillmann, und schönen Tag.«

»Ciao.« Ein Knacken verriet, dass der Mann den Hörer seiner Gegensprechanlage eingehängt hatte.

Axel Neumann beschloss, die Umgebung von Alkans Wohnung zu Fuß abzugehen.
Möglicherweise saß er irgendwo hier draußen an der frischen Luft.
Er bog nach links auf einen Fußweg und lief vier Wohnblocks ab, bevor er sich wieder in Richtung Straße wandte. Gedankenverloren ging er weiter, bis er beim Anblick eines betagten VW Golfs stutzte. *Das ist mit Sicherheit Çetins alte Rostlaube. Also ist er doch zu Hause*, dachte er und drehte sich um.

Vor dem Wohnhaus klingelte er noch einmal bei dem Kollegen, bevor er die Klingel von Herrn Tillmann betätigte.

»Ja?«

»Ich bin es wieder. Entschuldigung. Aber würden Sie mir bitte aufmachen? Der Wagen meines Arbeitskollegen steht ein Stück weiter unten an der Straße und jetzt möchte ich mich davon überzeugen, dass es ihm gutgeht.«

Der Summer ertönte und Neumann drückte gegen die Eingangstür, während seine Augen die Klingelreihen scannten. Dritter Stock, falls die Zuordnungen der Klingeln passten.

Er ging ins Treppenhaus und beschloss die Treppe zu nehmen, weil der Fahrstuhl nicht im Erdgeschoss auf ihn wartete.

Keuchend erreichte er die Wohnungstür des Kollegen, die nur angelehnt war.

»Çetin?«

Er klopfte einige Sekunden lang. Als er keine Antwort erhielt, drückte er die Tür vorsichtig auf.

15. März 2014, Familie Friedmann

Hardy grüßte Bernie Friedmann kühl und kam, nachdem sie ihn hineingebeten hatte, ohne große Umschweife zur Sache.
»Wo ist Robert Glockner?«, fragte er barsch.
»Darf ich erfahren, warum Sie in einem solchen Ton mit mir sprechen?«, erkundigte sie sich in ebenfalls schneidendem Tonfall.
»Beantworten Sie meine Frage! Es ist äußerst dringend.«
»Nicht bevor Sie mir erklären, was los ist.«
Hardy zuckte die Schultern und zog das Tagebuch heraus. »Auf Ihren eigenen Wunsch. Erkennen Sie die Handschrift?«
Frau Friedmann nahm das Buch zur Hand und warf einen raschen Blick hinein. »Ja, das hat mein Ex geschrieben. Was hat das zu bedeuten?«
»Dass Sie die Schrift eindeutig identifiziert haben, stellt sicher, dass er viel mehr über das Verschwinden von Christopher wusste, als er Ihnen gegenüber zugegeben hat.«
Ungläubig starrte sie den Kommissar an. »Was? Wie meinen Sie das?«
»Leider genau so, wie ich es sage. Falls er den Inhalt dieses Buches nicht komplett zusammenfantasiert hat, was ziemlich krank wäre, hat er gewusst, wer Ihren Sohn entführt hat.«
»Unmöglich!«, rief sie aus und verschränkte die Arme angriffslustig vor der Brust. »Wie kommen Sie auf einen solchen Unsinn?«
»Ich interpretiere die Fakten, die mir zur Verfügung stehen. Da gibt es zum einen dieses Notizbuch, in dem Ihr Ex-Partner interessante Begegnungen mit seinem Cousin festhielt, nachdem Christopher bereits verschwunden war. Zum anderen den Zettel von der Pinnwand Ihrer Tochter. Die Handschrift ist identisch. Zudem DNA-Material von Alina am gleichen Ort, an dem wir auch Spuren fanden, die höchstwahrscheinlich Matthias Glockner zuzuordnen sind. Lesen Sie diese Abschnitte des Textes«, er zeigte auf einige Zeilen, »und sagen Sie mir hinterher, zu welchem Schluss Sie selbst gelangen würden.«

Hardy versuchte, sich zu entspannen, um der Frau die Zeit zu geben, die Worte zu lesen. Er war zum Zerreißen angespannt und es missfiel ihm, kostbare Minuten dafür aufzubringen, die sie seiner Meinung nach nicht hatten. Er erschrak, als Bernie Friedmann das Buch mit einer heftigen Bewegung zuschlug und gegen die Wand warf.
»Dieses Monster. Wie konnte er nur?«
Hardy sprang auf und hielt sie fest, als er sah, dass sie drohte, ohnmächtig zu werden.
»Ganz ruhig, Frau Friedmann. Es ist wichtig, dass Sie jetzt die Ruhe bewahren. Ich weiß, es ist alles andere als einfach, aber Sie müssen versuchen, sich darauf zu konzentrieren, mir bei der Suche nach Robert Glockner zu helfen. Wo könnte er stecken?«
»In der Hölle soll er braten. Ich sagte bereits, dass Robert zu seiner Arbeitsstelle fahren wollte. Ich hatte keinen Grund, das anzuzweifeln, warum auch?«
Hardy nickte. »Natürlich. Würden Sie ihn anrufen? Ich kann mir vorstellen, dass er rangeht, wenn er Ihre Telefonnummer im Display sieht.«
»Das bringe ich nicht fertig«, antwortete sie kraftlos. »Möchten Sie mein Handy oder das Festnetz benutzen, um ihn anzurufen?«
»Guter Gedanke, das mache ich.«
Sie reichte ihm ihr Smartphone, nachdem sie die entsprechende Nummer aus dem Adressbuch auf das Display geholt hatte. Auch über das Mobiltelefon von Frau Friedmann landete Hardy nur auf der Mailbox von Robert Glockner.
»Verdammter Mist, er nimmt nicht ab. Fühlen Sie sich in der Lage, in der Firma Ihres Ex anzurufen? Vielleicht finden wir so heraus, ob er dort angekommen ist.«
»Ja, das kann ich gerne übernehmen. Darf ich Ihnen zuvor eine Frage stellen?«
»Sicher.«
»Sehen Sie eine Möglichkeit, dass Christopher am Leben ist?«
»Leider habe ich zu wenige Informationen, um Mutmaßungen anzustellen. Zuerst müssen wir Ihren Ex-Mann und Matthias Glockner finden. Nur die beiden wissen mehr.«
»Natürlich«, erwiderte sie mit tränenfeuchten Augen und rief die Nummer des Arbeitgebers von Robert an. Sie fragte, ob sie ihn sprechen könne, hörte kurz zu, bedankte sich und legte auf.

»Er ist nicht dort und wurde telefonisch von einer Frau krankgemeldet. Verfluchter Mistkerl. Ich fasse kaum, was ich da über Robert erfahren muss. Doch ich gebe zu, dass ich mit jeder Minute mehr daran glaube, dass Sie mit Ihren Behauptungen absolut richtig liegen.«

»Es tut mir leid, dass Sie auf diese Weise mit der Wahrheit konfrontiert wurden, ehrlich. Aber wir müssen rasch handeln, und Sie zu fragen, schien die naheliegendste Lösung. Ich halte Sie auf dem Laufenden über unsere Ermittlungen und verspreche, mich umgehend zu melden, falls wir auf eine Spur von Ihrem Sohn stoßen. In der Zwischenzeit denken Sie bitte noch einmal darüber nach, wo wir Ihren Ex finden könnten. Irgendein Ort, wo er sich gern verkrochen hat, oder ein Freund aus alten Tagen, bei dem er untergetaucht sein könnte.«

»Das werde ich.«

»Am besten, Sie lassen mich Ihre Handynummer rasch ins Adressbuch eintragen und ich gebe Ihnen meine. So kommen wir am einfachsten in Kontakt«, schlug Hardy vor.

Sie sagte ihm die Telefonnummer an und er rief sie an, so dass sie seine Handynummer speichern konnte.

»Eines noch, bevor ich gehe. Sie können sich wirklich nicht daran erinnern, dass Ihre Tochter mit einer Verletzung nach Hause kam, die stärker geblutet hat?«

Bernie Friedmann schüttelte energisch den Kopf. »Ich habe darüber nachgedacht, als Ihre Kollegin mich das fragte. Auch später noch, als sie schon weg war. Da sind keinerlei Erinnerungen. Wenn, dann hat sie es vor mir verheimlicht, anders kann ich es mir nicht erklären. Oder sie hat etwas erzählt und ich habe es als eine ihrer Räuberpistolen abgetan, die sie mir so oft auftischte, nachdem Christopher verschwunden war.«

»Kein Problem, ist sowieso nur am Rande relevant.«

»Wissen Sie, woran ich die ganze Zeit denken muss?«

»Nein«, gab Hardy zu.

»Vor drei Tagen, als Robert hier war, um das Foto von Matthias zu suchen, spielte er sich mächtig auf, weil Sie ihn rundheraus gefragt hatten, ob er etwas mit dem Verschwinden von Christopher zu tun habe. Er betitelte Sie übel und lobte Ihren ausländischen Kommissar als den Einzigen mit Herz auf der Wache. Und jetzt erfahre ich, dass er nicht nur Sie, sondern auch mich belogen und hintergangen hat. In meinem Fall über Jahre hinweg. Kam hier wieder angekrochen und sprach davon, gemeinsame Trauerarbeit zu leisten und daraus eine zweite Chance für unsere Beziehung zu machen. Ich könnte kotzen, wenn ich bedenke, dass ich es fast in Erwägung gezogen habe«, erklärte sie zornig und spuckte auf den Boden.

Hardy, überrascht von ihrer Reaktion, aber durchaus auf ihrer Seite, tat so, als habe er es nicht bemerkt. Er trat zu ihr, und versprach abermals sie anzurufen, falls es Neuigkeiten gab. An der Tür bat er um ein aktuelleres Foto von Robert Glockner. Bernie Friedmann lief ins Kinderzimmer und kam mit einem Fotorahmen zurück.

»Eine neuere Aufnahme kann ich nicht bieten.«

28. August 1985, Alina

»Ich tue alles, was du sagst, wenn du mir versicherst, ihn am Leben zu lassen und nicht zu verletzen. Sag mir einfach, wann wir uns treffen können.«
Einen Moment blieb es still, und sie nahm an, dass Robert dem Gesprächspartner zuhörte.
»Unmöglich. Ich kann Bernie und den Mädchen niemals erklären, warum ich keine Anzeige erstattet und Christopher zu uns zurückgeholt habe.«
Zornig stieß Alina die Tür auf und deutete mit ausgestrecktem Zeigefinger auf ihren Stiefvater.
»Du verfluchtes Arschloch! Wo ist mein Bruder?«
Erschrocken sprang Glockner auf und hielt ihr panisch den Mund zu.
»Sei still, oder willst du, dass das gesamte Büro uns hört?«
Sie wehrte sich nach Kräften und versuchte, aus seinen Armen zu entkommen, die sie fest umklammerten.
»Hör auf damit, Alina«, verlangte er, als sie einige Minuten miteinander gerungen hatten. »Dein Bruder lebt, und das ist das Einzige, was zählt. Du kapierst nie, warum ich so gehandelt habe. Vertrau darauf, dass es zu unser aller Bestem passiert ist.«
Mit einem kräftigen Ruck entwand sie sich aus seiner Umklammerung. »Du bist und bleibst ein Feigling, deshalb unternimmst du nix gegen diesen hirnrissigen Typen. Ich habe Christopher gesehen. Er sieht schrecklich aus, und ich denke, ich weiß auch, weshalb. Matthias tut ihm schlimme Dinge an, deinem eigenen Kind, und du schaust zu, weil du keinen Mumm in den Knochen hast, um etwas zu unternehmen. Aber nicht mit mir, Robert Glockner, ich wollte nur sichergehen, dass es wirklich wahr ist.«
Sie hob das Tagebuch in sein Sichtfeld.
»Mehr Hinweise wird die Polizei kaum benötigen, um dich und den perversen Kerl hochgehen zu lassen, oder was denkst du?« Ein Lächeln, das keinerlei Zweifel daran offenließ, dass sie entschlossen war zu handeln und alles aufzudecken, erschien auf ihrem Gesicht.

Robert bebte und schlug ohne Vorwarnung heftig zu. Alina taumelte unter dem Schlag, versuchte, sich auf den Beinen zu halten, und knickte ein. Vom Fußboden aus schaute Alina ihrem Stiefvater entgegen.

»Was willst du jetzt tun? Mich zu Matthias schaffen, damit er auch mit mir seine abnormalen Spielchen treibt? Oder zu Mama rennen und ihr irgendeine abstruse Geschichte auftischen, dass ich dem Wahnsinn verfallen bin? Na, wie sieht's aus? Schon eine Lösung parat?«, provozierte sie ihn erneut, verwundert darüber, dass die massive Wut ihr jegliche Angst vor den Konsequenzen nahm.

Robert sah zu ihr herunter und weinte leise. »Alina, was redest du da nur? Glaubst du mir, dass ...«

»Sieh dich doch an«, unterbrach sie ihn. »Sitzt da und heulst, weil du es nicht fertigbringst, dein eigen Fleisch und Blut zu retten und mit der Wahrheit rauszurücken. Da soll ich auch nur ein Wort von dir für bare Münze nehmen? Du bist so jämmerlich. Sogar Christopher ist viel mutiger, als du es je im Leben sein wirst.« Sie lachte höhnisch, stand auf und spuckte ihm direkt ins Gesicht.

Blind vor Wut hob er beide Fäuste und schlug heftig auf sie ein. Einige Schläge lang schaffte sie es, auszuweichen und den scharfen Schmerz zu ignorieren. Ihr Lachen erstarb erst, als sie unter einem besonders kraftvollen Hieb das Bewusstsein verlor.

Als Alina zur Besinnung kam, fand sie sich neben Müllcontainern wieder, die in einer Ecke hinter einem Mietshaus unweit von Roberts Firma standen. Unter Schmerzen erhob sie sich. Wie hatte Robert sie hierher gebracht, ohne Aufmerksamkeit zu erregen? Dieses Geschick traute sie ihm kaum zu. Die wichtigste Frage war jedoch, was sie jetzt unternehmen sollte? Was konnte sie sagen, dass ihre Mutter von dem überzeugte, was sie gerade erlebt hatte? Das Tagebuch, ihr einziger Beweis für die erschütternden Tatsachen, lag in Roberts Büro.

Christophers leeres Gesicht tauchte in ihren verzweifelten Gedanken auf. Lange würde ihr Bruder diese Pein nicht mehr durchstehen, das spürte sie deutlich. Es blieb keine Zeit, um sich mit Eventualitäten aufzuhalten. Sie musste versuchen, sein Leben zu retten.

Entschlossen lief sie zu einer Telefonzelle, die in Sichtweite lag. Sie hatte alle Gedanken auf das bevorstehende Gespräch mit ihrer Mutter gerichtet und nahm das langsam hinter ihr herfahrende Auto nicht wahr.
Ich muss überzeugend klingen, damit sie mir Glauben schenkt, dachte sie, als die Wagentür aufgerissen wurde. Robert, dem klar geworden war, dass Alina sofort zu ihrer Mutter laufen würde, sobald sie zu sich kam, stand vor ihr.
»Was willst du schon wieder?«
»Du wirst das niemandem weitererzählen«, herrschte er sie an. »Das lasse ich nicht zu!«
»Und was gedenkst du, dagegen zu unternehmen?«
»Wir suchen die beiden und befreien deinen Bruder. Steig ein.«
Alina schüttelte energisch den Kopf. »Wie kann ich dir jemals wieder ein Wort glauben? Ich muss mit Mama sprechen und ihr erzählen, dass Christopher lebt. Du bist der Meinung, dass alles in Ordnung kommt, weil du auf einmal den Helden spielst und jetzt einfach losfährst und meinen Bruder befreist? Entschuldige, aber ich finde, du hast deine Chance vertan. Hau ab und lass uns in Ruhe. Ich will nie wieder etwas mit dir zu schaffen haben.« Sie stemmte die Arme in die Hüften und sah ihn trotzig an.
»Ich fahre Christopher suchen. Mach du, was du für richtig hältst, aber denke nicht, dass du weit damit kommen wirst«, schrie Robert wütend. Er stieg ins Auto und brauste davon.
Alina schaute ihm einen Moment hinterher und versuchte zu begreifen, was sie in den letzten Stunden erfahren hatte. Ein Mensch, dem sie blind vertraut hatte, deckte die Entführung des eigenen Sohnes und nahm dessen Misshandlung in Kauf, weil er Angst hatte, seinem Cousin die Stirn zu bieten? Robert Glockner entpuppte sich als notorischer Feigling und Lügner. Für Alina stand fest, dass mit ihm etwas nicht stimmen konnte. Kein geistig gesunder Mensch handelte so. Oder doch?
Egal, ich muss zuerst mit Mama sprechen. Über ihn können wir uns später Gedanken machen.

15. März 2014, Çetin Alkans Wohnung

Den Namen des Kollegen laut wiederholend öffnete Axel Neumann die nur angelehnte Tür. Das Apartment schien verlassen. Er lauschte einen Augenblick, bevor er vorsichtig den Flur entlanglief. Eine geschlossene Tür zu seiner Rechten ignorierte er und schlich zunächst bis zum Ende des Gangs. Links sah er Çetins Wohnzimmer. Alles wirkte aufgeräumt und unauffällig. Leise drehte er sich zur gegenüberliegenden Tür, die ebenfalls offen stand. Die Küche war klein, ordentlich und ausgesprochen modern. Eine Tasse und ein Teller auf der Spüle ließen erahnen, dass hier nur ab und an etwas zubereitet wurde.
Meine Güte, das sieht ja wie geleckt aus hier. Jedenfalls kein typischer Singlehaushalt.
Ein leises Geräusch, das, wie er vermutete, aus dem Raum mit der geschlossenen Tür ertönte, ließ ihn aufhorchen.
Auf Zehenspitzen ging er den Flur entlang und blieb vor der Tür stehen. Mit angehaltenem Atem, die Hand auf der Dienstwaffe, lauschte er angestrengt. Da, nochmals ein Laut, der sich wie das Knistern eines Bonbonpapiers anhörte, aber den er nicht genauer identifizieren konnte. Neumann überlegte, ob er allein nachsehen oder einen Kollegen hinzubitten sollte. Von Neugier vorangetrieben, drückte er die Klinke behutsam und lautlos hinunter.

Das Zimmer lag abgedunkelt vor ihm. Vorm Fenster hing ein zugezogener Vorhang aus dunkelgrauem Stoff, der lediglich die Umrisse der Möblierung erahnen ließ.
»Çetin?«, fragte er leise in den Raum.
Ein mattes Ächzen ertönte aus der hinteren Ecke. Neumann tastete nach dem Lichtschalter und die Deckenleuchte warf warmes Licht ins Zimmer. Auf dem Bett lag sein Kollege und sah ihn dankbar an. Als Axel Neumann nähertrat, fielen ihm Çetins fiebrig glänzende Augen auf.

»Scheiße, was ist mit dir?«, erkundigte er sich besorgt und legte Çetin eine Hand auf die Stirn. Die Temperatur kam ihm völlig normal vor. »Seit wann liegst du schon so hier?«
Krächzend antworte der Kommissar: »Gestern.«
»Soll ich einen Arzt verständigen?«
Heftiges Kopfschütteln vom Kollegen. »Muss in die Rechtsmedizin.«
Neumann sah ihn entgeistert an. »Warum?«
»Frag nicht so viel, fahr mich einfach«, brachte Çetin mühsam heraus.
»Jetzt mal langsam. Wenn ich einen Kollegen zu Winterherbst bringe und ihm weder erklären kann, aus welchem Grund, noch, was zuvor geschehen ist, wird er kaum einen Blick an dich verschwenden. Ich hole dir ein Glas Wasser und danach solltest du mich zumindest ansatzweise ins Bild setzen, einverstanden?«
Çetin verzog gequält das Gesicht und nickte. Nach mehreren gierigen Schlucken räusperte er sich mehrmals.
»Eigentlich darf das einem guten Polizisten niemals passieren. Bin gestern im Opelwerk gewesen und habe mit einigen der Kerle, die dort arbeiten und mir auffällig erschienen, gesprochen. Du weißt doch, wegen der Hehlersache?«
»Klar. Bei den wenigen Fällen im Augenblick weiß jeder alles im Revier.«
»Genau. Jedenfalls erschienen mir ein paar der Jungs verdächtig und ich wollte dezent herausbekommen, ob sie in die Sache verstrickt sind.«
Hastig hob er das Glas erneut zum Mund und trank einen großen Schluck Wasser.
»Mit dem Vorarbeiter hatte ich besprochen, dass er mich als Besuch ankündigt und nicht als Polizist. Die Kerle auf ein Bier einzuladen, schien mir eine gute Idee. Als ich nach einem Toilettengang zurückgekommen bin, stand ein frisches Glas für mich auf dem Tresen. Außerdem entdeckte ich, dass Sybille und Schorsch Schneider ebenfalls hereingekommen waren. Ohne Umschweife setzten sie sich zu mir und fragten nach den Ermittlungen zu Christophers Fall. Ich stieß mit ihnen an und sprach auch noch ein paar Minuten mit einem der Männer, als mir speiübel wurde.«
»Du meinst, die haben dir was ins Glas gekippt? Und warum trinkst du Bier? Bist du nicht muslimisch?«

Çetin nickte und Neumann sah, dass er erhebliche Mühe hatte, zu sprechen und die Augen offen zu halten.

»Wollte mich unauffällig verhalten.«

»Alles klar. Ich werde jetzt einen Krankenwagen rufen, denn ich glaube kaum, dass ich dich ohne Hilfe in den Wagen schaffen kann.«

»Aber die fahren mich in die Klinik.«

»Na und? Toxikologische Untersuchungen wird es vermutlich auch dort geben und falls nicht, bringe ich die Proben persönlich zu Winterherbst. Übrigens, warum steht dein Auto jetzt woanders als heute Nacht? Ein Nachbar erklärte mir, dass er es aus dem Fenster sehen konnte.«

»Ich habe keine Ahnung. Schau mich an. Ich war das bestimmt nicht. Lassen wir das erst einmal beiseite.«

»Wie du meinst. Aber komisch ist das schon.«

Während Neumann sein Handy nahm und den Rettungsdienst verständigte, entdeckte er den Ursprung des knisternden Geräusches. Neben Çetins Hand lag eine Plastiktüte, die er für den Notfall mit ins Bett genommen haben musste.

»Hast du da hineingekübelt?«. Er deutet auf die Einkaufstüte.

»Mehrmals. Allerdings kam nicht viel dabei heraus.«

»Hervorragend, dann ist bereits brauchbares Material vorhanden.«

Trotz der besorgniserregenden Situation musste er grinsen. Erleichtert stellte er fest, dass sein Kollege es ihm gleichtat.

15. März 2014, Polizeipräsidium

Alle Beamten saßen im Büro des Chefs und warteten auf erste Ergebnisse zu den Suchanzeigen.
Als Hardy von Frau Friedmann zurückgekehrt war und mitgeteilt hatte, dass von Robert Glockner ebenfalls jede Spur fehlte, hatte Mitheimer kurzentschlossen erneut die Redaktionen angerufen und die Suchmeldung um Christophers Vater erweitert. »Auch auf die Gefahr hin, dass Sie uns ab heute für komplett verrückt halten«, hatte er die Telefonate begonnen, bevor er die Angaben ergänzte und versprach, ein Foto per Mail nachzureichen.
Das Klingeln des Telefons ließ alle im Raum zusammenfahren.
Mitheimer betätigte die Lautsprechertaste und nahm das Gespräch entgegen.
»Die ersten Anrufe bezogen sich auf den Aufenthaltsort von Robert Glockner«, vermeldete Frau Berger aus der Telefonzentrale. »Sechs verschiedene Personen geben an, ihn gestern Abend, beziehungsweise heute Vormittag, in der Nähe des Campingplatzes in Nauheim gesehen zu haben. Drei Zeugen erzählten, dass sie merkwürdig fanden, dass er ein großes Stofftier fest im Arm hielt. Der letzte Hinweisgeber, von gegen halb zwei Uhr, sah Robert Glockner den Weg am See entlangspazieren. Die Kollegen der Streife haben ihn jedoch nirgends entdecken können.«
»Danke, Frau Berger. Ich lasse mein Team zum See fahren. Vielleicht hat er sich irgendwo auf dem Campingplatz verkrochen.«
Er hängte ein und wandte sich zu Hannah und Hardy. »Möchten Sie beide das übernehmen und ich halte hier die Stellung, oder sollen wir Neumann mit ins Boot holen, damit einer von Ihnen hier ist, falls weitere Hinweise eingehen, denen nachgegangen werden muss?«
»Der ist doch zu Çetin gefahren. Ich glaube nicht, dass er schon wieder da ist«, erinnerte Hardy seinen Vorgesetzten.
»Stimmt, das habe ich im Eifer des Gefechts vergessen.«

Hannah nahm das Telefonverzeichnis von Mitheimers Schreibtisch und wählte die Nummer des Kollegen Neumann.

»Hallo Axel, hast du Çetin gefunden?« Einen Moment lauschte sie den Worten ihres Gesprächspartners, bevor sie scharf die Luft einzog. »Vergiftet? Ist das sicher? Ich meine, wer kann das getan haben?« Wieder hörte sie eine Weile zu, dann beendete sie das Gespräch. »Richte ihm liebe Grüße von uns allen aus. Nach dem Wagen schauen wir, aber das ist zunächst wirklich zweitrangig.«

Die Kommissarin gab knapp den Gesprächsverlauf für ihre Kollegen wieder.

»So viel zum Thema Neumann. Er ist auf dem Weg in die Klinik und wird so rasch nicht zur Verfügung stehen.«

»So ein Mist, dass Herr Alkan ausgerechnet jetzt ausfällt. Er hat sich schon einmal auf dem Platz umgesehen und kennt einige der Bewohner«, bemerkte Mitheimer trocken.

»Zumindest wissen wir, dass er in Ordnung kommt. Und wir bekommen die Sache auch ohne ihn hin.«

»Da bin ich ganz Hannahs Meinung, Boss. Ich finde, wir sollten zusammen hinfahren. Wenn etwas Neues bekannt wird, kann Seidel das erledigen oder Sie pfeifen uns zurück«, schlug Hardy vor.

Die Kommissarin nickte zustimmend. »So sehe ich das ebenfalls.«

Sie warteten Mitheimers Okay ab und standen auf. »Hoffentlich haben wir den Kerl bald hier im Verhörraum sitzen. Ich kann kaum abwarten zu hören, was er sich ausdenkt, um uns einen Bären aufzubinden. Wenn ich daran denke, wie der getobt hat, als wir die Frage in den Raum stellten, ob er mit dem Verschwinden seines Sohnes etwas zu tun hätte. Allerfeinstes Schmierentheater. Dass er jetzt mit einem Stofftier durch die Gegend rennt und heult, passt zu ihm.«

»So etwas in der Art hat Frau Friedmann auch gesagt. Fast hat er sie dazu gebracht, es noch einmal mit ihm zu versuchen. Können Sie sich das vorstellen?«, fragte Hardy und schaute seinen Chef an.

»Wenn Sie lange genug im Dienst gewesen sind, Kollege Hartmann, werden Sie erkennen, dass es kaum etwas gibt, das Sie noch überrascht. Dass die ganze Show von

Glockner total daneben ist, steht in jedem Fall fest. Ich hoffe nur, dass er wenigstens dafür gesorgt hat, dass seinem Sohn nichts passiert ist.«

»Wenn ich an die Gespräche mit Bernie Friedmann denke, bekomme ich immer mehr den Eindruck, als wäre er seinem Cousin irgendwie hörig oder müsse ihm etwas beweisen. Er hat nie zugelassen, dass seine Partnerin schlecht über Matthias sprach. Da sei er förmlich ausgerastet, versicherte sie mir noch in unserer letzten Unterhaltung.« Die Kommissarin verzog angewidert das Gesicht.

»Dass der Typ krank ist, weiß ich, seitdem wir herausgefunden haben, dass er dieses Tagebuch verfasst hat. Den ganzen Mist zusätzlich aufzuschreiben, ist fast abartiger als die Tatsache, dass er wusste, wer seinen Sohn in der Gewalt hat.«

»Stimmt«, erwiderte Hannah, »aber jetzt lass uns nachsehen, ob wir ihn aufstöbern können. Ich hoffe, er hat heute noch keine Abendzeitung in die Hände bekommen und wähnt sich in Sicherheit.«

28. August 1985, Alina

Alina warf einige Münzen in den Telefonapparat und wählte mit zittrigen Händen die Nummer. Bereits nach dem zweiten Klingeln wurde abgehoben.
»Ich bin es«, sagte sie hastig. »Hast du einen Stuhl in der Nähe, dann setz dich bitte.«
So sachlich, wie es ihre Aufregung zuließ, begann Alina der Mutter zu berichten, was sich ereignet hatte. Als sie bei Christophers Gesicht und seiner Apathie ankam, wurde sie barsch unterbrochen.
»Hör auf, dir einen solchen Mist auszudenken, und sieh zu, dass du nach Hause kommst. Das Essen ist bald fertig und Lisa und ich werden nicht warten, falls du vorhast, dich noch weiter in der Gegend herumzutreiben und Märchen zusammenzuspinnen. Bis gleich.«
Alina erkannte erschrocken, dass ihre Mutter den Hörer eingehängt hatte.
Niedergeschlagen trat sie aus der Telefonzelle und lief die Straße hinunter. Aus der Ferne sah sie die Hochhäuser der Siedlung. Verzweifelt sann sie darüber nach, ob die Mutter ihren Erzählungen Glauben schenken würde, wenn sie einen Beweis mitbrächte. Dass sie das Glück haben würde, das Tagebuch noch im Büro von Robert vorzufinden, hielt sie für ausgeschlossen. Dennoch wollte sie diesen winzigen Strohhalm nicht außer Acht lassen. Resigniert machte sie sich auf den Weg zurück zum Bürogebäude.
Vor dem Eingang stand eine Frau in seltsamer Kleidung. Als Alina näher kam, winkte sie ihr freundlich zu.
»Du bist Alina, habe ich Recht?«
»Ja. Und wer sind Sie?«
»Sag einfach Billy. Ich soll dich mitnehmen und zu deinem Bruder bringen.«
»Sie wissen, wo Christopher ist?«
Die Frau nickte lächelnd. »Selbstverständlich. Ich komme eben von Robert, er hat mich hergeschickt.« Sie hielt das Tagebuch in die Luft, wie um Alina zu signalisieren, dass sie vertrauenswürdig sei.

Alina dachte nicht mehr an die mahnenden Worte der Mutter, sich niemals Fremden anzuschließen. Ihr Herz pochte laut und sie war überglücklich, dass Robert nun doch auf der Seite seiner Familie stand. In Gedanken kam sie bereits triumphierend zur Haustür herein, Hand in Hand mit Christopher.

Wie Mama strahlen wird, wenn sie ihn sieht, und wie sehr sie mich um Vergebung anflehen wird, weil sie mir nicht geglaubt hat.

»Kommst du?«, fragte die Frau.

»Ja, natürlich. Wo müssen wir hin?«

15. März 2014, Campingplatz

Sie stellten den Wagen auf dem Parkplatz vor der Rezeption ab und liefen zu dem kleinen Haus, das die Anmeldung und den Kiosk beherbergte. Es dauerte eine Weile, bis jemand an der Tür erschien, die die beiden Kommissare verschlossen vorgefunden hatten.
»Entschuldigen Sie bitte, ich war kurz raus zur Toilette. Meine Blase macht mir in letzter Zeit zu schaffen. Wie kann ich Ihnen weiterhelfen?«, fragte die Frau in dem silberfarbenen T-Shirt, das sich für Hannahs Geschmack etwas zu eng an ihren molligen Oberkörper schmiegte. Hannah zeigte den Dienstausweis, nannte ihre Namen und bat um Auskunft, wo das ehemalige Campinggrundstück von Matthias Glockner zu finden sei.
»Schon wieder dieser Kerl? Donnerwetter, da muss ja einiges im Busch sein. Ich habe doch erst kürzlich mit einem Kollegen von Ihnen über den Typen gesprochen. Er war ausgesprochen nett, richten Sie ihm bitte Grüße von Erna aus, wenn Sie mit ihm sprechen.«
Sie holte die Übersichtskarte des Campingplatzes von der Pinnwand und deute auf einen Bereich mit Nummern.
»Die Zweihundertelf. Hier!« Ihr Finger deutete auf die entsprechende Zahl. »Und Sie haben Glück. Der Dauercamper, der den Platz eine Weile gemietet hatte, ist letzte Woche abgereist.«
Hardy nickte und legte das Fahndungsfoto von Robert Glockner auf den Tresen. »Ist Ihnen dieser Mann kürzlich über den Weg gelaufen?«
»Ja, heute Mittag. Ist vom See aus zum Campinggelände gekommen. Erst ist er drüben gesessen und hat etwas getrunken, dann lief er schnurstracks auf den Platz. Ich habe mich noch gefragt, zu welchem unserer Camper er wohl gehört. Ist das ein Verbrecher?«
Hannah bemerkte, dass sich Anzeichen von Furcht in dem Gesicht der Frau abzeichneten, als ihr klar wurde, weshalb die Beamten hier aufgetaucht waren.

»Nur ein Zeuge«, versuchte die Kommissarin, sie zu beruhigen. »Es ist reine Routine, dass wir ihn befragen wollen. Wissen Sie inzwischen, welchen Ihrer Besucher er aufgesucht hat?«

»Nein«, erwiderte sie erleichtert. »Aber Sie sollten bei Sybille und Schorsch nachfragen, die haben alles im Auge, was sich auf dem Campingplatz tut. Zuverlässig wie die Bildzeitung, denen entgeht praktisch nichts. Parzelle Zweizweiunddreißig, ist ganz in der Nähe von Glockners altem Stellplatz.«

Erneut tippte sie auf eine Nummer auf dem Plan.

»Danke sehr, wir kommen zurück, fall es weitere Fragen gibt«, sagte Hardy und drehte sich zur Tür.

»Stopp. Sie müssen diese Besucherkarten einstecken.« Die Frau kam ihnen hinterher und überreichte die Kärtchen. »Sorry, aber da ist der Chef eigen.«

15. März 2014, Rudi

Der Pfleger Olaf schob Rudi in den Fernsehraum. Zwei Stunden am Abend saßen die Bewohner dort beisammen, schauten einen Film oder spielten Gesellschaftsspiele. Heute kam Rudolf etwas früher dazu, die Nachrichten hatten noch nicht begonnen.
»Okay, Rudi, ich hole dich später wieder ab. Ihr guckt erstmal Fernsehen, zur Abwechslung läuft endlich einmal was Lustiges. Nachher kannst du zurück ins Bett. Ich habe bemerkt, dass du den Tag über schlecht drauf warst.«
Ein Brummen ertönte zur Antwort.
»Vermute, du hast wieder geträumt. Ich frage mich, wann es den Therapeuten gelingt, deinen Erlebnissen auf die Spur zu kommen. Wie gerne möchte ich wissen, warum du nie etwas sagst und wie ich dir helfen kann.«
Ein trauriger Blick und ein bedauerndes Schulterzucken waren die Reaktion des Patienten.
Die Melodie der Nachrichten erklang. Olaf klopfte Rudi aufs Bein und verabschiedete sich.
»Bis später, Kumpel, und viel Vergnügen.«
Als Olaf ein paar Worte mit den anderen Anwesenden gewechselt und die Tür zum Flur erreicht hatte, hörte er, wie die Sprecherin sagte: »... bittet die Polizei die Bevölkerung um Mithilfe.«
Er blieb stehen und schaute zum Bildschirm. Zwei Fotos wurden nacheinander eingeblendet. Eines erweckte den Eindruck, als sei es bereits vor vielen Jahren aufgenommen worden. Bevor er die Ansage zu den Bildern verfolgen konnte, begann Rudi, sich im Stuhl hin und her zu werfen. Die Augen zur Decke gedreht, zuckte er wie unter Peitschenschlägen. Parallel vollführten seine Füße unkontrollierte Bewegungen, die entfernt an einen Stepptanz erinnerten. Dünne Speichelfäden rannen ihm aus dem Mund und bildeten rasch einen feuchten Fleck auf dem Bademantel.
»Rudi!«, rief Olaf und rannte zu ihm. »Beruhige dich, ich hole den Doktor.«

Rudi wand sich weiter in zuckenden Bewegungen, und der Pfleger erkannte nackte Angst in seinem Blick. Er fingerte den Pieper aus der Hosentasche und alarmierte den diensthabenden Arzt. Vorsichtig tupfte er das Kinn des Patienten trocken und strich behutsam über den schweißnassen Haarschopf.

»Anscheinend hast du einen Anfall«, sagte er sanft. »Keine Angst, das kennen wir nur allzu gut von anderen Bewohnern. Wir bekommen das in den Griff. Versuche einfach, ruhig zu atmen, bis der Doktor kommt.«

Rudi schien weder die Worte noch die Berührungen des Pflegers wahrzunehmen. In immer schneller werdendem Rhythmus schlugen seine Füße auf den Fußboden. Die Hände krampften sich so fest um die Armlehnen des Rollstuhles, dass Sehnen und Adern weit hervortraten. Olaf überkam eine Woge der Panik, weil der Arzt viel zu lange zu brauchen schien. Ein Blick auf Rudis Halsschlagader machte ihm deutlich, wie schnell dessen Herz pumpte. Er sprang auf, rannte zur Tür und öffnete sie.

»Hilfe! Wann kommt denn endlich jemand?«, brüllte er in den Flur.

Schwester Vroni kam ihm entgegen und fragte entgeistert, was los sei.

»Rudi hat einen Anfall, einen besonders argen, er reagiert überhaupt nicht und sein Puls ist unheimlich hoch.«

»Ich komme mit und helfe dir, bis Markus hier ist.«

Erleichtert, die Last zu teilen, ging er zurück zum Patienten. Rudis Füße zuckten noch, als Olaf ihn erreichte, doch plötzlich wurde sein Körper bewegungslos und schlaff. Er hob noch einen Finger, deutete auf den Bildschirm und stammelte kaum verständlich: »*Onkel*«, bevor er das Bewusstsein verlor.

15. März 2014, Campingplatz

Die Dämmerung brach herein, als Hannah und Hardy vor Parzelle zweihundertelf ankamen. Außer der dichten Hecke in Richtung Straße und einigen Reifenspuren auf der Wiese stand alles leer.

»Hast du die Taschenlampe mit?«

Die Kommissarin nickte, tastete in ihrer Handtasche und zog eine Stablampe heraus. Reihe um Reihe liefen sie mit eingeschalteter Lampe über den Rasen. Nach zwei Dritteln der Grasfläche deutete Hardy auf einen kleinen, weißen Fleck.

»Da liegt etwas.«

Er ging in die Hocke, zog seine Latexhandschuhe an und nahm einen Papierfetzen auf. Hannah hielt den Lichtkegel direkt darüber.

»Eine Zugfahrkarte, Frankfurt–Waldmünchen«, las sie, wühlte abermals in der Tasche und zog eine Plastiktüte heraus. »Die ist von letzter Woche, ich nehme sie mit.«

Sie liefen den Rest des Grundstückes ab, ohne noch etwas zu entdecken. Gerade als Hannah das Licht ausknipste, um die Batterie zu schonen, hörten sie Schritte auf sich zukommen.

»Darf man fragen, was Sie hier treiben?«

Ein älterer Herr, ebenfalls mit einer Taschenlampe ausgestattet, kam auf sie zu.

»Kripo Rüsselsheim«, antwortete die Kommissarin freundlich. »Wir suchen einen Zeugen.«

»Hier auf dem leeren Stellplatz?«, kam es mit tiefer Stimme zurück.

»Den Platz nutzte vor Jahren der Cousin des Mannes, den wir finden müssen.«

»Matthias Glockner?«, mutmaßte der Herr sofort.

»Woher wissen Sie das?«

»Ich habe vor einigen Tagen mit ihrem Kollegen gesprochen. Schorsch Schneider mein Name.« Er schüttelte Hannah die Hand.

»Ist Ihnen seitdem etwas aufgefallen, hier auf der Parzelle oder auf dem Campingplatz generell?«

»Am See. Meine Frau hat erzählt, dass ein Kerl dort herumlief, weinte und ein Kuscheltier fest an sich drückte. Sie sagte, dass er das Stofftier nicht mehr hatte, als er schließlich auf den Platz ging.«

»Können wir kurz mit ihr sprechen?«, fragte Hannah.

»Klar, kommen Sie mit rüber.«

Die beiden Kommissare folgten Schorsch, der sie zu seinem Wohnwagen führte und bereits nach seiner Frau rief, bevor er die Tür zum Camper geöffnet hatte.

»Sybille, wir haben Besuch. Schon wieder die Polizei.« Er lachte polternd auf. »Wir scheinen ein Abo bei denen abgeschlossen zu haben.«

Die Ehefrau, mit freundlichem Gesichtsausdruck und in wildgemusterter Bluse, öffnete die Tür und winkte sie hinein. Drinnen ergriff sie nacheinander Hardys und Hannahs Hand und schüttelte sie überraschend kräftig.

»Um was geht es heute?«, fragte sie augenzwinkernd und wies auf die Eckbank.

»Um den Mann, den Sie am See beobachtet haben. Erzählen Sie uns bitte genau, wann das war und was sich zutrug.«

»Ich bin täglich am See, laufe eine Runde und setze mich danach mit meinem Buch auf eine der Holzbänke. Auch wenn es kalt ist, versuche ich, mindestens eine Stunde auszuharren. Heute ging das prima, weil die Sonne schien. Na, jedenfalls saß ich auf der Bank, als der Kerl an mir vorbeiging. Kam von der Gaststätte und lief weinend vorüber. Aus zwei Gründen war ich echt erschrocken. Erstens, wann trifft man mal auf einen Mann, dem in der Öffentlichkeit Tränen übers Gesicht rollen? Zweitens wunderte ich mich darüber, dass er einen Stoffhasen im Arm hielt, den er so fest an sich presste, als wollte er ihn vor dem Rest der Welt verteidigen. Ich grüßte, bekam jedoch keine Antwort. Ich glaube, er registrierte kaum, dass er von mir beobachtet wurde. Nach etwa zwanzig Minuten kehrte er zurück, ohne das Kuscheltier. Er hatte aufgehört zu weinen und wirkte ausgesprochen entschlossen. Als der Typ an der Bank vorbeiging, wünschte er mir einen guten Tag und ging in die Kneipe unten am See. Wie lange er dortgeblieben ist und was er danach machte, kann ich leider nicht sagen.«

»Ist er Ihnen noch einmal begegnet, nachdem Sie vom See zurückkamen?«, fragte Hardy.

»Könnte sein. Als ich später nach vorne lief, um den Nachmittagstee in der Gaststätte zu trinken, sah ich jemanden zum Freibad gehen. Von der Statur her passte es. Ich habe aber nicht weiter geschaut, weil Roswitha bereits dort saß und mich sofort in ein Gespräch verwickelte.«

»Von welchem Schwimmbad sprechen Sie?«

»Unten am See gibt es ein Kleinschwimmbad. Im Hegbachsee ist Baden verboten, also haben die Verantwortlichen wenigstens für die Kinder eine Möglichkeit geschaffen, sich im Sommer ein wenig abzukühlen. Immer wieder wird das Geld knapp und Spenden sind nötig, um den Betrieb aufrechtzuerhalten. Wie das eben so ist.«

»Verstehe«, antwortete Hannah. »Wie kommen wir da hinein? Ich meine, hat jemand auf dem Platz einen Schlüssel? Erna beispielsweise?«

Schorsch stand auf. »Die müsste einen haben. Ich begleite Sie zur Rezeption, dann sehen wir weiter.«

»Nicht nötig«, erwiderte Hardy, während er sich von der Eckbank erhob. »Wir finden den Weg zurück.«

»Wer soll der Kerl überhaupt sein?«, fragte Sybille Schneider neugierig.

»Robert Glockner. Der Cousin von Matthias, den kennen Sie ja.«

»Ach so. Und hat der was ausgefressen?« Sie blinzelte mehrmals hintereinander.

»Nein«, erklärte Hardy sachlich. »Wir möchten ihn nur etwas fragen.«

Hannahs Handy begann, sich mit der Melodie von »Puttin' on the Ritz« bemerkbar zu machen. Sie ging nach draußen, um das Gespräch entgegenzunehmen, während Hardy die Hände des Ehepaars schüttelte.

»Viel Glück«, wünschte Schorsch zum Abschied.

»Und Sie sind hundertprozentig sicher, dass mein Mann nicht doch lieber mitkommen soll? Was, wenn der Kerl Ihnen beiden auflauert?«, fragte Sybille besorgt.

»Er ist nur ein Zeuge«, erklärte Hardy lächelnd.

»Du liest einfach zu viele Krimis«, stellte ihr Ehemann fest und grinste. »Im echten Leben lauert nicht hinter jeder Ecke eine tödliche Gefahr. Auch wenn dir das nach jahrelanger Lektüre von Kriminalfällen so scheint, ist es zum Glück wenig realistisch.«

Hardy nickte zustimmend, öffnete die Tür und folgte seiner telefonierenden Kollegin in den Garten der Parzelle.

»Verstehe. Ehrlich gesagt kommt mir das entgegen, ich muss auch noch ein bisschen was erledigen heute Abend. Lass uns einfach morgen telefonieren«, sagte Hannah. Als sie Hardy auf sich zukommen sah, beendete sie das Gespräch abrupt.

»Wer war das?«

»Nichts Wichtiges. Meine Verabredung zum Abendessen.«

»Okay. Ich merke schon, du möchtest keine weiteren Informationen ausplaudern.«

»Vollkommen richtig. Lass mich erst einmal herausbekommen, ob es sich lohnt, darüber zu sprechen, in Ordnung?«

»Klar«, erwiderte er geschäftsmäßig. »Sollen wir zum Schwimmbad gehen?«

Sie nickte und schaltete die Taschenlampe ein. Wieder dauerte es einige Minuten, bis Erna die Tür der Rezeption aufschloss.

»Eingenickt«, erklärte sie mit verschlafenem Gesichtsausdruck. »Was kann ich tun?«

»Uns ins Schwimmbad lassen«, bat Hardy lächelnd.

»Tut mir leid, aber die Schlüssel sind unterwegs. Der Boss trifft sich in den nächsten Tagen mit einigen Spendern und hat sie eingesteckt, damit er nicht ständig erst hierher kommen muss, wenn er in die Anlage möchte. Allerdings dürfte der Zaun kein großes Hindernis für Sie beide darstellen. Klettern Sie einfach rüber.«

»In Ordnung, danke.«

Die Auskunft von Erna erwies sich als absolut richtig. Die Kommissare stiegen ohne Probleme über das Tor zur Schwimmanlage. Auf dem Gelände ließ Hannah den Lichtkegel zum Becken gleiten und erschrak, als ein wasserspeiender Pinguin in ihrem Blickfeld aufblitzte.

»Heiliges Kanonenrohr, den hab ich nicht erwartet. Hat der mich erschreckt.«

»Oben auf dem Gebäude sitzt jemand«, flüsterte Hardy. »Lass uns zunächst so tun, als gingen wir wieder.«

»Wo genau?«, erkundigte Hannah sich überrascht.

»Direkt neben dem Eingang. Ich habe nur eine Bewegung wahrgenommen.«

Die Kommissarin ließ den Lichtschein noch einmal über das Gelände huschen, ohne das Gebäude zu erhellen. Laut erklärte sie: »Hier scheint alles in Ordnung. Oder hast du etwas bemerkt?«

»Nein. Muss ein Fehlalarm gewesen sein. Lass uns zurück zum Revier fahren.«

Nebeneinander gingen sie zum Ausgang und liefen einige Meter weiter, um aus dem Sichtfeld des Mannes zu gelangen.

»Bist du sicher, dass da oben jemand saß?«

»Absolut. Er hockt etwa in der Mitte des oberen Stockwerkes. Als wir kamen, duckte er sich.«

»Wie kommen wir ohne Schlüssel an ihn heran?«, fragte Hannah ratlos.

»Über den hinteren Abschnitt des Gebäudes. Hast du bemerkt, dass das Haus aus mehreren Teilen besteht? Vermutlich wurde nach und nach angebaut. Ganz am Rand unter den Bäumen, an der Zufahrt zum Platz, steht ein flacher Gebäudeteil. Da müssten wir unbemerkt raufklettern können, wenn wir eine Leiter besorgen.«

»Ich schlage vor, wir rufen Verstärkung und verzichten auf Kletterpartien. Falls er bewaffnet ist, ist es ein Leichtes, uns ins Visier zu bekommen.«

»Auch wieder wahr«, gab Hardy zu. »Telefoniere du mit Mitheimer, ich schleiche zurück und behalte ihn im Auge.«

Hannah lief zur Straße und informierte ihren Chef über die aktuelle Lage.

»Machen Sie keine Dummheiten, bis wir da sind, verstanden?«

»Nein, versprochen. Ich erwarte die Verstärkung vorne am Weg, damit Glockner nichts mitbekommt, wenn er es ist. Hartmann bleibt zur Beobachtung des Kerls beim Schwimmbad.«

»Ich verlasse mich auf Sie. Bis gleich«, erwiderte Mitheimer und legte auf.

Die Kommissarin überlegte, ob sie noch einmal zurück zu Hardy gehen sollte. Bis zum Eintreffen der Kollegen würden einige Minuten vergehen. Dass Robert Glockner nicht einzuschätzen war, wusste sie spätestens nach den Ergebnissen des heutigen Tages. Sie befürchtete, dass er, einmal in die Enge getrieben, zu Handlungen fähig war, die ihren Kollegen gefährden konnten.

Ein dumpfes Geräusch aus der Umgebung des Schwimmbades riss sie aus den Gedanken.
»Verfluchte Scheiße«, hörte sie Hardy rufen und rannte los.
Der Umriss eines Mannes bewegte sich über die Dächer in ihre Richtung. Sie blieb abrupt stehen, zog ihre Waffe aus dem Holster und nahm ihn ins Visier. Der Mann lief auf die Überdachung des Gebäudeteiles zu, über das Hardy vorhin zu ihm gelangen wollte. Die Kommissarin schrie: »Stehen bleiben, Polizei!«, als er auf den Boden sprang.
Der Mann rannte unbeirrt weiter, ohne ihrer Aufforderung Folge zu leisten. Sie atmete tief ein, zielte und drückte ab. Mit einem Aufschrei fiel er auf den Betonweg, hielt sein Bein umklammert und blieb liegen.
Vorsichtig und mit erhobener Waffe ging die Kommissarin zu ihm. Es handelte sich tatsächlich um Robert Glockner.
»Ich verhafte Sie wegen des dringenden Tatverdachtes der Beteiligung an der Entführung Ihres eigenen Sohnes.«
Hardy trat atemlos neben sie und legte Robert Glockner Handschellen an. Aus der Ferne hörte Hannah die herannahenden Wagen des Verstärkungsteams.
»Ich habe nichts mit dem Verschwinden von Christopher zu tun«, keuchte Glockner.
»Nein? Und wie erklären Sie uns, dass Sie sehr genau wussten, wer den Jungen in seine Gewalt gebracht hat? Über Jahre haben Sie kein Wort zu der Polizei oder der Mutter des Kindes gesagt. Klingt für mich nach Mittäterschaft«, zischte Hannah angewidert.
»Sie haben doch nicht die geringste Ahnung.«
»Nein. Aber die werden wir bekommen, das verspreche ich hoch und heilig.«
Die Fahrzeuge der Kollegen rollten mit ausgeschalteten Scheinwerfern heran. Hannah lief ihnen entgegen und winkte.
»Mein Bein tut höllisch weh«, jammerte Glockner hinter ihr.
Sie drehte sich zu ihm um und lächelte kalt. »Wissen Sie was? Das ist mir scheißegal, denn das ist nichts gegen den Schmerz, den Ihr Sohn erleiden musste.«

16. März 2014, Hannahs Wohnung

Hannah genoss es, im Bett zu liegen und kein Klingeln des Weckers befürchten zu müssen. Für heute hatte Winterherbst Hardy und ihr freigegeben. Denn bis Robert Glockner medizinisch versorgt war und für eine Befragung zur Verfügung stand, blieb ein wenig Zeit.
Bis tief in die Nacht hatten Hannah und Hardy gestern noch gemeinsam mit dem Boss im Büro gesessen und die eingegangenen Hinweise ausgewertet. »Ruhen Sie sich morgen einfach einmal aus«, hatte Mitheimer entschieden, als er sie in den Feierabend verabschiedet hatte.
Als ihr Rücken alarmierend zu schmerzen begann, rollte sie sich aus den Laken und lief ins Badezimmer. Nach einer heißen Dusche befüllte sie die Kaffeemaschine, stellte Wasser für Eier auf und sah in einen verwaisten Brotkorb. »Mist, wieder nichts zu Hause.«
Sie ging zurück ins Schlafzimmer und schlüpfte in Jeans, Rollkragenpullover und dicke Boots. Als sie den Schlüssel in die Handtasche warf und sich vergewisserte, dass ihr Geldbeutel in der Tasche steckte, klingelte ihr Handy. Ein rascher Blick aufs Display zeigte ihr, dass Cornelius Winterherbst anrief.
»Guten Morgen, schon fit?«, fragte sie munter.
»Selbstverständlich. Ich sitze über den Proben deines Kollegen Çetin Alkan und wollte dir mitteilen, dass sich tatsächlich eine geringe Dosis Betäubungsmittel in seinem Blut befand.« Er lachte laut auf.
»Was gibt es da zu lachen?«
»Na ja, sagen wir so. Es fanden sich winzige Spuren von Flunitrazepam in den Proben, die Neumann mir brachte. Zum Glück konnte ich die Analyse gestern rasch in Auftrag geben, sonst hätte das Labor nichts mehr nachweisen können. Die errechnete Dosis hätte ihn aber nie so aus der Bahn geworfen.«
»Wie meinst du das?«

»Ausgehend davon, dass Herr Alkan nach eigenen Angaben vier oder fünf Bier, plus zwei Schnäpse, getrunken hat und sonst aus Glaubensgründen abstinent lebt, würde ich das eine ordentliche Alkoholvergiftung nennen. Die ist viel schlimmer als das Zeug, das ihm untergejubelt wurde. Er wird rasch wieder auf den Beinen sein.«

Hannah kicherte. »Dann hat er sich schlicht und ergreifend so besoffen, dass er im Krankenhaus gelandet ist? Und es wäre vermutlich auch passiert, wenn ihm niemand etwas ins Glas geschüttet hätte?«

»Jepp, das wollte ich damit ausdrücken. Neckt ihn nicht zu sehr, bitte. Ich gehe davon aus, dass er versucht hat, vor den Jungs, mit denen er zusammensaß, einfach mitzuhalten, um keinen Verdacht zu erregen. Neumann erzählte mir, dass er quasi undercover unterwegs war.«

»Ja, das stimmt. Ich hoffe, er konnte noch etwas herauskriegen, bevor die Lichter ausgingen. Nachher werde ich mich bei ihm melden. Danke, dass du mir Bescheid gesagt hast.«

»Klar. Wie sehen deine Pläne für heute Abend aus?«

Hannah antwortete ehrlich. »Am liebsten wäre es mir, keine Verpflichtungen zu haben. Sorry, aber ich bin von den letzten Tagen echt erschlagen. Mein Vorschlag wäre, wir telefonieren morgen wieder und finden gemeinsam ein anderes Datum für unser Essen?«

»Bist du sicher, dass du dich zu einem Abendessen mit mir verabreden willst?«, fragte er zweifelnd.

»Auf jeden Fall. Nur eben nicht heute. Bitte hab Verständnis. Ich bin sicher, dass du nur zu genau weißt, was es heißt, todmüde und fertig zu sein.«

»Ich werde das akzeptieren, weil mir daran liegt, dass wir Freunde sind. Aber mach dir bitte keinen Sport daraus, Ausreden zu erfinden, okay?«

»Nein, versprochen. Wir telefonieren morgen. Bis dann.«

17. März 2014, Polizeipräsidium

Robert Glockner wurde von einem Beamten in den Verhörraum des Polizeireviers gebracht. Hannah und Hardy, die bereits am Tisch saßen, beobachteten, wie er humpelnd zum Stuhl ihnen gegenüber schritt und Platz nahm.
»Wo ist Ihr Cousin Matthias?«, eröffnete die Kommissarin die Befragung.
»Keine Ahnung.«
»Und das sollen wir glauben, nach all dem Mist, den Sie uns in der letzten Zeit aufgetischt haben?«
»Glauben Sie doch, was Sie wollen«, gab Glockner grantig zurück. »Ich weiß es nicht.«
»Gut. Dann beginnen wir einfach an dem Tag, als Sie entdeckten, dass Ihr Sohn am Leben ist und von Matthias Glockner festgehalten wird. Warum haben Sie das nicht bei der Polizei gemeldet?«
»Er hat mir gedroht, ihn zu töten.«
Hardy rutschte nervös auf seinem Stuhl hin und her. »Verstehe. Und Ihr Vertrauen in die Polizeiarbeit ist so gestört, dass Sie glaubten, den Bub besser in den Händen eines Verrückten zu lassen, als uns zu verständigen?«
Glockner schüttelte den Kopf. »Sie kennen ihn nicht. Er hätte Christopfer ermordet und uns alle mit hineingezogen, falls die Polizei ihn je geschnappt hätte. Er ist gerissen und wäre vermutlich entkommen.«
»Womit hatte er Sie in der Hand?«, fragte Hannah schneidend. »Es gibt noch einen anderen Grund für Ihr Stillschweigen, oder? Niemand, der normal im Kopf ist, lässt sein Kind freiwillig in den Fängen eines Entführers.« Sie schwieg einen Augenblick und taxierte Robert Glockner. »Ich finde Ihr Verhalten abnormal und kann es nicht nachvollziehen, halte Sie aber keinesfalls für einen Dummkopf. Also, raus mit der Sprache, womit hat er Sie dazu gebracht, zu schweigen?«
Sie schob das Tagebuch in Glockners Richtung. »Hierin fand sich keine Erklärung.«

»Ich hatte mein Leben lang Angst vor ihm. Ständig drangsalierte er mich, hielt mir vor, ein Feigling zu sein und nichts in den Griff zu bekommen.«

»Wenn das der einzige Grund ist, muss ich ihm leider Recht geben. Aber das glaube ich kaum. Derart feige ist niemand, um das eigene Fleisch und Blut irgendwelchen Ängsten zu opfern. Da steckt mehr dahinter. Bernie Friedmann ist übrigens der gleichen Ansicht.«

»Sie haben ihr davon erzählt?« Robert Glockner erbleichte und sackte auf dem Stuhl zusammen.

»Selbstverständlich. Oder dachten Sie tatsächlich, dass Sie mit der Nummer durchkommen, ohne dass sie es erfährt? Das finde ich ausgesprochen naiv. Zuerst zogen wir sogar in Betracht, sie bei Ihrer Anhörung anwesend sein zu lassen. Allerdings vermute ich, dass die arme Frau diese seelische Grausamkeit nicht lange ertragen könnte.« Hannah stand auf und ging im Raum auf und ab. »Sie hingegen haben es fertiggebracht, über zwanzig Jahre eine Tat zu decken und Ihr Kind in den Händen eines Verbrechers zu lassen, ohne zu helfen. Wie vereinbaren Sie das mit Ihrem Gewissen? Können Sie eigentlich schlafen?«

Robert Glockner ließ seinen Kopf sinken und begann zu weinen. Einige Minuten verstrichen und die Kommissare schwiegen, um die nächsten Reaktionen des Mannes abzuwarten.

»Alina wusste es ebenfalls«, erklärte dieser stockend. »Sie sah Matthias und ihren Bruder zufällig auf der Straße. Im Club hat sie das Tagebuch gefunden und begriffen, dass ich meinen Cousin deckte. Sie kam zu mir auf die Arbeit und konfrontierte mich damit. Sie hat getobt und mir vorgeworfen, dass ich der feigste Mensch auf der Welt sei. Ich bin durchgedreht und schlug zu. Sie verlor für einige Zeit das Bewusstsein und ich schleppte sie über den Notausgang nach draußen. Als ich wieder im Büro saß, erkannte ich, dass sie Bernie alles erzählen und die Polizei verständigen würde. Kurz vor einer Telefonzelle erwischte ich sie. Ich flehte sie an, mir bei der Suche zu helfen und ihre Mutter aus dem Spiel zu lassen.«

»Sind Sie in den Tod Ihrer Stieftochter verwickelt?«

»Ja und nein. Ich meine, ich habe ihr nichts angetan, falls Sie darauf hinauswollen. Aber ich denke, dass unsere Begegnung und ihre Erkenntnisse sie dazu brachten, vom Dach zu springen.«

Glockner kämpfte gegen erneute Tränen an und schnäuzte geräuschvoll in ein Taschentuch.

»Sie hielten sich nicht in der Nähe des Hauses auf?«, fragte Hannah noch einmal eindringlich.

»Nein. Ich fuhr kopflos durch die Gegend und versuchte zu erahnen, wo Matthias und mein Sohn untergekrochen waren. Stoppte an allen mir bekannten Plätzen, die er öfters angesteuert hat, als er in Rüsselsheim lebte. Ich fand sie nicht und bin wieder zur Arbeit gefahren.«

Hardy sprang auf und ging mit drohendem Zeigefinger auf Glockner zu.

»Sie meinen, Sie sind ins Büro und haben keine weiteren Maßnahmen ergriffen, um Ihren Sohn oder Ihre Stieftochter zu finden? Einfach so zurück zum Tagwerk und mal abwarten, was als Nächstes passiert?«

»Ja. Ich ging davon aus, dass Matthias sich bei mir melden würde. Denn eigentlich wollte er sich mit mir verabreden, zumindest bot er es während des Telefonats an. Wollte mir den genauen Treffpunkt und die Uhrzeit noch mitteilen. Doch dann ist Alina plötzlich aufgetaucht, und er musste abhauen.«

»Was gab es bei dem Treffen zu besprechen?«, erkundigte Hannah sich.

»Er sagte, dass ich Christopher mitnehmen könne, wenn ich ihm einen Gefallen tun würde. Um was es dabei im Einzelnen ging, habe ich nie mehr erfahren.«

»Wusste noch jemand davon, dass Sie Kenntnis darüber hatten, dass Ihr Sohn lebte und wer ihn gefangen hielt?«

Robert Glockner schwieg einen Moment lang und blickte zur Decke. Dann schüttelte er den Kopf. »Nein.«

»Sicher?«, hakte Hardy wütend nach.

»Ich habe es niemandem erzählt. Warum auch?«

»Tut mir leid, Kollege, ich muss eine Pause machen, sonst drehe ich durch«, rief Hannah aufgebracht und stand auf. »Kommst du mit, oder möchtest du die Befragung allein fortsetzen?«

»Ich denke, wir können alle eine Unterbrechung gebrauchen. Brauchen Sie noch etwas zu trinken, Herr Glockner?«, fragte Hardy. Die Kommissarin hörte aus seiner Art zu reden, dass auch er sich nur mit Mühe zusammenreißen konnte.

Auf dem Flur standen sie gemeinsam am Kaffeeautomaten und schwiegen eine Weile.
»Ich war auf einiges gefasst, was der Mistkerl uns auftischen könnte, aber das ist echt krass«, stellte Hannah fest. »Der Typ hat vermutlich zwei seiner Kinder auf dem Gewissen, zumindest indirekt. Hältst du es für möglich, dass der Junge am Leben ist?«
»Schwer zu sagen, aber ich habe wenig Hoffnung. Wir müssen Glockner weiter in die Zange nehmen, um herauszufinden, wo der Cousin abgeblieben ist. Womöglich finden wir dann eine Spur zu Christopher«, erwiderte Hardy entschlossen.
»Vielleicht kommen auch noch brauchbare Hinweise zu den Suchmeldungen herein.«
»Nach fast zwei Tagen? Da müssten wir aber Glück haben. Ich denke, die Nummer ist durch. Wer bisher nicht angerufen hat, wird es kaum mehr tun.«
»Ja, vermutlich hast du Recht. Bereit, ihm wieder gegenüber zu sitzen?«, fragte Hannah mit angewidertem Gesichtsausdruck.
»Mit bloßen Händen erwürgen könnte ich den Typen da drin, aber ich muss sachlich bleiben.«
»Da sind wir zu zweit, was das Würgen anbelangt, und auch bei der Einsicht, es besser nicht zu tun. Der Kerl ist unheimlich. Ich glaube, dass wir heute noch ein paar Abscheulichkeiten mehr aus ihm herausbekommen werden.«
Sie warf eine Münze in den Kaffeeautomaten und drückte die Espresso-Taste. Das Gerät verschluckte das Eurostück mit einem elektronischen Piepsen und stand still.
»Alles andere hätte mich überrascht«, knurrte die Kommissarin und trat mit einem lauten Rums an die Unterseite des Automaten. Das Licht des Kaffeeschildes auf der Vorderseite des Gerätes erlosch mit einem leisen Knacken. Schulterzuckend lief Hannah hinter Hardy zurück zum Verhörraum.

»Sie sind wieder in die Firma gefahren, nachdem Sie mit Alina gesprochen und die Umgebung abgesucht hatten, korrekt?«

Robert Glockner nickte.

»Wie erfuhren Sie vom Tod Ihrer Stieftochter?«

»Bernie rief mich an. Wir kamen uns nach dem Verschwinden von Christopher ja wieder ein wenig näher. Jetzt brauchte sie Beistand, und ich bot ihn ihr.«

Hardy blickte ihn mit düsterem Gesichtsausdruck an. »Sie sind zu ihr gefahren und haben sie getröstet, obwohl Sie den Sprung von Alina vermutlich mit verschuldet hatten? Nahmen Bernie in den Arm und linderten ihren Schmerz? Ich bin sprachlos. Wie konnten Sie nur?«

Glockner zuckte die Schultern und schaute nachdenklich, als ob er begreifen wollte, warum Hardy ihn niederträchtig fand.

»Sie versank im Kummer. Weshalb hätte ich ihr meinen Beistand verweigern sollen? Dass Alina sich vom Haus stürzen würde, konnte ich doch nicht voraussehen. Und ehrlich gesagt bin ich bis heute davon überzeugt, dass es ein Unfall war. Sie ist zu dicht an den Rand des Daches gelaufen, und dabei stolperte sie vermutlich und fiel in die Tiefe. An einen Selbstmord habe ich nie geglaubt.«

»Sie erinnern sich aber noch daran, was Sie uns vor einigen Minuten erzählt haben?«, unterbrach Hannah Robert Glockner. »Ihre Tochter begriff, dass Sie den Entführer von Christopher decken und nichts unternahmen, um ihren Sohn aus seinen Fängen zu befreien. Und da behaupten Sie allen Ernstes, dass man keineswegs voraussehen konnte, dass das Kind in unglaublicher seelischer Not war? Wie naiv sind Sie? Alina wusste keinen Ausweg. Sie musste davon ausgehen, dass ihre Mutter ihr keinen Glauben schenken würde, wenn Sie das Gegenteil behaupteten und sie als Verrückte darstellen würden. Dazu der Kummer um ihren geliebten Bruder. Und da beteuern Sie, dass der Sturz vom Dach ein Unfall gewesen ist?«

»Würden Sie aufhören, mich ständig anzugreifen? Ich sage Ihnen die Wahrheit und beschönige nichts. Deshalb erscheint es mir nur höflich, wenn Sie zuhören und das

Werten meines Handels sein lassen. Zumindest, bis wir zum Ende der Befragung gekommen sind. Ist das möglich?«
Die Kommissarin schluckte, bevor sie ihre Antwort herauspresste. Ihr aufgesetztes Lächeln entsprach dabei eher einer Grimasse.
»Sie müssen entschuldigen, aber es scheint mir nahezu unmöglich, emotional unberührt zu bleiben. Dennoch haben Sie Recht und wir werden uns bemühen, zuzuhören, ohne Ihnen zu nahe zu treten. Mehr kann ich nicht versprechen. Ist das in Ordnung?«
»Völlig«, erwiderte er mit einem wohlwollenden Lächeln. »Sie merken, dass Alina mit ihrer Aussage über meine Feigheit ein wenig danebenlag.«
»Weil Sie hier sitzen und so tun, als könnten Sie uns herumkommandieren und erklären, wie wir eine Befragung durchzuführen haben?«, zischte Hardy zornig. »Kollegin Bindhoffer reicht Ihnen den kleinen Finger, und Sie sehen das als Sieg auf ganzer Linie? Da muss ich Sie leider enttäuschen, Herr Glockner, denn mit Mut hat das wenig zu tun. Ich weiß nichts davon, dass wir Verdächtige mit Samthandschuhen anfassen und mit Respekt behandeln sollten. Zumindest ist es nirgends schriftlich hinterlegt, oder, Hannah?«
Er sah seine Kollegin an, die regungslos blieb, und sprach mühsam beherrscht mit erhobener Stimme weiter.
»Lediglich die Höflichkeit gebietet uns, respektvolles Verhalten gegenüber einem Beschuldigten an den Tag zu legen. Wenn ich allerdings auf einen Typen wie Sie stoße, der unvorstellbare Dinge auf dem Kerbholz hat und versucht, uns zu verscheißern, werde ich stinkig. Und das nicht zu knapp. Verstanden?«
Robert Glockner sank ein wenig in sich zusammen.
»Ist es mutig, einem Polizisten zu sagen, er soll sich benehmen? Besonders dann, wenn man in einem Verhör sitzt? Nein, es ist pure Dummheit. Denn so verspielen Sie Ihre letzten Chancen, als Person ernst genommen zu werden. Also, falls Sie einmal Mut beweisen wollen, sollten Sie endlich die Wahrheit sagen und nicht länger darauf beharren, dass alles, was passiert ist, ohne Ihr Zutun geschah. Die Feigheit, die Sie in Bezug auf Ihre Kinder gezeigt haben, wiegt das keinesfalls auf, aber es wäre ein Anfang.«
Er atmete hörbar aus und wandte sich an Hannah.

»Ich muss für eine Minute raus und an die frische Luft, sonst explodiere ich. Ist das okay für dich?«
Sie nickte zerknirscht. »Mach nicht zu lange.«
»Versprochen.«

15. März 2014, Rudi

Er erwachte in einem Rettungswagen. Über ihm stand ein Arzt, der eine Infusion anlegte.

»Na, wieder bei uns?«, fragte der Doktor mit einem aufmunternden Lächeln.

Die Erinnerungen an die Bilder aus den Nachrichten kamen zurück. Er versuchte, die Arme zu heben und sich aufzusetzen. Erfolglos. Seine Arme, seine Beine und der Oberkörper waren an der Krankenliege fixiert.

»Polizei«, brachte er stotternd heraus. Kaum darüber verwundert, dass die Sprachblockade überwunden schien und er über glasklare Erinnerungen verfügte, bat er keuchend: »Bitte, Polizei.«

»Zuerst kümmern wir uns darum, dass Sie wieder in Ordnung kommen. Ich vermute, dass Sie einen Anfall hatten. Deshalb werden wir Sie in der Klinik auf den Kopf stellen, um sicherzugehen, dass keine gesundheitlichen Schäden zurückgeblieben sind. Danach können wir immer noch die Polizei verständigen.«

Er blickte auf den Monitor des angeschlossenen EKGs. »Beruhigen Sie sich bitte, wir sind gleich da, Rudi.«

Dieser schüttelte energisch und vehement den Kopf: »Christopher!«

Erschrocken schaute der Arzt zu ihm hinab. »Was wollen Sie mir damit sagen? Hat Ihr Pfleger mir falsche Informationen gegeben? Sind Sie gar nicht Rudolf Meier?«

Erneut ruckte sein Kopf hin und her. »Schreiben!«

»Entschuldigung, aber bitte gedulden Sie sich, bis wir in der Klinik sind. Ich verspreche, dass Sie mir später alles aufschreiben dürfen, was Sie zu sagen haben. Es dauert keine fünf Minuten mehr. Ihr Herz rast, und wenn Sie weiterhin so unruhig bleiben, wird es noch schlimmer. Atmen Sie ruhig und versuchen Sie, für einen Moment zu vergessen, was Sie so derart beschäftigt. Vermutlich hat diese Aufregung Ihnen den Anfall beschert. Ein zweiter könnte lebensbedrohlich enden. Also atmen Sie tief ein und aus und denken Sie an etwas anderes, bis wir die Klinik erreicht haben, auch wenn es schwerfällt.«

Christopher schloss die Augen und versuchte den Anweisungen des Arztes Folge zu leisten. Die eigenen Atemgeräusche begannen, in seinen Ohren als lautes Rauschen zu vibrieren. Das von Wollust und Sadismus gezeichnete Gesicht von Matthias drängte sich kraftvoll in sein Bewusstsein. Er riss die Lider auf und umschloss krampfhaft mit seinen Händen den Rand der Liege. Pulsierende Lichtpunkte tanzten in seinem Blickfeld auf und ab. Panik schnürte ihm den Brustkorb zu.

Er hörte das energische Piepen eines medizinischen Gerätes, das durch das Wageninnere dröhnte, bevor ihn erneut Schwärze umfing.

17. März 2014, Polizeipräsidium

Hardy stieß die Ausgangstür auf und zündete die Zigarette an, die er bereits auf der Treppe aus der Schachtel gezogen hatte. Nach vier tiefen Zügen beruhigte er sich allmählich und bereute, Hannah mit Robert Glockner alleingelassen zu haben. Die Kaltblütigkeit mancher Täter, und im Fall des Mannes oben auch die Uneinsichtigkeit, etwas Furchtbares getan und damit großes Leid verursacht zu haben, ließ ihn an seine Grenzen stoßen. Er liebte den Polizeidienst und war bis heute der Ansicht, dass die Möglichkeit bestand, der Welt ein wenig mehr Gerechtigkeit zu schenken. Doch wenn er es mit solchen Menschen zu tun bekam, wünschte er oft, den Vorschlag des Vaters angenommen zu haben, als Tischler in Lohn und Brot zu stehen.
Merkt der Kerl da oben überhaupt, was er falsch gemacht hat? Besteht die Möglichkeit, dass er wirklich nicht kapiert, welches Unglück er über seine Familie gebracht hat?
Hardy schüttelte den Kopf. *Alles Theater, was der da abzieht! Wir werden sehen, wie weit er damit kommt*, dachte er grimmig und ging zurück zum Verhörraum.

Als er eintrat, trank Robert Glockner gierig aus einem Glas Wasser.
»Geht wieder«, erklärte Hardy und nahm Platz. »Wo waren wir stehengeblieben?«
»Herr Glockner berichtete mir eben davon, dass er mehrmals mit seinem Cousin telefoniert und ihn um die Freilassung des Kindes gebeten hat. Matthias Glockner weigerte sich und drohte damit, den Jungen zu ermorden, wenn er es wagte, die Sache der Polizei zu melden. Also akzeptierte Herr Glockner die Tatsachen einfach und versuchte, wenigstens den Rest seines erbär…« Sie brach kurz ab und schluckte. »… seines Lebens wieder in Ordnung zu bringen. Er traf sich mit Bernie Friedmann, tröstete sie über Jahre hinweg und versicherte ihr, dafür zu sorgen, dass sie keine erneuten Schicksalsschläge erleiden musste. Er besorgte Lisa die Stelle in Hamburg und schlug damit zwei Fliegen mit einer Klappe. Seine Ex-Partnerin lebte allein in der Wohnung und lud ihn öfter ein,

vorbeizukommen. Ihre Tochter hielt sich weit genug entfernt auf, um ihm keinen Strich durch die Rechnung machen zu können.«

»Verstehe«, erwiderte Hardy düster. »Für ihn war alles wieder im grünen Bereich. Das Gewissen scheint ihn nie allzu sehr geplagt zu haben.«

Robert Glockner schlug mit der Faust auf den Tisch, so dass das Wasserglas vor ihm bedrohlich schwankte.

»Hören Sie auf! Kapieren Sie denn nicht, dass es mir nur darum ging, meinem Sohn das Leben zu retten? Und dass ich dadurch mehr Zeit bekam, um darüber nachzudenken, was ich unternehmen konnte? Sie sind kinderlos, oder?« Er sah Hardy herausfordernd an.

»Oh, jetzt kommt die Nummer«, erwiderte Hardy sarkastisch. »›Sie haben keine Kinder und deshalb werden Sie niemals nachvollziehen können, warum ich mich so verhalten habe.‹ Soll ich Ihnen etwas gestehen? Sie haben vollkommen Recht. Ich verstehe nicht im Geringsten, wie man seinen Sohn in der Gewalt eines Menschen lassen kann, vor dem man in der eigenen Kindheit und Jugend gebibbert hat. Sich vorzustellen zu müssen, was mit ihm geschieht, während man selbst Ruhe in Anspruch nimmt, um das weitere Vorgehen zu planen. Das ist doch hirnrissig. Egal wie ich es drehe und wende, es macht null Sinn. Der Umstand, dass ich in der Tat kein Papa bin, hindert mich keineswegs daran zu erkennen, dass Sie als Vater auf ganzer Linie versagt haben. Nichts, was Sie hier sagen können, ändert etwas daran.«

»Was meinen Sie damit, dass Sie mehr Zeit brauchten, um nachzudenken? Was hatten Sie vor?«, fragte Hannah in dem Versuch, die explosive Stimmung zu entschärfen.

»Wie ich vorhin bereits erwähnte, telefonierte ich ab und an mit Matthias. Diesen Umstand verdankte ich vermutlich seiner sadistischen Ader. Im Abstand von mehreren Monaten meldete er sich und forschte nach, ob ich den Mund gehalten hatte. Im Gegenzug versuchte ich herauszubekommen, wo er steckte, und hoffte, dass er eines Tages versehentlich eine Information preisgab, mit der ich die beiden ausfindig machen konnte. Nachdem er von Alina entdeckt worden war, rief er länger nicht an. Ich befürchtete, nie mehr von ihm zu hören.« Robert Glockner schwieg und dachte nach.

»Und?«, fragte Hardy ungeduldig. »Meldete er sich nochmal bei Ihnen?«

»Anfang September 1986. Nachdem ich so lange kein Lebenszeichen mehr von ihm erhalten hatte, musste ich endlich Nägel mit Köpfen machen. Ich drohte Matthias sofort damit, zur Polizei zu gehen, wenn er mich meinen Sohn nicht sehen ließ. Zunächst lachte er nur. Doch scheinbar begriff er, dass ich es dieses Mal ernst meinte, und stimmte letztendlich zu. Wir verabredeten einen Treffpunkt kurz hinter der Grenze der damaligen Tschechoslowakei. Ich weiß noch, dass ich mich darüber wunderte, dass er es gewagt hat, mit Christopher die Grenze zu überqueren. Schließlich wurden zu diesem Zeitpunkt noch Kontrollen durchgeführt. Ich nahm an, dass er unter enormem Druck gestanden haben muss, um das Risiko auf sich zu nehmen, Einerlei, er gab mir die Adresse zu einem verlassenen Haus außerhalb einer Ortschaft.

Als ich dort ankam, stand Matthias allein vor der Tür. Keine Spur von Christopher. Also ging ich auf das Spiel ein. Ich wollte endlich meinen Sohn aus seinen Fängen befreien. Auf die Frage, wo er den Jungen gelassen hatte, antwortete er, dass ich das noch früh genug erfahren würde. Seelenruhig packte er einen Umschlag mit Fotos aus und reichte sie mir. Sie zeigten ihn und Christopher. Auf einer der Aufnahmen stand mein Sohn Arm in Arm mit Matthias und lächelte fröhlich in die Kamera. Neben den beiden posierte eine Frau, die zufrieden einen Daumen in die Luft streckte. Ich erinnere mich, dass ich darüber nachdachte, wer sie war. Ihr Gesicht schien mir bekannt vorzukommen. Doch als ich auf anderen Bildern meinen Sohn gefesselt auf einem Stuhl sitzen sah, oder nackt und mit abwesendem Blick auf einer Bettkante, erkannte ich, dass ich zu spät gekommen war. Den Einfluss und die Macht der Zeit unterschätzt hatte. Christopher schien Matthias als eine Art Vater zu sehen und die täglichen Misshandlungen als gegeben hinzunehmen.«

»Kein Wunder«, warf Hardy ein. »Denn da hielt ihn dieses Schwein bereits mehr als vier Jahre gefangen. Kinder sind extrem anpassungsfähig, vermutlich auch in solchen Situationen. Ich gehe davon aus, dass Ihr Sohn sich auf eine Art Hassliebe einlassen musste, um zu überleben und das Ganze einigermaßen überstehen zu können.«

»Das versuchte ich mir an dem Abend ebenfalls einzureden«, antwortete Glockner schulterzuckend. »Doch bei dieser Erkenntnis drehte ich durch. Ich nahm keine Rücksicht mehr darauf, dass ich mein Kind ohne Matthias nie finden konnte, und ging auf ihn los. Sah einfach rot und schlug auf ihn ein.«

»Haben Sie ihn getötet?«, fragte Hannah sachlich.

Glockner schüttelte energisch den Kopf. »Nein. Er war immer schon der Stärkere von uns beiden. Er rang mich nieder und drohte damit, Christopher aus dem Weg zu räumen. Ich sank auf die Knie und bettelte um das Leben meines Sohnes.«

»Hat er darauf reagiert?«

»Er lachte und erklärte, dass ich die letzte Chance auf einen Deal vermasselt hätte. Der Junge sei mit der Zeit wertlos geworden, weil ihm die Energie, sich zu wehren, abhandengekommen sei. ›Er macht es genau wie du damals. Zieht den Schwanz ein und lässt alles geschehen, dabei schien er anfangs so stark‹, sagte er. Auch wenn ich bei seinen Worten vor Zorn bebte, war ich in der Lage, meine Wut im Zaum zu halten. Ich versuchte, ihn davon zu überzeugen, dass er mir Christopher gefahrlos anvertrauen konnte. Ich schwor ihm bei allem, was mir heilig ist, ihn niemals anzuzeigen.«

»Wie reagierte er auf Ihr Angebot?«

»Gar nicht. Er sagte, er müsse nun gehen, und riet mir, mich von dem Gedanken zu verabschieden, ihn oder meinen Sohn jemals wiederzusehen.«

»Sind Sie ihm gefolgt?«, erkundigte sich Hardy.

»Nur kurz, denn ich sah, dass niemand in seinem Wagen saß.«

»Bei welchem Ort lag das verlassene Haus?«

»In Waldmünchen.«

»Und die Frau auf dem Foto? Sind Sie in der Zwischenzeit darauf gekommen, woher sie Ihnen bekannt vorkam?«

»Leider nicht. Aber wenn ich sie zu Gesicht bekäme, würde ich sie wiedererkennen. Sie muss mir aus meiner Jugend geläufig sein, da bin ich ziemlich sicher.«

17. März 2014, Christopher

Als er die Augen aufschlug, stand sein Pfleger Olaf neben dem Krankenhausbett.
Erleichtert atmete er aus und lächelte.
»Na, mein lieber Rudi, du hast uns allen einen Mordsschrecken eingejagt. Aber zum Glück scheint es dir wieder gutzugehen.«
Er schüttelte energisch den Kopf.
»Es geht dir noch nicht besser?«
Er konzentrierte sich auf die Worte, die er aussprechen wollte. »Mein Name ist Christopher!«
Der Pfleger sah ihn mit weit aufgerissenen Augen an und blieb stumm.
»Möchte schreiben, Sprechen ist schwierig.«
Olaf lief aus dem Zimmer und kam wenige Sekunden später mit Block und Stift zurück.
»Hier, bitte«, sagte er und legte beides aufs Bett.
Ungelenk begannen Christophers Finger einige krakelige Buchstaben zu notieren. *Meinen Namen kennst du jetzt. Du musst die Polizei alarmieren. Ich muss eine Aussage zu Matthias und Robert Glockner machen.*
»Wer sind die beiden? Haben sie etwas mit deinem Zustand zu schaffen?«
Christopher nickte bekümmert und setzte den Stift erneut an. *Keine Zeit zu verlieren. Bitte ruf dort an und frag, ob sie herkommen können.*
Olaf verließ das Krankenzimmer ohne ein weiteres Wort. Wenig später kam er mit einem tragbaren Telefon in der Hand zurück.
»Mein Handy habe ich dummerweise im Pflegeheim liegen lassen. Wollte gleich zu dir, als ich hörte, dass du bei Bewusstsein bist. Bevor ich anrufe, müsstest du mir bitte deinen richtigen Namen aufschreiben, damit ich alles korrekt weitergeben kann.«
Christopher Friedmann, früher wohnhaft in Raunheim, entführt am 21. Mai 1982.
Der Pfleger überflog den Text und bekam große Augen. »Du veralberst mich nicht, oder?«

Traurig schüttelte Christopher den Kopf, wischte sich eine einzelne Träne von der Wange und sagte stotternd: »Keine Lüge.«

»Möchtest du mir noch mehr Informationen aufschreiben, bevor ich telefoniere?«

Nein!

Über einen Anruf bei der ortsansässigen Dienststelle erhielt Olaf die Nummer, die für Auskünfte zur Suchanfrage des Falles Glockner erreichbar war. Er notierte die Ziffern und bedankte sich freundlich.

»Die Dame sagt, ich soll mich direkt in Rüsselsheim melden, dort sitzen die zuständigen Beamten. Sie meinte aber auch, dass sie selbstverständlich bereit sei, jemanden hierher zu schicken, falls es für die Kollegen zu weit ist. Ich versuche es einfach.«

Er wählte die notierten Zahlen langsam und konzentriert.

»Entschuldigung, bin ich richtig bei Ihnen, wenn ich eine Mitteilung zur Fahndung nach Matthias Glockner machen möchte?«

Einen Moment blieb er still, dann sagte er: »Ich rufe im Auftrag von Christopher Friedmann an. Im Augenblick ist er nicht in der Lage, persönlich mit Ihnen zu sprechen. Er bat mich jedoch, Sie zu kontaktieren und auszurichten, dass er genauere Angaben zu Matthias Glockner machen kann.«

17. März 2014, Polizeipräsidium

Josef Mitheimer trat nach kurzem Klopfen in den Verhörraum.
»Frau Bindhoffer, Herr Hartmann. Ich muss Sie einen Moment sprechen. Bitte stoppen Sie Ihre Befragung für einige Minuten, es ist ausgesprochen dringend.«
Hannah schaute ihren Vorgesetzten überrascht an. Sie bei einem Gespräch mit einem Verdächtigen zu unterbrechen, entsprach keinesfalls seiner Art. Ungeduldig winkte Mitheimer die Kommissare zur Tür. Auf dem Flur brach die Neuigkeit sofort aus ihm heraus.
»Christopher Friedmann lebt. Vor etwa zwanzig Minuten habe ich mit einem Krankenpfleger gesprochen, der behauptete, ihn seit vielen Jahren zu betreuen. Scheint von der Entführung gesundheitlich ziemlich beeinträchtigt zu sein. Jedenfalls musste ich ihm versprechen, dass sich jemand von uns auf den Weg nach Bayern macht. Genauer gesagt in ein Krankenhaus im Regierungsbezirk Oberpfalz.«
»Kann ich zusammen mit Hartmann hinfahren?«, fragte Hannah.
Nickend stimmte er zu. »Sie stecken mittlerweile emotional genauso tief in der Geschichte wie Hartmann. Da ist es nur gerecht, dass Sie den Triumph, ihn gefunden zu haben, gemeinsam genießen. Er wurde von seinem Pflegeplatz in Waldmünchen als Notfall in die Sana-Kliniken in Cham gebracht. Mittlerweile ist er aber stabil.« Mitheimer sah auf die schlichte Armbanduhr an seinem Handgelenk. »Es ist schon reichlich spät und Sie werden fast vier Stunden Fahrzeit benötigen. Dennoch sollten Sie sofort losfahren. Christopher hat lange genug gewartet und scheint darauf zu brennen, seine Geschichte loszuwerden.«
»Keine Frage, das darf nicht warten. Haben Sie die Mutter bereits benachrichtigt?«
»Nein, ich will erst die Gewissheit haben, dass es ihr vermisster Sohn ist. Die Frau hat in den letzten Tagen genug durchgemacht. Es ist unabdingbar, sicherzugehen, bevor wir sie erneut kontaktieren.«
Hannah nickte zustimmend.

»Ach, Kollege Hartmann, als Sie vorhin mit der Befragung begonnen hatten, rief diese nette Mitarbeiterin aus dem Pflegeheim an. Sie erklärte mir, dass sie sicher ist, dass Herr Reber eindeutig verstört reagiert, wenn sie ihm das Foto von Matthias Glockner zeigt. Bisher sagt er zwar nie unmissverständlich, dass er der Mann ist, den er am Tag der Entführung beobachtet hat. Aber er tituliert ihn als Strauchdieb, Unhold oder miesen Schurken und bekommt dabei einen hochroten Kopf.«

Hardy grinste belustigt. »Hoffentlich benötigen wir von Herrn Reber keine Zeugenaussage, das könnte ein echter Tanz auf dem Vulkan werden.« Er hob entschuldigend die Hände. »Nicht missverstehen, ich kenne mich aus mit der Krankheit und wollte ihn keinesfalls verunglimpfen. Aber im Gegensatz zu meiner Tante Renate legt er ordentlich Temperament an den Tag, wenn ihm etwas gegen den Strich geht.«

»Zumindest ist damit belegt, dass Matthias Glockner Christopher Friedmann entführt hat. Fahren Sie los, ich kümmere mich um Robert Glockner. Unsere verwaisten Einzelzellen werden ihm die Gelegenheit bieten, über alles nachzudenken.«

17. März 2014, Auf der Autobahn

Hannah hatte Mühe, die Augen offen zu halten. Hardy fuhr in gleichmäßigem Tempo, während aus dem CD-Player sanfte Töne einer Band ertönten, die sie bisher nicht kannte.
»Ziemlich gut«, erklärte sie und rutschte ein Stück auf ihrem Sitz nach oben. »Allerdings auch etwas ermüdend. Kann ich das Radio anmachen?«
»Wie wäre es, wenn du mir stattdessen endlich die Sache aus Hamburg anvertraust? Wir haben noch eine Menge Zeit bis zum Ziel.«
Die Kommissarin dachte einige Momente darüber nach, während ihr Kollege sie nicht weiter bedrängte. Dann fasste sie sich ein Herz und begann, ihm jedes Detail aus der Vergangenheit zu berichten. Als sie die ersten Sätze aussprach, merkte sie, wie gut es tat, mit jemandem über die Vorkommnisse zu sprechen.
»Heiße Sache, und schwierig«, bemerkte Hardy, als die Kommissarin ihre Ausführungen beendet hatte. »Jetzt mal ganz im Ernst, wer von uns, der in einer ähnlichen Situation steckt, würde anders handeln? Ich finde den Griff zum Gras zwar Mist, aber hey, was gab es für Alternativen? Und außerdem wolltest du es nur borgen, oder? Das macht es keineswegs richtig, doch es hilft, die Sache zu verstehen.«
»Danke«, erwiderte Hannah erleichtert.
»Zurück. Dafür, dass du mich ins Vertrauen gezogen hast. Nebenbei möchte ich bemängeln, dass es für meine Begriffe viel eher hätte passieren müssen. Allerdings muss ich gestehen, dass ich mit einer solchen Geschichte vermutlich auch hinter dem Berg gehalten hätte.« Er lachte verlegen. »Aber immerhin, nun habe ich es doch zum Geheimnisträger von Hannah Bindhoffer geschafft. Du ahnst nie, wie sehr mich das freut. Es tut gut, wenn man mit Partnern zusammenarbeitet, die auf einen bauen.«
Dass Hannah das Vertrauen zu Hardy, das mit jedem gemeinsamen Einsatz gewachsen war, nicht früher genutzt und ihn eingeweiht hatte, ärgerte sie im Nachhinein. Zwar brachte ihr das Geständnis wenig, da ihr Kollege keine Möglichkeit besaß, sie aus dem Schlamassel zu befreien. Dennoch half es, einen Menschen an seiner Seite zu wissen, der ihr Verhalten verstand und sie nicht verurteilte, während sie versuchte, mit allem fertig zu werden.

»Mitheimer weiß ebenfalls davon. Er hat es mir praktisch aus der Nase gezogen«, sagte sie leise.
»Autsch! Ob das eine gute Entscheidung war? Er kann doch die Füße nicht stillhalten, wenn es darum geht, seine Schäfchen vom Revier zu beschützen.«
»Was sollte er unternehmen?«
»Keine Ahnung. Er lässt sich bestimmt was einfallen, jede Wette. Heute Mittag hat Çetin mich angerufen. Weißt du Bescheid?«
Die Kommissarin lächelte verlegen. »Nicht von ihm persönlich. Aber ich telefoniere ab und an mit Doktor Winterherbst, und der hat mir erzählt, dass …«
Hardy hob die Hände vom Lenkrad und machte das Timeout-Zeichen. »Stopp, genug Geheimnisse für heute. Das will ich, glaube ich, erst einmal nicht so genau wissen. Bleiben wir beim vergifteten Besäufnis vom türkischen Kollegen, einverstanden?«
»In Ordnung. Das wird ihm das letzte Mal passiert sein. Obwohl ich sagen muss, dass ich ihn dafür bewundere, wie weit er für seine Ermittlungen geht.«
»Verehre ihn bitte nicht für die Aktion. Das Ding hätte ganz schön nach hinten losgehen können. Da vorne kommt die Ausfahrt, wir sind gleich da.«
»Hoffentlich hat sich der Weg hierher gelohnt.«

17. März 2014, Sana-Klinikum, Cham

Kurz vor Mitternacht betraten sie den Eingangsbereich des Krankenhauses und erfragten die Zimmernummer von Christopher Friedmann. Die diensthabende Schwester gab sich zunächst verschnupft und wollte bereits wegen der fortgeschrittenen Uhrzeit zu einer Predigt ansetzen, als Hannah ihr den Dienstausweis unter die Nase hielt.
»Es eilt.«
»Oh, das hätten Sie doch gleich sagen können«, erwiderte die Schwester nun freundlich lächelnd. »Dritter Stock, Neurologie, Zimmer dreiundzwanzig. Der Fahrstuhl ist dort. Viel Erfolg.«
Sie zeigte ihnen die Richtung und beugte sich sogleich wieder geschäftig über die Akten, die vor ihr auf dem Schreibtisch verteilt lagen.

Mit einem leisen Ping glitten die Türen des Aufzuges auseinander. Die Kommissare stiegen ein, jeder in seine Gedanken vertieft.
Als sie die dritte Etage erreichten, flüsterte Hardy: »Ich kann es kaum glauben, dass wir gleich Christopher Friedmann treffen. Den Jungen, der vor so langer Zeit verschwunden ist. Überleg doch mal, der Fall liegt fast zweiunddreißig Jahre zurück. Keiner von uns hat daran geglaubt, dass wir ihn lebend finden werden, oder?«
»Ehrlich gesagt, nein. Ich dachte, wir können der Familie eines Tages erzählen, was ihm zugestoßen ist, und ihnen damit etwas Frieden zurückgeben. So ist es natürlich viel besser.«
»Das warten wir erst einmal ab. Wer weiß, was uns da drin erwartet.« Er zeigte auf die Tür mit der Nummer dreiundzwanzig. »Wir sind da. Bereit?«
»Sicher«, antwortete sie und klopfte sanft an die Zimmertür.

Christopher saß im Bett und lächelte, als die beiden Kommissare das Krankenzimmer betraten.

»Willkommen«, brachte er stockend heraus.

Ein Mann mittleren Alters, der auf einem Stuhl neben ihm gesessen hatte, erhob sich und schüttelte Hannah und Hardy die Hand.

»Ich bin Olaf und derjenige, der Sie im Auftrag von Rudi ... Verzeihung, Christopher, angerufen hat. Es wird nicht ganz einfach werden, mit ihm zu kommunizieren. Vor zwei Tagen erlitt er einen schweren Anfall, ich vermute, ausgelöst durch die Fotos von Matthias und Robert Glockner. Zumindest geht es ihm jetzt wieder besser, und er hat die jahrelange Amnesie und die Sprachblockade hinter sich gelassen. Ein heilsamer Schock sozusagen. Wenn er nichts mehr sagen kann, weil es zu anstrengend wird, schreibt er es für Sie auf, einverstanden? Seine Stimmbänder sind untrainiert und halten noch keine längere Belastung aus.«

»Falls es knifflig werden sollte, sehen wir weiter«, entschied Hardy und sah Christopher an. »Herr Friedmann, wissen Sie, wo Matthias Glockner sich aufhält?«

Christopher nickte und zog mit dem Zeigefinger einen imaginären Strich durch die Kehle.

»Er ist tot?«

»Ich habe es gesehen.«

»Sie sagen, er ist einem Mord zum Opfer gefallen und Sie waren Zeuge?«

»Darf ich es aufschreiben? Mein Hals schmerzt.«

»Aber natürlich«, erwiderte Hardy. Hannah sah ihm seine Anspannung deutlich an. Er wirkte ungeduldig, angetrieben von Neugier und dem Wunsch, endlich zu erfahren, was sich damals abgespielt hatte.

Christopher griff zum Stift und begann zu schreiben.

Mein Vater kam zweimal an einem unserer Aufenthaltsorte vorbei. Beim ersten Mal, ich schätze etwa drei Jahren nach der Entführung, beobachtete ich die beiden vor dem Wohnwagen. Sie gerieten in einen heftigen Streit und schlugen aufeinander ein. Ich freute mich, weil ich dachte, dass ich nun endlich rauskam. Leider hoffte ich vergeblich. Matthias überrumpelte Vater, schimpfte ihn aus und jagte ihn zum Teufel. Können Sie sich vorstellen, was in mir vorging, als ich merkte, dass er nicht zu meiner Rettung gekommen war, sondern einfach davonlief?

Die Kommissare lasen den Text gleichzeitig und schüttelten synchron den Kopf.
»Nein«, erklärte Hannah. »Ich denke, das können wir uns nicht einmal ansatzweise vorstellen. Hat Ihr, ich nenne ihn jetzt mal Onkel, Sie gut behandelt?«
»Nie«, brachte Friedmann mühsam heraus und notierte ein paar Worte auf das Blatt.

Darf ich diesen Teil fürs Erste auslassen? Die Erinnerungen kehren nur langsam zurück, und ich will mich zunächst nicht daran erinnern müssen. Reden wir über Robert, okay?

»In Ordnung. Allerdings sollte ich eines wissen, damit wir uns besser in die Situation von damals versetzen können. Ein Ja oder Nein genügt mir«, bat Hardy sanft. »Hat Matthias Glockner Sie geschlagen oder missbraucht?«
»Beides«, keuchte er und wischte sich einige Schweißperlen von der Stirn.
»Dachte ich mir. Nehmen Sie den Block und schreiben Sie bitte alles nieder, was nach dem ersten Zusammentreffen mit Ihrem Vater geschehen ist.«

Ich fühlte nur furchtbare Verzweiflung. Mein Vater kam, und er ließ mich bei diesem Monster zurück. Ich wusste, ich durfte von nun an nur noch mir selbst trauen. Aber ich war gerade zwölf Jahre alt. Viele Möglichkeiten gab es nicht. Also spielte ich folgsam all die perversen Spielchen mit, um es leichter zu ertragen und schneller hinter mir zu haben. Zeitweise versuchte ich sogar, so zu tun, als fände ich Gefallen an den Abartigkeiten. Meist gelang es nur leidlich.

Tränen, ausgelöst durch grausame Erinnerungen, rannen ihm die Wangen hinab. Doch er ließ sich nicht davon aufhalten. Beherzt schrieb er weiter.

Etwa ein Jahr später kam Vater ein zweites Mal. In der Zwischenzeit trainierte ich meine Muskeln in jedem unbeobachteten Moment. Ich hob Kästen hoch, machte Liegestütz und alles, was mir einfiel, um kräftiger zu werden. Zudem fand ich auf einer der Toiletten des Campingplatzes ein kleines Messer, das ich sorgsam versteckt hielt.

Mit dem Fernglas beobachtete ich, wie Matthias und er vor einem alten Haus standen und stritten. Kurze Zeit später rangelten sie miteinander und ich benutzte das Messer, um die Wagentür zu öffnen. Es ging so einfach und ich fragte mich, warum ich es nicht viel eher ausprobiert hatte. Heute denke ich, dass es daran lag, dass ich sichergehen wollte, nicht allein gegen Matthias antreten zu müssen. Als ich aus dem Wohnwagen, der versteckt abgestellt war, ausgestiegen und bei den beiden angekommen war, errang Matthias die Oberhand und überwältigte meinen Vater. Ich versteckte mich hinter einen Baum und hörte, wie sie erneut miteinander stritten. Vater flehte um Gnade und bettelte den Onkel an, mich am Leben zu lassen. Ich bekam entsetzliche Angst und bin davongelaufen. Leider kam ich nicht besonders weit, weil Billy plötzlich vor mir stand.

»Wer ist Billy?«, fragten Hannah und Hardy zeitgleich.

Die Frau, die ihm über Jahre geholfen hat und sich ab und an ebenfalls meines Körpers bediente.

»Kennen Sie Ihren Nachnamen?«

Nein. Aber sie hat auch einen Wohnwagen. Wir trafen sie auf Campingplätzen. Besonders häufig auf einem. Leider habe ich keine Ahnung, wo wir dort waren, denn ich kam praktisch nie aus dem Anhänger raus.

Hardy nahm seine Hand, nachdem er die Zeilen aufmerksam studiert und begriffen hatte, durch welche Hölle der Junge gegangen war.
»Was ist passiert, als Billy Sie mitnahm? Können Sie uns das aufschreiben, oder sollen wir lieber eine kleine Pause machen?«
Er schüttelte den Kopf und nahm erneut den Stift zur Hand.

Sie brachte mich zum Wohnwagen und sperrte zu. Dann verschwand sie für eine Weile. Ich versuchte, mit Hilfe des Messers wieder aus dem Anhänger zu entkommen, blieb aber erfolglos. Wenig später kam sie wieder. Sie lächelte selig, als sie eintrat, und die Vorderseite ihrer bunten Bluse war voller Blut. Sie erklärte mir, dass ich den bösen Onkel nun ein für alle Mal los sei und bei ihr wohnen dürfe. Ich wusste, dass sie Matthias gefunden und getötet hatte. Während ich voller Angst vor ihr zurückwich, als sie mir über den Kopf streicheln wollte, schien sie wie beseelt und tanzte durch den Wohnwagen. Als sie stoppte und ihre Arme ausbreitete, um mich zu umarmen, öffnete sich die Tür hinter ihr. Ein Mann in Latzhosen trat ein und hielt sie fest. Eine bessere Gelegenheit zur Flucht würde ich nicht bekommen. So schnell es ging, huschte ich an ihm vorbei in die Freiheit.

Hardy zog scharf die Luft ein, während er versuchte, das Martyrium des jungen Mannes zu begreifen.
»Können Sie versuchen, uns die ungefähre Stelle zu beschreiben, wo der Wohnwagen damals parkte?«

Neben dem Wohnanhänger stand ein verlassenes Haus, hinter Bäumen versteckt und nur wenige Kilometer entfernt. Auf dem Scheunentor prangte ein riesiger Kuhkopf, den jemand mit Farbe darauf gemalt haben musste. Vielleicht lag es daran, dass der Ort häufig in meinen Versuchen, mich an die Vergangenheit zu erinnern, auftauchte. Gut möglich, dass die bunte Scheune noch existiert. Ansonsten dürfte es schwer werden, den genauen Standort zu ermitteln, weil mir weitere Informationen dazu fehlen.

Mit zittrigen Fingern ließ Christopher Friedmann den Stift sinken und schaute die beiden Kommissare an.
»Ich danke Ihnen«, ergriff Hardy das Wort, während Hannah das Handy aus der Tasche nahm und begann, verschiedene Suchbegriffe einzugeben. Nach einigen Fehlversuchen rief sie: »Treffer«, und drehte das Display. »Könnte es sich um diese bemalte Tür gehandelt haben?«
Christopher nickte zufrieden und sagte anerkennend: »Das haben Sie aber schnell gefunden.«

»Tschechien also. Wenn das der Ort ist, würde ich sagen, dass wir für heute mit den Fragen durch sind. Sie müssen sich erholen.«

Er nickte zustimmend.

»Möchten Sie, dass ich Ihrer Mutter Bescheid gebe, dass wir Sie gefunden haben?«

»Bitte zuerst Alina. Sie hat immer nach mir gesucht.«

Hannah schluckte. Christopher wusste nichts vom Tod seiner Schwester. Kurz überlegte sie, ob sie es Bernie Friedmann überlassen sollte, ihn darüber aufzuklären. Doch er war so offen und ehrlich gewesen, und sie musste vermeiden, dass er sich auf etwas freute, das nie mehr stattfinden konnte. Mit traurigem Blick erzählte sie ihm vom Sturz der Stiefschwester.

Hannah und Hardy gingen zur Tür, während Christopher still weinend die Hand seines Pflegers hielt.

»Suchen wir uns ein Hotel oder schlafen wir im Auto?«, fragte Hardy auf dem Weg hinaus.

Sie tippte sich an die Stirn. »Spinnst du? Nach dem Tag brauche ich ein richtiges Bett. Obwohl ich kaum glaube, dass ich nach dem, was ich gehört habe, überhaupt ein Auge zumachen werde.«

»Da geht es dir wie mir.«

Nachdenklich stiegen sie in den Wagen und fuhren in Richtung Innenstadt. Ein harter Schlag auf das Lenkrad ließ Hannah aus ihrem Sitz hochfahren.

»Wie verniedlicht man den Namen Sybille?«

Einen Moment lang wusste Hannah nichts mit der Frage des Kollegen anzufangen.

»Ach du Scheiße! Sybille Schneider, natürlich! Ich informiere Mitheimer.«

18. März 2014, Polizeipräsidium

Sybille Schneider saß mit verschränkten Armen und trotzigem Gesichtsausdruck vor Jens Hartmann auf ihrem Stuhl.
»Ohne meinen Anwalt sage ich kein Wort.«
»Die Kollegin versucht bereits, ihn telefonisch zu erreichen. Wenn Sie in der Zwischenzeit wenigstens so nett wären, mir zuzuhören, könnten wir die Sache erheblich verkürzen. Also, noch einmal von vorne. Sie sitzen hier bei mir, weil wir davon ausgehen müssen, dass Sie Herrn Matthias Glockner vor mehr als dreißig Jahren ermordet haben. Der Zeuge gibt zudem an, dass er etliche Male von Ihnen missbraucht worden ist. Und dabei hielt ich Sie bei unserem letzten Treffen noch für eine Seele von Camperin, die die Schnauze voll vom konventionellen Leben hat und einfach ihre Ruhe möchte. Nun wird mir klar, warum Sie keine Existenz unter vielen Leuten wollen. Sie brauchen die Abgeschiedenheit, um Ihre abartigen Spiele im Geheimen durchzuführen. Interessant ist für mich natürlich die Frage, ob Ihr Mann Ihre Machenschaften nur vertuscht hat oder ebenfalls mit drinsteckt. Aber auch das werden wir aufklären, das verspreche ich Ihnen, Frau Schneider. Selbst wenn Sie für Tage hier sitzen und schweigen, setze ich alles daran, diesen Fall lückenlos aufzuklären. Ich gehe davon aus, dass Christopher nicht das einzige Kind ist, das unter Ihren Trieben zu leiden hatte.«
»Finden Sie es heraus. Von mir brauchen Sie keine Hilfe zu erwarten. Ich bin gespannt, ob Sie genauso gewieft sind wie die Ermittler in meinen Krimis.«
»Wir werden sie um Längen schlagen und Ihnen zeigen, wie mit solchen Dingen im echten Leben umgegangen wird.«
Hannah trat ein. »Der Anwalt ist gleich hier.«
»Bestens«, erwiderte Hardy grinsend. »Dann können wir ja mit Runde eins beginnen.«

Ein dicklicher Herr mit zu eng sitzendem Anzug schüttelte Hardy die Hand und stellte sich als Siegfried Fritsch vor. Er bat darum, einen Moment unter vier Augen mit seiner Mandantin sprechen zu dürfen, zog einen Stuhl heran und ließ sich plumpsend fallen.
»Ich gebe Ihnen fünfzehn Minuten, um von Frau Schneider ins Bild gesetzt zu werden«, erklärte der Kommissar und verließ gemeinsam mit Hannah den Raum.
»Das wird eine harte Nuss, Hardy. Die Frau genießt es förmlich, dass sie so lange im Verborgenen agiert hat und niemand ihr auf die Schliche gekommen ist. Ich verwette meinen Allerwertesten darauf, dass sie bereits seit Jahren darüber nachdenkt, was sie aussagen wird.«
»Vergiss all ihre Überlegungen und Pläne. Wir beide wissen, dass die Camperin in den bunten Klamotten alles andere als harmlos ist. Da kann sie uns erzählen, was sie will. Ich brenne darauf, sie auszuquetschen. Aber nun hole ich mir erst einmal Kaffee, falls die dämliche Maschine wieder welchen ausspuckt. Es könnte eine lange Nacht werden. Was ist mit dir?«
Hannah nickte. »In der Zwischenzeit rufe ich bei Çetin an. Vielleicht ist er fit genug, um rüberzukommen. Ich wette, dass er gerne mitbekommen möchte, was Frau Schneider zu berichten hat.«

Zwanzig Minuten später ging Hartman in den Verhörraum, während Hannah, Götzenbrenner und Çetin im angrenzenden Raum Platz nahmen, um die Befragung mit anzuhören.
»Wird Ihre Mandantin aussagen?«, fragte Hardy Herrn Fritsche beim Eintreten.
Dieser nickte und erklärte, dass Frau Schneider ein umfassendes Geständnis ablegen wolle.
»Bestens. Dann verlieren wir keine Zeit und beginnen. Wie haben Sie Matthias Glockner damals aufgespürt?«
»Das musste ich nicht. Er rief oft an, wenn er einen Tipp benötigte, was er als Nächstes tun sollte. Ständig wurde ich in den Kiosk gerufen, weil er anrief. Ehrlich gesagt habe ich nie begriffen, warum er ausgerechnet mich als seine Ratgeberin auserkoren hatte.

Schließlich kannte er meine Vorlieben und kam mehr als einmal in den Genuss, sie zu spüren.«

Hardy umklammerte den Rand des Tisches und zischte wütend: »Würden Sie damit aufhören, das Misshandeln von Kindern als Vergnügen darzustellen? Ich will klare Fakten hören. Was Sie dabei empfanden, spielt keinerlei Rolle. Also ...« Er rang um Fassung, bevor er weitersprach. »Matthias Glockner war eines Ihrer ersten Opfer in Sachen sexueller Missbrauch. Habe ich das richtig erfasst?«

»Das kommt hin«, erklärte sie in unbeteiligtem Plauderton. »Den Wohnwagen hatte er von seinen Eltern bekommen. Einige Jahre vorher lernten wir die Glockners auf einem anderen Campingplatz kennen. Da war Matthias recht klein, ging ins zweite Schuljahr. Er kam uns gerne besuchen, auch noch, nachdem er zum ersten Mal länger auf meinem Schoß gesessen hatte. Es schien ihn nicht weiter zu stören, und ich hegte den Verdacht, dass er so etwas bereits kannte. Jahre danach bestätigte er das. Egal. Jedenfalls tauchte er eines Tages, gerade achtzehn und den Führerschein in der Tasche, auf dem Platz am Hegbachsee auf. Er schmeichelte mir, sagte, dass er nach mir gesucht hatte und den Wohnwagen neben uns aufstellen würde. Etwas später erklärte er mir den Grund dafür. Er mochte keine Mädchen im gleichen Alter und bat um Rat, wie er es anstellen konnte, Kontakt zu Knaben aufzunehmen.«

Hardy schlug mit der Faust auf den Tisch. »Das reicht. Mehr muss ich zur Vorgeschichte nicht wissen. Weshalb rief er sie immer wieder an, als er Christopher in seiner Gewalt hatte?«

»Er ließ mich teilhaben, verstehen Sie? Als kleines Geschenk für all die Tipps und Ratschläge. Außerdem überforderte ihn die Situation ungemein. Ich meine, er ist da ja einfach so hineingerutscht. Er hatte nie geplant, den Bengel zu entführen, und wusste weder ein noch aus.«

»Was wissen Sie darüber, dass Robert Glockner ihm auf der Spur war?«

»Matthias erzählte mir von seinem Cousin. Dass dieser Wind von der Sache bekommen hatte und drohte, ihn auffliegen zu lassen. Allerdings besaß er ein gutes Druckmittel gegen ihn. Christophers Vater hatte sich als Jugendlicher mehr als einmal daran beteiligt, wenn Matthias einen kleinen Jungen ins Gebüsch zerrte und angrapschte. Auch ihm waren solche Handlungen aus der Kindheit bekannt. Von ihm ging wenig Gefahr aus. Aber als seine Stieftochter auf den Plan trat, musste ich eingreifen.«

»Sie?«, gab Hardy erstaunt zurück. »Wie meinen Sie das?«

»Glockner rief mich an, nachdem er Alina im Keller des Clubs getroffen hatte. Er war verzweifelt und fragte immer wieder, was er nun machen solle. Ich mahnte ihn zur Ruhe und bat ihn, mir zu erzählen, was die Kleine seiner Meinung nach als Nächstes tun würde. Er tippte darauf, dass sie zu ihrem Stiefvater fahren würde, um ihn zur Rede zu stellen. Was soll ich sagen, bingo. Es war ein Leichtes, sie dort an der Firma aufzugabeln. Als sie bemerkte, dass ich ihr keineswegs helfen wollte, wurde sie sehr kratzbürstig. Kämpfte auf diesem Dach wie besessen um ihr Leben, aber ...«

Herr Fritsche nahm die Hände vors Gesicht und stöhnte laut. »Das ist ja ein Alptraum.«

Hardy lächelte sarkastisch und erwiderte: »Ich sage es immer wieder, Augen auf bei der Berufswahl. So ein Anwaltsjob kann sehr eklig werden.« Er wandte sich wieder Frau Schneider zu.

»Ich darf annehmen, dass Sie das Tagebuch wieder zurück in den Canadian Club gebracht haben, oder?«

»Sicher.« Sie lächelte diabolisch. »Erstens erschien mir das Loch in der Wand als sicheres Versteck. Matthias erzählte mir zum Glück davon, sodass ich keine Mühe hatte, es ausfindig zu machen. Zweitens gab es in diesen Aufzeichnungen keine Hinweise zu meiner Person, was quasi eine zusätzliche Absicherung darstellte. Besser konnte es gar nicht laufen.«

»Für Sie schon. Aber letztendlich sitzen Sie nun doch hier vor uns«, erklärte Hardy und grinste nun seinerseits.

»Der Mord an Matthias Glockner. Kamen Sie bereits mit dem Vorsatz, ihn zu töten, an den Wohnwagen?«

»Nein. Eigentlich wollte ich nur sichergehen, dass er mit seinem Cousin klarkommt und ihn mundtot macht. Aber er war kurz davor, die Beherrschung zu verlieren, und sprach davon, alles zu gestehen. Da bekam ich es mit der Angst zu tun. Schließlich hing ich auch mit in der Sache. Zunächst versuchte ich, ihn wie die Male zuvor zu beruhigen. Doch er blieb stur und wurde handgreiflich. Ich konnte in seinen Augen lesen, dass er wild entschlossen war. Da ist es einfach passiert, und ich habe ihn für immer zum Schweigen gebracht.«

Hardy dachte einen Moment nach, bevor er nickte. »Und Çetin Alkan. Wie haben Sie den gefunden?«

»Zufällig. Wir sind öfter in der Kneipe, und als ich ihn am Tresen sitzen sah und er mich mit dem Wort Ermittlungsgeheimnis abspeiste, dachte ich an mein kleines Fläschchen in der Tasche.«

»Sie tragen die K.-o.-Tropfen immer bei sich?«

»Gewiss. Man weiß nie, wann sich die nächste Gelegenheit bietet.«

»Eine letzte Frage zum Schluss. Danach muss ich abbrechen, weil ich sonst auf den Tisch kotze. Was ist mit Ihrem Mann? Beteiligte er sich an den Handlungen?«

»Schorsch? Nein. Er liebt mich und deshalb deckt er alle meine Ausrutscher. Einmal hat er es auch versucht, aber das liegt ihm einfach nicht.«

»Noch so ein Gestörter. Ihre Söhne, haben Sie die jemals …?«

»Wo denken Sie hin, das hätte mein Mann dann doch nie zugelassen. Übrigens waren das schon zwei Fragen. Ich bin müde und darf davon ausgehen, dass wir für heute durch sind?«

»Fast. Mir fällt noch etwas ein. Weshalb haben Sie sich entschlossen, nun doch alles zu gestehen?«

»Erstens sagte mir mein Anwalt, dass Sie Christopher gefunden haben, was bedeutet, dass Sie mich ohnehin am Arsch haben. Der Junge kennt die Stelle, an der ich mich mit Matthias traf. Nur eine Frage der Zeit, bis Sie auf dessen Leiche stoßen. Zweitens komme ich so dazu, mir eine Zelle von innen anzusehen und zu überprüfen, wie gut Krimiautoren recherchieren.«

»Dafür werden Sie sehr viel Zeit haben!«

20. März 2014, Hannahs Wohnung

Hannah ging bereits auf die Wohnungstür zu, als sie sich umdrehte und erneut zum großen Spiegel im Schlafzimmer lief. Sie überprüfte ihr Haar, das sie mit einiger Mühe in eine Form gebracht hatte, mit der sie zufrieden war. Kurz grübelte sie darüber nach, ob die schwarze Hose nicht doch besser zu dem von ihr gewählten Sweatshirt passen würde. »Unfug, weshalb regst du dich so auf? Es wird ein Essen unter Freunden, und Cornelius veranstaltet sicher nicht so ein Getue um sein Aussehen.« Sie lachte in den Spiegel und ergänzte amüsiert: »Schon wieder laute Selbstgespräche! Kein Wunder, dass jeder zusieht, dass er Land gewinnt, wenn er nähere Bekanntschaft mit dir macht. Das solltest du besser bald in den Griff bekommen, Hannah Bindhoffer, sonst sieht deine Zukunft absolut düster aus.«
Sie band erneut die Schnürsenkel ihrer Chucks, nahm ihre Tasche und verließ die Wohnung.

Als sie neben dem Auto stand und den Schlüssel ins Schloss steckte, ließ das Smartphone die Melodie des Songs »Mama« von Genesis ertönen. Zeitgleich erschien auf dem Display das Foto ihrer Mutter.
»Hallo, Mutti. Wie geht's?« Sie lauschte, dann erwiderte sie fröhlich: »Ich freue mich auch, dass ich euch endlich wieder in die Arme nehmen kann. Wenn alles nach Plan läuft, fahre ich gegen acht Uhr in der Frühe los. Küss Papa von mir, und bis übermorgen. Ich muss jetzt los.«
Erneut blieb sie einen Moment stumm und hörte ihrer Mutter zu.
»Ja, eine Verabredung, und nein, ich habe selbst noch keine Ahnung. Bisher sind wir nur beruflich in Kontakt und treffen uns zum Abendessen. Ich erzähle euch einfach davon, wenn ich daheim bin, okay? Tu mir den Gefallen und interpretiere nicht wieder alles Mögliche in dieses Essen, in Ordnung? Schönen Abend und Tschüs.«

»Halt, Kind, warte«, hörte sie ihre Mutter erwidern, als sie bereits im Begriff war, das Gespräch zu beenden.
»Was noch?«
»Gute Neuigkeiten. Es scheint, dass Wagner auch anderswo versucht hat zu grapschen.«
»Wieso?«
»Papa hat über einen Bekannten erfahren, dass es eine interne Befragung im Revier gegeben haben muss. Irgendwer rief bei deinem Ex-Chef an und gab ihm einen Tipp.«
Hannah wusste augenblicklich, dass nur Mitheimer dafür in Frage kam. Bei Hardy fühlte sie hundertprozentige Sicherheit und das Vertrauen, dass er Stillschweigen bewahrt hatte.
»Und weiter?«
»Eine Kollegin hat deinem früheren Vorgesetzten einiges anvertraut, nachdem sie erfuhr, dass sie nicht allein betroffen ist. Es gibt noch eine zweite Mitarbeiterin, aber die ließ sich, genau wie du, versetzen, als es ihr zu bunt wurde.«
»Dann bekommt er wenigstens, was er verdient«, antwortete Hannah zufrieden. »Leider hilft mir das nur bedingt weiter.«
»Weshalb? Glaubst du, dass dem irgendjemand glaubt, wenn Aussage gegen Aussage steht? Ich nicht. Gute Nacht, Liebes, und viel Vergnügen.«
Noch während Hannah das Aussymbol auf dem Bildschirm drückte, wusste sie, dass sie keinesfalls in der Lage sein würde, die Geschehnisse von damals einfach unter den Teppich zu kehren.

Epilog

Mit Christopher Friedmanns Angaben wurden innerhalb von zwei Tagen Matthias Glockners Überreste entdeckt und exhumiert. Da die Fundstelle außerhalb Deutschlands in Nýrsko, Tschechien, lag, mussten die Behörden vor Ort in die Untersuchung einbezogen werden.
Hannah und Hardy erfuhren, dass Christopher wochenlang durch Wälder und Orte geirrt war, Lebensmittel von Bauernhöfen gestohlen und sich so lange durchgeschlagen hatte, bis ein Mann auf ihn aufmerksam geworden war. Dieser brachte ihn zu den Behörden, die ihn mangels Papieren in einem Kinderheim in Grenznähe ablieferten. Wegen der seelischen Belastung sprach der Junge kein Wort und zeigte auffälliges Verhalten. Jahre später, als man ihn als unheilbar und nicht vermittelbar einstufte, kam er auf Umwegen in eine psychiatrische Klinik. Von dort schickte man ihn Anfang der Neunziger in ein Pflegeheim, das in Waldmünchen in Deutschland lag.
Noch während der Ermittlungen der Rüsselsheimer Polizei verließ Christopher Friedmann das Krankenhaus in Bayern, um in eine Pflegeeinrichtung in der Nähe seiner Mutter umzusiedeln.

»Glaube ja nicht, dass du beim nächsten alten Fall wieder so viel Glück hast. Ist absolut irre, wie der Zufall uns da in die Hände gespielt hat«, erklärte Hannah ihrem Kollegen.
»Da sagst du was. Ich werde immer daran denken, dass im Grunde nur der Glücksfall, dass die Sache im Candy passiert ist, mir weitergeholfen hat. Ohne das Tagebuch und die Suchmeldung im Fernsehen säße Christopher weiterhin stumm im Pflegeheim.« Hardy streckte die Hände in die Luft. »Danke, ihr Götter der Gerechtigkeit. Mögt ihr dem Jungen ein langes Leben und vollständige Genesung schenken.«
»An dir ist ein großer Philosoph verloren gegangen!«, lachte Hannah vergnügt.

Robert Glockner erhielt ein in den Augen der ermittelnden Beamten zu mildes Urteil. Man rechnete ihm die Untersuchungshaft an und wies ihn in eine geschlossene psychiatrische Anstalt ein. Die Tatsache, dass er ebenfalls jahrelang Missbrauch erlebt und sich selbst in dieser Richtung ausprobiert hatte, machte deutlich, weshalb der Cousin ihn zum Schweigen hatte zwingen können. Der psychiatrische Gutachter stellte fest, dass Robert Glockner auch heute noch in hohem Maße mit traumatischen Bildern aus der Kindheit zu kämpfen hatte und währenddessen in frühkindliche Verhaltensmuster zurückfiel. Das Stofftier in seinen Armen, mit dem ihn einige Zeugen beobachtet hatten, wäre ein gutes Beispiel dafür.

Die Androhung eines schrecklichen Geschehens, wenn er anderen Menschen ein Wort über den erlebten Missbrauch erzählen würde, prägte der Patient sich krankhaft und vehement ein. Herrn Glockner ist es zeitweise nicht möglich, wie ein Erwachsener zu denken und zu handeln, hieß es in einem Satz des Gutachtens.

»Alles Bullshit«, erklärte Hardy genervt. »Mag sein, dass er in der Kindheit einen Haufen Mist erlebt hat, aber das lasse ich persönlich nicht als Entschuldigung für das schäbige Verhalten gegenüber Christopher durchgehen.«

Einige Wochen später fand das Wachpersonal Robert Glockner mit aufgeschnittenen Pulsadern im Bett. In der Hand hielt er ein Familienfoto, auf dem die Mitglieder fröhlich in die Kamera lächelten. Wie er an das Messer gekommen war, blieb ungeklärt.

Çetin Alkans Einsatz am Tresen erwies sich im Nachhinein als ausgesprochen nützlich. Durch seine Beobachtungen und Fragen gelang es den Kollegen vom Raubdezernat nach einigen Wochen, mehrere Männer, die in die Diebstähle von Autoteilen verwickelt waren, festzunehmen. Der Auftraggeber blieb jedoch, wie von Boris Zeman vorausgesagt, leider verschwunden.

Ende

Mein Dank geht an ...

alle, die weiterhin an mich glauben, mir mit Rat und Tat zur Seite stehen und nicht verzweifeln, wenn meine Zeit für sie sich in sehr überschaubaren Grenzen hält. Nach dem Fertigstellen eines Buches, meine Lieben kennen das, wird es auch wieder besser.

Weiterhin ein großes Dankeschön an die Vorableser von Hannahs Fällen, die viele Dinge aufdecken, die mir niemals aufgefallen wären. Ihr zeigt mir, wo ich mich im Text-Dschungel verlaufen und verstrickt habe, wenn ich Dinge erwähne, die es zu der jeweiligen Zeit noch nicht gab, oder an welchen Stellen alles richtig, fesselnd, spannend und gut ist.

Lieben Dank an Conny für das Angebot deines Schreib-Asyls für mich. Ich hoffe, bevor dieser Band erscheint, haben wir (ich) es endlich geschafft, dein Geschenk zu terminieren oder für die nächste Story zu konservieren.

Großer Dank an ClauDia, meine Freiwillig-Lektorin des Herzens, die sich immer wieder die nötige Zeit nimmt, um mir alles anzumarkern, was ich im Urwald meiner Gedanken *seltsam* formuliere. Woher weißt du eigentlich immer so genau, was ich ausdrücken möchte? So etwas wie Seelenzwillinge scheint es tatsächlich zu geben!

Lieben Dank an Caroline Funke für die wunderbare Hilfe, meinen Texten den letzten Schliff zu verpassen. Sie machen das ganz hervorragend!

Zusätzlicher Dank gebührt der Rechtsmedizin in Frankfurt. Hier insbesondere an Herrn Professor Verhoff, der sich die Zeit nahm, mich Unwissende aufzuklären und mit interessanten Aspekten über die Arbeitsabläufe in der Institution zu versorgen.

Der Polizei Rüsselsheim, speziell Herrn Lotz, für die Führung durch die Diensträume und die interessanten und überaus hilfreichen Informationen ebenfalls meinen herzlichen Dank.

Ich nehme Herrn Professor Verhoff und Herrn Lotz beim Wort und erlaube mir nachzufragen, wenn mir etwas unklar ist.

Danke an meine Familie und Freunde, die die Schreibende in ihrer Runde akzeptieren, sie mit Ratschlägen und Essen versorgen und immer wieder aufmunternde Worte finden. Ihr seid fantastische Motivatoren!

Mein Dank an die **wichtigsten** Menschen im Bereich Buch, meine Leser, zum Höhepunkt des Kapitels *Danksagung*. Einen wirklich ganz herzlichen Dank allen, die meine Bücher kaufen und lesen. Ohne Sie wären mein Herzblut beim Schreiben und die Existenz von Hannah Bindhoffer und Jens Hartmann überflüssig.
Ich würde mich über Ihre Meinung zum neuen Fall des Rüsselsheimer Inspektorenteams sehr freuen, denn Ihre Nachrichten sind für mich immer eine willkommene Motivation und eine gute Gelegenheit, mit Ihnen in Kontakt zu treten.
Ihr Feedback, oder auch gerne Ihre Fragen, Hinweise, Verbesserungsvorschläge … eben alles, was Sie mir mitteilen möchten, senden Sie gerne an s.hausser@t-online.de

Wenn Ihnen die Geschichte gefallen hat, halten Sie Ihren Eindruck gerne in einer Rezension fest. Dies hilft anderen Leserinnen und Lesern vielleicht bei der Entscheidung, ob Sie das Buch ebenfalls zur Hand nehmen wollen.

CPSIA information can be obtained
at www.ICGtesting.com
Printed in the USA
LVHW010823220222
711633LV00004B/279